모빠상 단편집

기 드 모빠상

모빠상 단편집

이형식 옮김

펭귄 클래식 코리아

모빠상 단편집

초판 1쇄 발행 2015년 12월 28일
초판 2쇄 발행 2019년 8월 12일

지은이 | 기 드 모빠상 옮긴이 | 이형식
발행인 | 이재진 단행본사업본부장 | 김정현
편집주간 | 신동해 마케팅 | 이현은 문혜원
제작 | 정석훈 국제업무 | 최아람 박나리

브랜드 펭귄클래식 코리아
주소 경기도 파주시 회동길 20 웅진씽크빅 단행본사업본부 펭귄클래식코리아
주문전화 02-3670-1570, 1571 팩스 02-747-1239
문의전화 031-956-7067(편집) 02-3670-1024(마케팅)
홈페이지 http://www.wjbooks.co.kr
발행처 (주)웅진씽크빅
출판신고 1980년 3월 29일 제406-2007-00046호

펭귄클래식 코리아는 유리장 에이전시를 통해 펭귄북스와 제휴한
(주)웅진씽크빅 단행본개발본부의 임프린트입니다. 펭귄 및 관련 로고는
펭귄북스의 등록 상표입니다. 허가를 받아야만 사용할 수 있습니다.
Penguin Classics Korea is the Joint Venture with Penguin Books Ltd.
arranged through Yu Ri Jang Literary Agency. Penguin and the associated logo
are registered and/or unregistered trade marks of Penguin Books Limited.
Used with permission.

이 책은 저작권법에 따라 보호받는 저작물이므로 무단 전재와 무단 복제를 금지하며,
이 책 내용의 전부 또는 일부를 이용하려면 반드시 저작권자와 (주)웅진씽크빅의
서면 동의를 받아야 합니다.

한국어 판 ⓒ 웅진씽크빅, 2015

ISBN 978-89-01-20597-7 04800
ISBN 978-89-01-08204-2 (세트)

• 잘못된 책은 바꾸어 드립니다.
• 책값은 뒤표지에 있습니다.

차례

옛 시절 · 9
달빛 · 16
행복 · 23
어떤 정염 · 33
초상화 · 46
머리채 · 53
어린 병사 · 65
회한 · 76
소작인 · 85
미쓰 해리엇 · 97
의자 수선하는 여인 · 128
미망인 · 140
사랑 · 150
무덤 · 158
베르뜨 · 165
밀회 · 180
어떤 이혼 · 191
현명한 남자 · 201
고백 · 212
어떤 아들 · 220

옮긴이의 말 · 236
옮긴이 주 · 241

모빠상 단편집

옛 시절

숲으로 뒤덮인 동산 위에 고풍스러운 성 하나가 우뚝 서 있는데, 커다란 나무들이 그 성을 다시 검푸른 색으로 둘러싸고 있다. 정원은 끝없이 뻗어나가, 멀리 있는 깊은 숲까지 혹은 인근 지역까지 닿아 있다. 저택 정면 앞 몇 미터 지점에 있는 석재 분수대에서는, 대리석으로 깎은 여인상들이 목욕을 하고 있다. 또한 맞은편 언덕 밑까지 층계를 이루며 연이어 있는 연못들 사이사이에는, 각 연못에서 치솟는 샘물이 폭포를 이루고 있다.

옛적 멋쟁이 여인처럼 우아함을 간직하고 있는 저택으로부터, 흘러간 세기의 사랑들이 잠들어 있고 여기저기 조개껍데기들이 박혀 있는 동굴에 이르기까지,[1] 이 고성에 있는 모든 것들은 옛 시절의 모습을 고스란히 간직하고 있다. 모든 것들이 아직도, 옛날의 관습과 풍속, 가벼운 사랑들, 우리의 할머니들이 한껏 부리던 경박한 멋들을 증언하고 있는 것 같다.

루이 15세 시절 풍으로 장식된 작은 거실, 즉 벽들이 온통 양치기 소녀들에게 수작을 거는 목동들이나 바구니를 든 귀부인들,

그 여인들에게 환심을 사려 애쓰는 곱슬머리 신사들 그림으로 뒤덮인 그 거실에, 꿈지럭거리지만 않는다면 영락없는 시체로 보일 늙은 여인 하나가, 커다란 쏘파에 비스듬히 누워, 뼈다귀만 남은 미라의 손을 양쪽으로 떨구고 있다.

그녀의 흐릿한 시선은 멀리 전원 지역으로 끝없이 내닫는데, 광막한 숲을 지나 젊은 날의 정경들을 뒤쫓는 듯하다. 열어 놓은 창문으로 가끔, 풀 냄새와 꽃향기가 미풍에 실려 들어온다. 미풍은, 주름진 그녀의 이마에 하얀 머리카락 몇 가닥을 흩어놓으며, 동시에 옛 추억들이 그녀의 뇌리에서 나부끼게 해준다.

그녀의 곁에는, 긴 금발을 땋아 등 뒤로 늘어뜨린 처녀 하나가, 융단 씌운 의자에 앉아, 예배당의 제단 치장물에 수를 놓고 있다. 처녀의 눈은 몽상에 젖어 있는데, 손가락들이 날렵하게 움직이는 동안에도, 그녀의 몽상은 계속된다.

바로 그때, 할머니가 고개를 돌리며, 그녀의 꿈을 깨운다.

"베르뜨, 나에게 신문을 좀 읽어다오. 나도 이승에서 벌어지는 일들을 아직은 가끔이나마 알고 싶구나."

처녀가 신문 하나를 집어 들고 훑어본다.

"할머니, 정치 이야기 투성이에요. 그냥 넘어갈까요?"

"그래, 그래. 귀여운 것! 사랑 이야기는 없느냐? 옛날처럼, 납치 사건이라든가 기타 치정 사건에 관한 이야기들을 하지 않으니, 프랑스에서 사랑 놀음이라는 것이 자취를 감춘 모양이로구나."

처녀 아이가 신문을 한동안 구석구석 살핀다. 그러더니 반가운 듯 소리친다.

"하나 찾았어요! '사랑이 빚은 참극'이라는 제목이에요."

늙은 여인의 주름살에 잔잔한 미소가 어린다.

"그걸 좀 읽어주렴."

베르뜨가 기사를 읽기 시작하였다. 황산염 사건이었다. 복수심에 사로잡힌 어떤 여인이, 남편의 정부(情婦)에게 황산염을 뿌려, 눈과 얼굴을 태워버렸다는 이야기였다. 그 여인은, 몰려든 군중의 박수 갈채를 받으며 재판정을 떠났다고 하였다.

할머니는 소파에 누운 채 불편한 심기를 억제하지 못하였다.

"끔찍한 일이야, 정말 끔찍한 일이야! 아가야, 그러니 다른 이야기를 찾아보렴."

베르뜨가 다시 한동안 신문을 꼼꼼히 살폈다. 이윽고, 역시 법정 소식란에서, 또 다른 이야기 하나를 찾아내었다. '음울한 참극'이라는 제목이었다. 상점에서 일하는 성숙한 처녀가, 어느 젊은이와 사랑에 빠졌는데, 바람기 있는 연인에게 복수하기 위하여, 그에게 권총 한 발을 쏘았다는 이야기였다. 가엾은 청년은 평생 불구자 신세를 면치 못할 것이라 했다. 도덕심 투철한 배심원들은, 살인 미수자의 비합법적인 사랑을 편들어, 그녀를 무죄 석방하였다는 소식이었다.

이번에는 늙은 할머니가 노골적으로 반발하며, 떨리는 음성으로 말씀하셨다.

"도대체 모두들 미쳤단 말이냐? 모두들 미쳤어! 착한 신께서 우리들에게 사랑이라는 것을 주셨고, 그것이 삶의 유일한 매력이야. 그 사랑에다 우리 인간이 사랑놀음을 가미하였으며, 그것이 우리의 유일한 도락이야. 그런데 그것들에다가 황산염이나 권총을 섞다니! 에스빠냐산 포도주 병에 진흙을 쑤셔 넣는 격이야!"

베르뜨는 할머니가 분개하시는 연유를 이해하지 못하는 듯했다.

"하지만 할머니, 그 부인은 복수를 한 거예요. 생각해 보세요,

할머니. 그녀는 결혼한 몸인데 남편이 바람을 피웠어요."

손녀의 그 말에 할머니가 심하게 동요하였다.

"도대체 오늘날에는, 우리의 처녀들에게 무슨 생각들을 심어 주고 있단 말이냐?"

"하지만 결혼이란 신성한 것이에요, 할머니!"

손녀의 그 말에 할머니의 가슴 속에서는 전율이 일었다. 사랑이 자유롭던, 위대한 세기에 태어난 여인의 가슴이다.

"신성한 것은 사랑이야. 귀여운 아가씨, 내 말을 잘 들어보아라. 세대가 세 번 바뀌는 것을 직접 보았고, 그리하여 남자들과 여자들에 대하여 많은 것을 알고 있는, 이 늙은 할미의 말을 잘 들어보려무나. 결혼과 사랑이란 서로 아무 상관이 없는 것이다. 가정을 꾸리기 위하여 결혼을 하는 것이며, 사회를 구성하기 위하여 가정을 꾸리는 것이야. 결혼이라는 것이 없으면 사회가 지탱하지 못한다. 사회가 하나의 사슬이라면, 가정이란 그것을 형성하는 고리란다. 그 고리들을 든든히 용접하기 위하여, 사람들은 항상 유사한 금속을 찾는 것이지. 결혼을 하려면, 타산이 서로 맞아떨어져야 하고, 양측의 재산과 운수를 융합시켜야 하며, 비슷한 족속들끼리 결합해야 할 뿐만 아니라, 공동의 이익을 위해 노력해야 한다. 공동의 이익이란 재산과 자식들이란다. 결혼은 오직 한 번만 하지. 사람들이 그러기를 요구하기 때문이다. 그러나 사랑은 평생에 스무 번도 한다. 자연이 우리 인간을 그렇게 만들어 놓았기 때문이야. 너도 알다시피, 결혼은 하나의 율법이다. 반면, 사랑은 우리들을 이리저리 멋대로 끌고 다니는 본능이다. 우리들의 본능에 항쟁하는 율법은 사람이 만든 것이야. 그럴 수밖에 없었다. 그러나 본능이 언제나 승리를 거두지. 또한 본능에 너무 저항해서도 아니 된다. 본능이 신으로부터 비롯된 것임에 반해, 율법이란 기껏 인간의 산물에 불과하기 때문이야. 어린애들이 먹는 약에 설탕을 가미하듯, 사랑으로, 가능한 한 최대의 사랑으로, 우리의 삶을 향기롭게 하지 않는다면, 아무도 삶을 있는 그대로의 상태로는 받아들이려 하지 않을 것이다."

베르뜨는 질겁한 듯, 눈이 휘둥그레져서 혼잣말처럼 중얼거렸다.

"오! 할머니, 할머니. 사람은 오직 한 번밖에 사랑할 수 없어요!"

할머니는, 이미 죽어버린 신, 자유분방한 사랑의 신에게 호소하려는 듯, 떨리는 두 손을 하늘로 치켜올렸다. 그러더니 분개한 듯 언성을 높였다.

"모두들 천민으로, 아니 하인들 족속으로 전락했어. 대혁명 이후 세상은, 뭐가 뭔지 알아볼 수 없게 되었어. 모든 행동을 어마어마한 말로 과장하는가 하면, 삶의 구석구석에 권태로운 의무들을 배치해 놓았어. 그리하여 너희들은 평등과 영원한 정염(情炎)을 신봉하지? 어떤 자들은 사랑 때문에 죽어간다는 시구들을 읊조리고 있어. 그러나 이 할미 시절에는, 모든 여인을 사랑하라고 남자들에게 가르치기 위해서 시를 지었단다. 그리고 우리 여인들은…! 어떤 신사가 우리의 마음에 들면, 시동을 그 사람에게 보냈지. 또한 우리의 가슴 속에 변덕이 일어 새로운 남자가 나타나면, 즉시 먼젓 남자를 해방시켜주었지…. 물론 두 남자를 모두 간수하고 싶지 않을 경우에…."

늙은 여인은 조롱 섞인 미소를 지었다. 그 순간, 그녀의 회색 눈동자에는 일종의 장난기가 번득였다. 자신은 다른 사람들과 같은 반죽[2]이 아니라고 믿으며 항상 지배자로 살아왔고, 보통 사람들의 신조가 자기와는 무관하다고 생각하는 사람의 기지 넘치고

회의적인 장난기였다.

처녀가 창백해진 얼굴로 중얼거렸다.

"그렇다면 여인들에게는 명예라는 것도 없었겠네요."

할머니의 미소가 문득 멈추었다. 그녀에게는 볼떼르의 빈정거림 같은 것이 남아 있으면서도, 동시에 쟝-쟈끄의 불길 같은 철학이 가미되어 있었다.[3]

"명예가 없었다고! 사랑하고, 그 사실을 다른 사람에게 이야기해주고, 나아가 그 사랑을 자랑했다고 해서? 하지만, 귀여운 아가씨, 프랑스에서 가장 지체 높은 우리 귀부인들 중 하나가 혹시 연인을 두지 못하였다면, 그 여인은 온 궁정의 웃음거리가 되었을 거예요. 다른 식으로 살기를 원하는 여인[4]은 수녀원으로 들어갈 수밖에 없었단다. 요즘의 처녀들은 남편이 평생 자기만을 사랑할 것이라고 생각하지. 마치 그것이 진정 가능한 일인 듯. 하지만 이 할미가 너에게 분명히 말해주마. 결혼이란 것이 사회의 존속에 필요한 것들 중 하나이긴 하지만, 그것이 네 할미와 같은 사람들의 천성에는 낯선 것이다. 알아듣겠니? 우리의 삶에 있어서 진정 좋은 것은 오직 한 가지가 있는데, 그것이 사랑이란다. 그런데 요즘 사람들이 그것을 이해하지 못하고 망가뜨려서, 종교의식처럼 엄숙한 것, 혹은 옷처럼 돈을 주고 살 수 있는 것으로 변질시켰어."

처녀는 떨리는 손으로 할머니의 주름투성이 손을 덥석 잡았다.

"할머니, 제발, 이제 그만하세요."

그러더니 무릎을 꿇고 눈물을 글썽이며, 위대한 사랑을, 근대 시인들이 꿈꾸던 영원하고 유일한 사랑을 허락해 달라고 하늘에 빌었다. 그러자 경쾌한 철학자들이 18세기의 역사 위에 뿌려놓은, 그 매력적이고 건강한 양식으로 무장된 할머니가, 손녀의 이마에 다정하게 입 맞추며 속삭였다.
 "조심해라, 가엾은 아가. 네가 만약 그따위 미친 소리들을 믿는다면, 너는 큰 불행에 빠질 것이다."

달빛

쥘리 루베르 부인은, 스위스 여행에서 돌아오는 언니 앙리에뜨 레또레 부인을 기다리고 있었다.

레또레 씨 가족이 떠난 지는 약 5주쯤 되었다. 앙리에뜨 부인은, 급한 일이 생겨 깔바도스[1]에 있는 소유지로 돌아가야 할 부군을 홀로 떠나 보내고, 빠리에 있는 동생 집에서 며칠간 머물다 가기로 하였다.

해가 지고 있었다. 황혼녘이라 침침해진 거실에 앉아, 루베르 부인은 책을 읽고 있었다. 그러나 독서에 집중할 수 없는 듯, 조그만 소리에도 책에서 눈을 떼곤 하였다.

드디어 초인종이 울리고, 그녀의 언니가 여행복 차림으로 나타났다. 두 자매는 즉시, 서로의 얼굴을 살필 겨를도 없이, 서로를 격렬하게 껴안았다. 그렇게 포옹하기를 잠시 멈추다간, 이내 다시 시작하였다.

그리고 나서야, 서로의 건강과 가족들의 안부 및 기타 수천 가지 일들을 물으며 말을 하기 시작하였다. 앙리에뜨 부인이 너울과 모자를 벗는 동안에도, 급히 말을 주고받느라고, 두 자매는 더듬거리듯 잡담을 계속하였다.

날이 어두워졌다. 루베르 부인이 초인종을 눌러 등불을 가져오게 하였다. 불빛이 도착하자, 그녀가 언니의 얼굴을 가까이 들여다보며 다시 포옹할 태세를 취하였다. 그러나 문득 몹시 놀란 듯, 넋을 잃은 듯, 아무 말도 못하고 엉거주춤 하였다. 레또레 부인의 관자놀이에 흰 머리카락 두 꼭지가 드리워져 있었던 것이다. 다른 부분의 머리카락은 짙은 검은색이었고, 윤기마저 흐르고 있었다. 오직 양쪽 관자놀이에만, 두 줄기 은빛 개천처럼, 흰 머리카락이 늘어져 검은 머리 숲속으로 사라지고 있었다. 하지만 그녀의 나이 겨우 스물넷, 스위스로 떠난 이후 별안간 생긴 현상이다. 루베르 부인은 꼼짝도 하지 않고, 기가 막힌 듯, 언니를 바라볼 뿐이었다. 신비하고 무시무시한 불행이 언니에게 닥치기라도 한 듯, 울상이 되어 다그쳐 물었다.

"무슨 일이야, 앙리에뜨?"

구슬프고 병색 짙은 미소를 지으며 언니가 대꾸하였다.

"아무 일도 아니야, 걱정하지 마. 내 흰 머리카락 때문에 그러지?"

그러나 루베르 부인은 언니의 어깨를 잡고 격정적으로 흔들며, 한편 언니를 뚫어지게 살펴보면서, 재차 물었다.

"무슨 일이야? 무슨 일인지 말해 봐. 언니가 거짓말을 해도 난 금방 알아낼 거야."

두 자매는 아무 말 없이 잠시 서로 바라보고만 있었다. 곧 쓰러질 듯 창백해진 앙리에뜨 부인의 내리뜬 눈에는 눈물이 고여 있었다.

"무슨 일이 있었어? 무슨 일이야? 대답 좀 해주겠어?"

그러자, 체념한 음성으로, 언니가 우물거리듯 속삭였다.
"내게… 내게 연인이 생겼어."
그러고는, 이마를 동생의 어깨 위에 처박듯 기대며, 흐느끼기 시작하였다.
얼마 후, 평온을 되찾자, 즉 마구 흔들리던 그녀의 젖가슴이 다시 잔잔해지자, 그녀가 별안간 말을 하기 시작하였다. 간직하고 있던 비밀을 털어버리고, 감추고 있던 괴로움을 신뢰할 수 있는 가슴에 쏟아내고 싶은 것 같았다.
두 여인은 서로 손을 꼭 잡고, 거실 한 구석 어둑한 곳에 있는 긴 소파 위에 털썩 주저앉았다. 동생이 팔로 언니의 목을 휘감아 끌어당겨, 언니를 가슴에 꼭 껴안은 채, 이야기를 듣기 시작하였다.

*

오! 나에게 변명할 여지가 없음은 인정해. 하지만 나 자신도 나를 이해할 수가 없어. 그날 이후 나는 미쳐버렸어. 조심해, 얘, 너도 조심해. 우리 여인들이 얼마나 여리고, 얼마나 쉽게 꺾이며, 얼마나 쉽게 무너지는지, 너도 알아야 해! 잠시 스치는 측은한 마음, 영혼의 갈피를 비집고 지나가는 우수, 모든 여인들이 문득 느끼곤 하는, 품을 열어 포옹하고 귀여워해 주고 싶은 그 욕구 등, 아무것도 아닌, 정말 하찮은 것들로 말미암아 우리 여인들은 순식간에 무너져.
너는 내 남편이 어떤 사람인지 잘 알며, 내가 그 사람을 얼마나 사랑하는지도 알고 있지. 하지만 그가 성숙하고 사려 깊은 사람이긴 해도, 여인의 가슴 속에서 일어나는 다정한 전율은 상상조차 못해. 그 사람은 언제나, 언제나 변함없고, 언제나 착하고, 언제나 미소 짓고, 언제나 호의적이고, 언제나 완벽하지. 오! 그 사람이, 가끔이나마, 나를 우악스럽게 불쑥 껴안고, 두 사람을 혼융의 경개로 이끌어가는, 침묵의 고백 같은, 그러한 입맞춤을 해주었으면! 그 사람도 우리 여인들처럼 자신을 몽땅 내던지고, 나약해지기도 하며, 나의 몸과, 나의 애무와, 나의 눈물을 갈망하였으면!

멍청한 소리라고들 하겠지. 하지만 우리 여인들은 그렇게 생겨먹었어. 그러니 어찌 하겠니?

하지만 그를 배신할 생각은 나의 뇌리에 어른거리지도 않았어. 그런데 이제 그런 일이 벌어졌어. 사랑도, 어떠한 이유도 없이. 단지 어느 날 밤, 뤼쎄른느[2] 호수 위에 달이 떴기 때문이야.

함께 여행을 떠나 한 달이 지나는 동안, 남편은 특유의 태평스러운 무심함으로, 나의 감동을 마비시키고 나의 열광을 꺼버리곤 하였어. 어느 날 아침, 해가 떠오를 무렵, 우리들은 말 네 마리가 끄는 승합 마차를 타고 언덕길을 달리고 있었어. 투명한 아침 안개자락 사이로, 깊은 골짜기와, 숲과, 마을들, 냇물들이 보이기에, 나는 황홀하여 손뼉을 치며 그 사람에게 말하였어.

"얼마나 아름다워요, 여보, 안아주세요!"

그가 너그럽게, 그러나 차갑게 웃으며, 또한 어이없다는 듯 어깨를 조금 으쓱하면서, 나에게 대답하였어.

"경치가 마음에 든다 하더라도, 그것이 서로 포옹해야 할 이유는 되지 못해요."

그 말이 나를 심장까지 얼어붙게 만들었어. 하지만 내 생각으로는, 두 사람이 진정 사랑한다면 점점 더 사랑하고 싶어지며, 특히 우리들을 감동시키는 정경 앞에서는 더욱 그럴 것 같아.

한 마디로, 나의 내면에서는 시적 감정이 용솟음치고 있었지만, 그 분출을 남편이 막곤 하였어. 너에게 어떻게 설명해야 할까? 나는 이를테면, 수증기가 가득 찼으되 완전히 밀폐된 가마솥과 같았어.

어느 날 저녁(우리는 나흘 전부터 훌뤼엘랑[3]에 있는 호텔에 묵고 있었어), 로베르가 머리가 아프다며, 식사 후 즉시 침실로 올라갔고, 나는 홀로 호숫가로 산책을 나갔어.

요정 이야기에 나오는 밤 같았어. 둥근 달이 하늘 한가운데에 떠 있었고, 정상마다 눈이 쌓인 높은 산들은, 모두 은 가발을 쓰고 있는 것 같았어. 그리고 호수의 주름 같은 잔물결은 달빛을 받아 반짝이고 있었어. 대기는 부드러웠어. 이유 없이 다감해진 우리 여인들을 깊숙이 파고들어, 기절할 정도로 나른하게 만드는, 그러한 부드러움이었어. 그러한 순간 우리의 영혼이 얼마나 예민해지며, 얼마나 쉽게 전율하는지! 얼마나 신속하게 설레며 힘차게 감동하는지!

나는 풀밭에 앉아, 매력적이면서도 우수 어린 그 넓은 호수를 물끄러미 바라보았어. 그 순간, 기이한 것이 나의 내면을 스쳐 지나갔어. 그리고, 충족되지 못한 사랑의 욕구와 내 삶의 서글픈 진부함에 대한 불만이 일시에 나를 사로잡았어. 사랑하는 남자의 팔에 의지하여 달빛에 젖은 호숫가를 걷는 것이 나에게는 영영 허락되지 않았단 말인가? 연인들을 위하여 신께서 만드신 듯한 부드러운 밤의 대기 속에서 연인들이 나누는, 그 깊고 달콤하며 광증을 유발하는 입맞춤이 나의 내면 깊숙한 곳까지 퍼져 내려가는 것을 나는 영영 느껴보지 못할 운명이란 말인가? 한여름 밤, 달빛이 만들어 준 그늘 아래에서, 격정에 들떠 미친 듯한 팔이 나를 열광적으로 휘어 감는 일은 영영 없을 것인가?

그러한 생각을 하며 나는 미친 여자처럼 울기 시작하였어.
어느 순간, 내 뒤에서 인기척이 들렸어. 어떤 남자 하나가 우뚝 서서 나를 바라보고 있었어. 내가 고개를 돌리자 그는 즉시 나를 알아보고 나에게로 다가왔어.
"부인, 울고 계십니까?"
자기 어머니와 함께 여행 중인 젊은 변호사였는데, 우리들과 몇 번 마주친 적이 있었어. 그때마다 그는 나에게서 한동안 눈을 떼지 못하였어.
나는 너무 놀라서 대답할 말을 찾지 못하였어. 아무것도 생각할 수 없었어. 나는 벌떡 일어서며 몸이 불편하다고 했어.
그는 내 곁에서 나란히 걷기 시작했어. 태도가 자연스럽고 공손했어. 그리고 여행 이야기를 하였어. 그는 내가 느낀 모든 것을 이야기하였어. 나의 내면에 감미로운 전율을 일으키는 모든 것들을, 그 역시, 아니, 나보다 더, 깊이 이해하고 있었어. 문득 나에게 시를 읊어주었어. 뮈쎄의 시였어. 나는 형언할 수 없는 감동에 사로잡혀 숨이 막힐 지경이었어. 산들도, 호수도, 달빛도, 모두 함께, 형언할 수 없을 만큼 다정한 것들을 노래하는 것 같았어….
그리고, 일이 저질러졌어. 어떻게, 또 무슨 연유로, 시작되었는지는 나도 모르겠어. 환각상태였어….
그 사람은… 다음 날에서야 그를 다시 보았어. 그가 떠나던 순간이었어.
그가 나에게 자기의 명함을 주었어!
그런 다음 레또레 부인은 동생의 품에 기절하듯 쓰러지면서 외마디 소리에 가까운 비명을 질렀다.
그러자 루베르 부인이, 명상에 잠긴 듯, 조용한 표정으로, 다정하게 말하였다.

"그것 봐, 언니, 우리가 사랑하는 것은, 대개의 경우, 남자가 아니고 사랑 그 자체야. 그리고, 그날 밤에도, 언니의 진정한 연인은 달빛이었어!"

행복

저녁 나절, 차를 마실 시각이었다. 그러나 아직 등불을 밝히기 전이었다. 별장은 바다가 내려다보이는 곳에 있었다. 이미 사라진 태양은, 지나가면서 하늘을 온통 불그레하게 만들어 놓았고, 황금가루를 문질러 놓았다. 그리고 지중해는, 주름살 하나 떨림 하나 없이 미끈하여, 지는 해 아래에서 아직도 반짝이는데, 마치 한없이 크고 잘 닦인 금속판 같았다.

멀리 오른쪽에는, 톱니 모양의 산들이, 석양이 남긴 창백한 주홍빛 위에 자기들의 검은 윤곽을 그리고 있었다.

모두들 사랑 이야기를 하고 있었다. 그 낡은 주제를 가지고 입씨름들을 하며, 이미 무수히 반복되었던 이야기들을 다시 하고 있었다. 황혼의 정감 깊은 우수가 사람들의 어조를 느릿하게 만들었으며, 각자의 영혼에 측은한 마음이 감돌게 하였다. 그리고 끊임없이 들려오는 '사랑'이라는 말이, 어떤 때는 남자의 힘찬 음성에 실려오고, 어떤 때는 여인의 가벼운 음색에 실려와, 작은 응접실을 가득 채우고, 새처럼 이리저리 날아다니며, 정령처럼 떠도는 것 같았다.

여러 해 동안 지속적으로 사랑할 수 있을까? 그것이 토론의 주제였다. 어떤 사람들은 그럴 수 있다고 주장하는 반면, 다른 사람들은 그럴 수 없다고 하였다.

어떤 이들은 여러 경우를 구분하여 이야기하는 반면, 어떤 이들은 사랑의 유형들을 열심히 분류하고, 또 다른 이들은 여러 실례를 인용하였다. 그러나 그들 모두, 남녀를 불문하고, 새삼 동요되고 감격한 듯했다. 입술까지 올라왔으되 차마 털어놓을 수 없는, 즉 문득 돌출하여 자신들을 뒤흔드는 추억들을 잔뜩 간직하고 있던 사람들이었다. 그들은, 두 사람 사이에 이루어지는 정답고 신비한 동의에 대해, 즉 가장 진부하면서도 지고의 가치를 지니고 있는 그것에 대해, 깊은 감격과 열렬한 관심을 보이며 입씨름을 하고 있었다.

그런데 별안간, 그들 중 한 사람이 먼 곳을 유심히 바라보며 소리쳤다.

"오! 저쪽을 봐요. 저것이 무엇이죠?"

수평선 끝 바다 위로, 회색 덩어리 하나가 불쑥 솟아올라와 있었다. 거대하고 형체 희미한 것이었다.

여인들이 일제히 일어나 그것을 바라보았다. 하지만, 전에는 한 번도 본적이 없는 그 놀라운 물체가 무엇인지 도무지 알 수가 없었다.

그때 어떤 이가 나섰다.

"저것은 코르시카 섬입니다! 대기의 조건이 아주 예외적일 때, 즉 대기의 투명도가 완벽할 때, 한 해에 두세 번쯤 저 섬이 보입니다.[1]

희미하게나마 산봉우리들이 보였고, 정상에는 눈이 쌓인 것 같았다. 그리하여 모든 사람들이, 바다에서 솟아나온 그 유령, 그 다른 세계의 뜻하지 않은 출현에 놀라고 동요되어 거의 공포감에 사로잡혔다. 콜롬부스처럼, 전인미답의 대양을 가로질러 항해하던 사람들도 유사한 환영을 보았을 것이다.

아직까지 아무 말도 하지 않고 있던 노신사가 드디어 천천히 입을 열었다.

"여러분, 지금 우리들이 이야기하고 있는 것에 대해 응답하고, 또 기이한 추억을 저에게 일깨워 주려는 듯, 우리들 앞에 불쑥 모습을 드러낸 저 섬에서, 저는 한결같은 사랑, 믿을 수 없을 만큼 행복한 사랑의 전형을 직접 보았습니다. 그 사랑의 내막은 이러합니다."

*

저는 5년 전에 코르시카 섬으로 여행을 떠났습니다. 비록 오늘처럼, 가끔 프랑스의 해안에서도 그 섬이 보이긴 하지만, 그 거친 섬은 아메리카보다도 오히려 우리에게 덜 알려져 있으며, 더 먼 곳에 있습니다.

아직도 태초의 대혼돈 상태에 있는 세계, 급류가 흐르는 무수한 협곡들에 의해 찢긴 거친 산악지방을 상상해 보십시오. 평지라고는 전혀 없고, 화강암과 잡목숲과 밤나무 및 소나무로 뒤덮인 숲 등이 연이어져, 거대한 파도를 이루고 있을 뿐입니다. 비록 바위 무더기 같은 마을들이 가끔 눈에 띠기는 하지만, 코르시카는 아직 경작인의 손길이 닿지 않아 황폐한 처녀지입니다. 농사도, 어떤 산업도, 공예도 없는 곳입니다. 수공이 가해진 나무토막 하나, 석수장이의 끌이 닿은 돌 한 조각 볼 수 없는 곳입니다. 우아하고 아름다운 것들에 대한, 선조들의 천진스럽고 세련된 취향의 흔적을 찾아볼 수 없는 곳입니다. 매력적인 형태를 추구하는 행위, 즉 흔히 예술이라고 하는 노력, 그것에 대한 전통적인 무관심이, 그 아름답고 사나운 고장의 특색입니다.

걸작품들로 가득한 저택들 자체가 곧 걸작품이며, 대리석과 목재와 청동과 철 등 모든 금속과 돌이 인간의 재능을 증명해 주고, 고색창연한 집안 여기저기에 굴러다니는 골동품들이, 우아함을 추구하던 신성한 근심을 증언해 주는 곳, 즉 이딸리아는 우리들 모두의 성스러운 조국입니다. 우리가 이딸리아를 사랑하는 것은, 그 고장이 우리들에게 창조적 지성의 위대함과 힘과 승리를 보여주고 입증해 주기 때문입니다.

그런데, 이딸리아를 마주보고 있는 그 거친 코르시카는 태고의 상태로 남아 있습니다. 그곳 사람들은 되는 대로 대강 얽어놓은 집에서 살며, 자신의 생존이나 가문들간의 갈등과 직접적으로 연관되지 않은 것에는 무관심합니다. 그리하여 그곳 사람들은, 미개한 종족들의 단점과 장점을 아울러 가지고 있습니다. 즉, 난폭하고, 증오심에 이글거리며, 태연히 살육을 자행하는 반면, 손님에게 후하고, 관대하며, 헌신적이고 순진하여, 나그네를 맞음에 인색하지 않고, 자기들에게 아주 작은 친밀함만 보여도 변함없는 우정을 허락합니다.

저는 한 달 전부터, 세상의 끝에 와 있다는 느낌에 사로잡혀, 그 멋진 섬 이곳저곳을 쏘다니고 있었습니다. 여인숙도, 선술집도, 도로도 없었습니다. 산허리에 매달려 있는 작은 마을에 들어가려면, 노새들이 다니는 오솔길을 이용하며, 마을에 이르면 저 아래 까마득히 꿈틀거리는 심연이 내려다보이고, 그 심연으로부터 저녁의 적막을 뚫고 지속적인 소음이, 즉 급류의 몽몽한 소리가 들려옵니다. 마을에 도착한 다음, 아무 집에나 가서 문을 두드립니다. 그리고 잠잘 곳과 먹을 것을 청합니다. 그렇게 하여 소박한 식탁 앞에 앉고, 소박한 지붕 아래에서 잠을 청합니다. 그리고 다음날 아침, 주인이 악수를 청하고, 악수를 한 다음, 주인은 나그네를 마을 끝까지 배웅합니다.

그런데 어느 날 저녁, 열 시간 동안을 걸은 끝에, 저는 어느 좁은 골짜기 후미진 곳에 있는 외딴집에 도착하였습니다. 잡목들과 무너진 바위들 그리고 키 큰 나무들로 덮인, 경사 급한 능선 둘이, 그 쓸쓸한 협곡을 우중충한 성벽처럼 에워싸고 있었습니다.

그 외딴 초가 주위에는 포도넝쿨 몇 그루와 채마밭이 있었고, 조금 멀리 떨어진 곳에 큰 밤나무 몇 그루가 보였는데, 그만하면 연명은 할 수 있을 것 같았습니다. 아니, 그 가난한 고장에서는 상당한 재산이었습니다.

저를 맞은 노파는 근엄해 보였고, 보기 드물게 정갈하였습니다. 짚으로 만든 의자에 앉아 있던 남자는, 저에게 인사를 하기 위하여 일어섰다가, 더 이상 아무 말 없이 다시 앉았습니다. 노파가 저에게 말하였습니다.

"저분의 결례를 용서하십시오. 아무 소리도 듣지 못하십니다. 연세가 여든둘이십니다."

그녀는 본토 프랑스어를 쓰고 있었습니다. 저는 몹시 놀랐습니다. 그리하여 제가 물었습니다.

"코르시카 분이 아니시죠?"

그녀가 대답하였습니다.

"저희들은 대륙에서 왔습니다. 하지만 이곳에 사는 지 50년이나 되었습니다."

사람이 사는 도시들로부터 그토록 멀리 떨어진 그 음산한 소굴 속에서 흘러간 50년, 그것에 생각이 미치는 순간, 극도의 불안과 공포감이 저를 사로잡았습니다. 얼마 후, 늙은 목동 한 사람이 돌아왔습니다. 그리하여 식탁에 둘러앉았는데, 음식은 단 한 가지였습니다. 감자와 비계와 양배추를 함께 넣고 끓인 걸죽한 국이었습니다.

길지 않은 식사가 끝난 후, 저는 출입문 밖으로 나가서 앉았습니다. 음울한 풍경에 서려 있는 우수가 저의 가슴을 조였고, 구슬픈 저녁에 혹은 적막한 곳에서 가끔 나그네를 엄습하는 절망감이 저를 짓눌렀습니다. 그러한 순간에는, 모든 생명과 온 우주가 곧 끝날 것 같아 보입니다. 또한, 삶의 끔찍한 참상과, 절대적 고립, 일체의 허망함, 그리고 죽을 때까지 헛된 꿈으로 스스로를 달래고 속이려 몸부림치는 심정의 처참한 고독 등을 문득 발견합니다.

노파가 제 곁으로 다가와 앉았습니다. 그리고, 체념의 극에 이른 영혼 깊숙한 곳에서도 여전히 살아남는, 그 호기심을 견디지 못하겠는 듯, 저에게 물었습니다.

"보아하니, 프랑스에서 오신 것 같군요?"

"그렇습니다. 그저 좋아서 여행을 떠났습니다."

"혹시 빠리에서 오셨습니까?"

"아닙니다. 낭씨에서 왔습니다."

문득 엄청난 격정이 그녀를 뒤흔드는 것 같았습니다. 제가 그 사실을 어떻게 감지했는지는 저 자신도 모릅니다.

그녀가 천천히 제 말을 반복하였습니다.

"낭씨에서 오셨다구요?"

남자가 문틀에 문득 모습을 나타냈습니다. 귀 먹은 사람들이 다 그러하듯, 무심한 표정이었습니다.

여인이 다시 말하였습니다.
"신경 쓰지 말아요. 전혀 듣지 못하십니다."
그리고 잠시 후 다시 물었습니다.
"그렇다면 낭씨에 사시는 분들을 많이 아시겠군요?"
"물론이죠. 거의 다 압니다."
"쌩뜨-알레즈 집안 분들도 잘 아시나요?"
"아주 잘 압니다. 제 아버님의 친구분들이셨습니다."
"존함을 말씀해 주실 수 있겠습니까?"

저의 이름을 밝혔습니다. 그녀가 저를 뚫어지게 바라보더니, 추억들이 일깨워놓은 나지막한 음성으로 말하였습니다.
"그래요, 맞아요, 지금도 또렷이 생각나요. 그리고, 브리즈마르 집안 사람들은 어찌 되었나요?"
"모두 작고하셨습니다."
"아! 그러면, 씨르몽 집안 사람들은? 그분들을 아십니까?"
"예, 잘 압니다. 그댁 막내 아드님은 장군이 되셨습니다."

그러자, 감동과 괴로움, 강력하고 신성하되 모호한 감정, 그때까지 가슴 속 깊이 감추고 있던 모든 것을 털어놓고 싶은 욕구, 그녀의 영혼을 뒤흔드는 사람들의 이름 등 때문이었는지, 그녀가 떨리는 음성으로 말하였습니다.
"그래요, 앙리 드 씨르몽이죠. 그를 잘 알아요. 저의 남동생이에요."

저는 너무나 놀라, 넋을 잃은 듯 그녀를 이윽히 바라보았습니다. 그러자 문득 지난 일들이 저의 뇌리에 되살아났습니다. 벌써 오래전, 로렌느 지방의 상류사회에서는 그것이 떠들썩한 사건이었습니다. 아름다우며, 부유한 집안의 처녀였던 쉬잔느 드 씨르몽이라는 아가씨가, 어떤 기병대 하사관과 함께 도주를 감행하였는데, 그 하사관은 아가씨의 부친 지휘 하에 있던 연대에 소속되어 있었습니다. 연대장의 딸을 유혹한 그 병사는, 이름 없는 농사꾼의 아들이었는데, 용모가 수려했고 특히 남색 군복이 잘 어울렸습니다. 기병대 분열식 때 아가씨가 그를 보게 되었고, 결국 그를 사랑하게 되었던 것 같습니다. 하지만 아가씨가 처음 어떻게 그에게 접근하였는지, 두 사람이 어떻게 만났는지, 그리고 어떻게 뜻이 맞았는지는 아무도 모릅니다. 그녀가 어떻게 자기의 연정을 선뜻 그에게 전했는지, 그것 또한 지금까지 수수께끼로 남아 있습니다.

짐작도, 예감도 못하였던 일입니다. 어느 날 저녁, 일과를 마친 후, 청년이 그와 함께 사라져버렸습니다. 두 사람을 백방으로 찾았으나 종적이 묘연했습니다. 끝내 소식이 없자, 그들이 죽은 것으로 간주하였습니다.

그런데 제가 그녀를 그 음산한 골짜기에서 다시 만난 것입니다.

제가 다시 이야기를 시작하였습니다.

"그렇습니다, 그 시절 일을 저도 생생히 기억하고 있습니다. 부인께서 바로 그 쉬잔느 아씨이지요."

그녀가 머리를 끄덕였습니다. 그녀의 얼굴에 눈물이 주루룩 흘렀습니다. 그러고는, 문간에 서 있는 노인을 눈짓으로 가리키며 말하였습니다.

"저분이 그 병사입니다."

그 순간 저는, 그녀가 그를 여전히 사랑하고 있으며, 아직도 그를 매혹된 눈으로 바라보고 있음을 직감하였습니다. 제가 물었습니다.

"그래도 행복하셨지요?"

심장의 진동을 머금은 음성으로 그녀가 대답하였습니다.

"오! 그래요, 아주 행복했습니다. 그분이 저를 행복하게 해주셨어요. 단 한 번도, 아무것도, 후회하지 않았어요."

저는 한편 슬프면서도, 그 사랑의 위력에 경이로움을 느끼며 그녀를 응시하였습니다. 지체 높고 부유한 집안의 딸이 농사꾼의 아들을 따라나섰습니다. 그리고 스스로 농사꾼의 아내가 되었습니다. 아무 매력도, 호사로움도, 섬세함도 없는 농사꾼의 삶에 적응하며, 농사꾼의 소박한 일상에 자신을 예속시켰습니다. 그렇건만 여전히 그를 사랑하고 있었습니다. 거친 천으로 만든 모자를 쓰고, 치마를 두른, 촌 여인이 되어 있었습니다. 나무를 대강 깎아서 짠 식탁 앞에, 짚을 엮어 만든 의자 위에 앉아, 감자와 양배추와 비계를 섞어 끓인 국을, 질그릇에 담아 먹고 있었습니다. 그리고 남편과 나란히 거적 위에서 잠들곤 하였습니다.

하지만 그 농사꾼 이외에는 아무것도 생각하지 않았습니다! 온갖 치장물도, 고운 피륙도, 폭신한 쏘파도, 휘장을 둘러친 방의 향기로운 따스함도, 온몸을 포근하게 감싸 피로를 풀어주는 새털이불도, 그 무엇도 그리워하지 않았습니다. 그녀가 원했던 것은 오직 그 사람뿐, 그가 곁에 있는 한 아무 욕망도 없었습니다.

그녀는 아직 젊은 나이에, 세속적인 삶과, 사교계와, 자기를 길러주고 아끼던 사람들을 모두 버렸습니다. 그리고 그와 단둘이 그 거친 계곡으로 왔습니다. 그가 그녀에게는, 사람들이 갈망하고, 꿈꾸고, 기다리고, 끊임없이 희구하는 것의 전부였습니다. 그 또한, 그녀의 삶을 처음부터 끝까지 행복으로 가득 채워주었습니다.

그녀는, 자기가 더 이상 행복할 수는 없었을 것이라고 하였습니다.

그날 밤, 자기를 따라 그토록 멀리 온 여인의 곁에 누워 잠든, 그 늙은 병사의 쉰 숨결 소리를 들으며, 저는 그 기이하고 소박한 사랑과, 그토록 적은 것으로 이룬 완벽한 행복을 거듭 생각해 보았습니다.

다음 날 아침 해가 뜨자, 저는 두 노부부와 악수를 하고 그곳을 떠났습니다.

*

노신사가 이야기를 마쳤다. 그러자 어떤 여인이 말하였다.

"어쨌든지, 그녀는 너무나 손쉬운 이상을 추구하였고, 너무나 원초적인 욕구에 사로잡혀 있었으며, 너무 소박한 것을 원하였어요. 멍청한 여자임에는 틀림없어요."

그러자 다른 여인이 천천히 말하였다.

"하지만 무슨 상관인가! 그녀가 행복했는데."

그때, 멀리 수평선에서는, 코르시카 섬이 어둠 속으로 잠기며, 다시 바다 밑으로 처박히고 있었다. 그리고, 자신의 해안에 피신하였던, 소박한 두 연인의 이야기를 들려주려고 모습을 드러냈던, 자신의 거대한 그림자를 천천히 지우고 있었다.

어떤 정염

바다는 햇빛을 받아 반짝이며 잔잔했다. 조수로 인해 약하게 출렁일 뿐이었다. 르아브르 시가지 어디에서나 부두로 들어오는 배들을 볼 수 있었다.

멀리, 깃털 장식처럼 연기를 내뿜고 있는 거대한 증기선들이 보였고, 거의 보이지도 않는 예인선에 의해 이끌려 들어오는 돛배들은, 잎 떨어진 나무와 같은 돛대를 하늘로 뻗치고 있었다.

수평선 끝에서 모습을 드러내기 시작한 선박들은, 그들을 삼키고 있는 부두의 좁은 입구를 향해 일제히 달려오고 있었다. 그 괴물들은, 가쁜 숨 내쉬듯 증기를 가래침처럼 뱉으며, 비명을 지르고, 고함을 치고, 식식거리고 있었다.

젊은 장교 두 사람이, 사람들로 뒤덮인 방파제를 걸으며, 인사를 받기도 하고 인사를 하기도 하다가, 가끔 걸음을 멈추고 이야기를 나누고 있었다.

별안간, 두 사람 중 키가 더 큰 뽈 당리쎌이, 동료 쟝 르놀디의 팔을 꽉 잡으며 나지막하게 속삭였다.

"저길 봐, 뿌왱쏘 부인이야. 잘 살펴봐, 단언하건대 그녀가 자네에게 추파를 던지고 있어."

그녀는 부유한 선주인 남편과 팔짱을 낀 채, 두 사람이 있는 곳으로 다가오고 있었다. 나이가 마흔쯤 되었으나 아직도 매우 아름다웠고, 조금 뚱뚱한 편이지만, 그 살집 덕분에 스무 살 여인의 싱싱함을 간직하고 있었다. 그녀의 친구들은 그녀를 여신이라고 불렀다. 그녀의 기품 있는 걸음걸이와 검고 큰 눈, 고귀한 인품 등이, 그러한 별명을 얻게 한 것이다. 나무랄 데가 없는 여인이었다. 평생 단 한 점 의혹도 그녀 곁에 어른거리지 않았다. 그녀는 훌륭하고 순진한 여인의 표본이었고, 어찌나 근엄한지, 어느 남자도 감히 그녀에게 눈을 돌리지 못하였다.

그런데 한 달 전부터, 뽈 당리쎌이 친구 르놀디에게 단언하기를, 뿌왱쏘 부인이 그를 애정 어린 눈으로 쳐다본다고 하였다. 그가 거듭 주장하였다.

"내가 잘못 본 것이 아니야. 틀림없어. 분명해, 그녀가 자네를 사랑하고 있어. 아주 열정적으로, 단 한 번도 사랑해 본 적이 없는 순결한 여인처럼, 자네를 사랑하고 있어. 마흔 살이라는 것이, 점잖은 여인에게는 참으로 무서운 나이일세. 특히 여인의 감각이 온전할 경우 더욱 그러하지. 그 나이에는 여인들이 아예 미쳐버려서, 어떤 미친 짓도 서슴지 않는다네. 이보게, 저 여인은 이미 탄환을 맞았어. 실탄 맞은 새처럼 떨어지고 있어. 곧 자네의 품으로 떨어질 걸세…. 이보게, 저길 좀 봐."

열두 살과 열다섯 살 된 두 딸을 앞세우고 오던 키 큰 여인의 얼굴이, 르놀디를 보는 순간 문득 창백해졌다. 그녀는 시선을 젊은 장교에게 고정하고, 그를 열렬히 응시하였다. 아이들이건 남편이건, 주위에 있는 군중이건, 그녀의 눈에는 아무것도 보이지 않는 것 같았다. 젊은 사람들이 인사를 하건만, 건성으로 답례할 뿐, 이글거리는 시선은 단 한 순간도 그들을 향하지 않았다. 그 시선의 불꽃을 보자, 드디어 르놀디 중위의 뇌리에 의혹이 자리를 잡았다.

그의 친구가 조용히 중얼거렸다.

"나는 확신하고 있었네. 이제 알겠나? 젠장, 이번에도 자네에겐 또 부유한 덩어리가 걸려들었군!"

하지만 르놀디는 사교계의 정분을 원치 않았다. 사랑에 별로 집착하지 않는 성품으로, 그가 원하는 것은 무엇보다도 평온한 생활이었고, 젊은이에게는 언제나 찾아오는 가벼운 관계로 만족하였다. 온갖 감상적인 것, 교양 있는 여인들이 요구하는 세심한 관심, 다정함 등, 그 모든 것들이 그에게는 귀찮기만 했다. 그러한 유형의 정분이 항상 수반하는 속박, 그 속박이 아무리 가벼운 것이라 할지라도, 르놀디는 그것을 두려워하였다.

"한 달만 지나면 더 이상 견딜 수 없는데, 예의상 여섯 달 이상을 감내해야 하다니!"

그가 자주 하던 말이다.

또한 결별할 때마다 감당해야 하는 연극과 같은 정경, 온갖 궤변, 버림 받은 여인의 악착스러운 집착 등에, 그는 진절머리가 났다.

그는 뿌왱쏘 부인을 피하게 되었다.

그런데 어느 만찬석상에서, 그는 우연히 그녀 곁에 앉게 되었다. 곁에 앉은 여인의 이글거리는 시선이, 그의 피부와 눈, 심지어 영혼 속까지 침투하는 것 같았다. 두 사람의 손이 우연히 마주쳤고, 거의 무의식 중에 서로 조였다. 이미 관계의 시작이었다.

그는 그녀를 다시 만났다. 물론 자신의 뜻과는 상관없었다. 하지만 자기가 사랑받고 있음을 느꼈다. 그 여인의 격렬한 정염에 대한, 허영심 섞인 연민이 그를 사로잡는 순간, 그의 마음이 누그러졌다. 그리하여 그녀가 자기를 좋아하게 내버려두었고, 단지 예의 바른 남자로 처신하였으며, 그녀의 정염이 감정에 그칠 것으로 기대하였다.

하지만 그녀가 어느 날, 그에게 만나자는 전갈을 보냈다. 만나서 자유롭게 이야기를 나누자고 하였다. 그러나, 그를 보는 순간, 그녀는 기절하여 그의 품에 쓰러졌다. 결국 그는 어쩔 수 없이 그녀의 정인이 되었다.

그들의 관계가 어느덧 여섯 달이나 지속되었다. 그녀는 그에게, 고삐 풀린, 그리고 숨 가쁜 사랑을 쏟았다. 그 광적인 정염 속에 갇혀서, 그녀는 더 이상 다른 것을 생각하지 않았다. 그녀는 자신을 몽땅 바쳤다. 옛 사람들이, 가장 귀중히 여기던 물건들을 불더미에 던져 제물로 바쳤듯이, 그녀는 자신의 몸과 영혼, 자기의 명성과 사회적 지위, 자기의 행복 등 모든 것을, 자기 심장의 화염 속에 던져 버렸다.

반면 그는, 이미 오래전부터 그녀의 사랑이 지긋지긋해졌고, 잘생긴 젊은 장교가 손쉽게 수중에 넣을 수 있는 여인들을 그리워하고 있었다. 하지만 그는 결박되어 붙잡혀 있는 죄수 신세였다. 그녀는 입버릇처럼 그에게 말하곤 하였다.

"저는 당신에게 모든 것을 바쳤어요. 더 무엇을 원하세요?"

그럴 때마다 그는 이렇게 대답하고 싶었다.

"나는 당신에게 아무것도 요구하지 않았어요. 그러니 제발, 저에게 주셨다는 것을 다시 가져가세요."

사람들의 이목이나 평판은 물론, 자신의 파멸조차도 개의치 않은 채, 그녀는 매일 저녁 그의 처소를 찾았고, 날이 갈수록 그녀의 정염은 더욱 이글거렸다. 그녀는 그의 품으로 달려들어 그를 미친 듯이 껴안으며, 열광적인 키스를 퍼붓다가는, 이내 기절하였다. 그에게는 지긋지긋한 일이었다. 그가 조용히 달래곤 하였다.

"제발 정신 좀 차리세요."

그녀의 대답은 항상 여일했다.

"당신을 사랑해요."

그러면서 그의 무릎을 얼싸안고 주저앉아, 경배 드리는 자세로 그를 오랫동안 바라보곤 하였다. 그 고집스런 시선에, 그가 더 이상 견디지 못하고, 짜증을 내며 벌떡 일어서곤 하였다.

"이것 봐요, 일어나 앉아요. 우리 차근차근 이야기 좀 합시다."

그럴 때마다 그녀는 나지막하게 웅얼거렸다.

"싫어요, 이대로 있게 해주세요."

그러고는 황홀한 듯, 그러한 자세를 고집하였다.

그가 친구 당리쎌에게 고충을 털어놓았다.

"자네 알겠나, 내가 언젠가는 그녀에게 매질 하는 일이 생길 것 같네. 더 이상 못 참겠어. 견딜 수가 없네. 이제 끝내야 해. 즉시!"

그리고 덧붙였다.

"자네 생각으로는 내가 어떻게 하면 좋겠는가?"

친구가 간단히 대답하였다.

"끊어버려!"

그러자 르놀디가, 어이없다는 듯 어깨를 으쓱하며, 그 말을 받았다.

"자네는 아주 쉽게 말하는군. 하지만, 세심한 관심으로 우리를 순교자로 만들고, 상냥함으로 우리에게 고문을 가하며, 애정으로

어떤 정염 37

우리를 박해하는 여인, 유일한 근심이 우리를 기쁘게 해주는 것이며, 유일한 잘못이라야 우리가 원치 않건만 스스로를 우리에게 몽땅 바친 것뿐인, 그러한 여자와의 관계를 끊기가 그리 쉽다고 생각하는가?'

그러던 중 어느 날 아침, 연대가 주둔지를 바꾼다는 소식이 들려왔다. 르놀디는 기뻐서 춤을 추었다. 드디어 구출된 것이다! 연극 같은 정경을 연출하지 않고도, 고함을 치지 않고도, 드디어 구출된 것이다…! 두 달만 참고 기다리면 된다…! 구출된 것이다!

그날 저녁, 그녀는 평소보다 더 열광한 기색으로 그의 거처로 들어섰다. 그녀 역시 그 끔찍한 소식을 들었다고 하였다. 그러더니, 모자도 벗지 않은 채, 그의 손을 잡고 정열적으로 조이며, 또 그의 눈을 빤히 들여다보며, 단호하고 감동한 음성으로 말하였다.

"곧 떠나실 거라는 사실을 저도 알아요. 처음에는 제 영혼이 산산조각 나는 것 같았어요. 하지만 곧 제가 할 일이 무엇인지를 깨달았어요. 더 이상 머뭇거리지 않겠어요. 한 여인이 남자에게 제시할 수 있는, 사랑의 가장 위대한 징표를 가져왔어요. 즉, 당신을 따라가겠어요. 당신을 위해, 남편과 자식들과 가정을 버리겠어요. 저의 파멸이라고들 하겠지요. 그러나 저는 행복합니다. 당신에게 제 몸을 다시 바치는 것처럼 행복합니다. 이것이 당신에게 드리는 마지막의, 그리고 가장 위대한 헌정물이에요. 저는 영원히 당신의 것이에요!"

그의 등에는 식은땀이 흘렀다. 그리고, 맹렬하되 소리 없는 노여움, 즉 무기력한 노여움이 그를 사로잡았다. 하지만 그는 자신을 진정시켰다. 그런 다음 무관심한 어조로, 음성을 부드럽게 하여, 그녀의 헌정물을 사양하며, 그녀를 진정시키고 타이르면서,

그녀가 자신의 미친 짓을 깨닫게 해주려 애를 썼다. 그녀는 입술에 감도는 경멸감을 감추지 않은 채, 검은 눈으로 그의 얼굴을 빤히 올려다보며, 묵묵히 그의 말을 듣고 있었다. 그의 말이 끝나자 그녀가 간략하게 물었다.

"당신 또한 비겁한 사람인가요? 당신 역시, 여인을 유혹했다가 마음이 변하면 즉시 버리는 남자들 중의 하나인가요?"

그의 얼굴이 창백해졌다. 그가 다시 타이르기 시작하였다. 그러한 행동이 몰고 올 불가피한 결과, 즉 생활이 풍비박산 나고, 세상과 단절된 상태가 죽을 때까지 계속된다는 점을 상기시켜주었다. 하지만 그녀의 대답은 고집스럽기만 했다.

"사랑하는데, 무슨 상관있겠어요!"

드디어 그가 터뜨리고야 말았다.

"절대 안 돼요! 나는 싫어요. 알아들으시겠어요? 내가 원치 않으며, 따라서 그러한 짓을 허락할 수 없어요."

그러면서 오랫동안 쌓였던 원한 풀 듯, 가슴 속에 있던 것을 마구 쏟아냈다.

"제기랄! 내 뜻과는 상관없이, 나를 일방적으로 사랑하신 지 너무 오래되었어요. 이제 단 한 가지 못하신 짓은, 전선에까지 저를 따라가 뒈져버리시는 것뿐이에요. 고맙습니다. 제기랄!"

그녀는 아무 대꾸도 하지 않았다. 하지만 그녀의 창백해진 얼굴이 서서히 그리고 고통스럽게 일그러졌다. 모든 신경과 근육이 뒤틀린 것 같았다. 그녀는 작별 인사도 하지 않고 집으로 돌아갔다.

바로 그날 밤, 그녀가 음독하였다. 처음 일주일 동안, 사람들이 말하기를, 소생할 가망이 없다고 하였다. 즉시 온 도시가 그 이야기로 열을 올렸으며, 그녀를 동정하였다. 그녀의 정염이 격럴했던 만큼, 그녀의 잘못도 용서할 만하다고 하였다. 극단적인 감정들이라는 것은, 그 격정으로 인해 영웅적으로 변하며, 따라서 그 속에 내포된 단죄 받을 것들도 항상 용서받는 법이다. 그리하여 한 여인이 자살을 하면, 그 사실 덕분으로 그녀의 간통 행각은 더 이상 문제가 되지 않는다. 결국, 얼마 아니 되어, 그녀와 다시 만나기를 거절했다는 이유로, 르놀디 중위에게 대대적인 비난이 집중되었다. 그를 나무라고 싶은 집단 감정이었다.

르놀디 중위가 그녀를 구타하고, 배신하고, 결국 버렸다는 소문이 돌았다. 연대장이, 딱한 마음에, 자기의 수하 장교에게 넌지시 그 이야기를 하였다. 그러자 뿔 당리쎌이 친구를 찾아갔다.

"제기랄! 이보게 착한 친구, 한 여인이 죽게 내버려두어서는 아니 되네. 그건 온당치 못해."

르놀디는 짜증을 내며, 친구에게 그만 닥치라고 하였다. 친구가 어느 순간 '수치' 라는 말을 하였기 때문이다. 두 사람은 결투를 하였다. 르놀디가 부상을 당했고, 모든 사람들이 고소해하였다. 르놀디는 오랫동안 침상을 지켜야 했다.

그녀가 그 사실을 알게 되었고, 그녀의 사랑은 더욱 뜨거워졌다. 그가 자기를 위해 결투에 임한 것으로 믿었기 때문이다. 하지만, 침실을 떠날 수 없었던지라, 연대가 이동할 때까지 그를 다시 만나지 못하였다.

그의 연대가 릴르에 주둔한 지 3개월쯤 된 어느 날 아침, 젊은 여인 하나가 그를 방문하였다. 옛 정인의 자매였다.

오랫동안 지속된 고통과, 극복할 수 없는 절망감에 시달려, 뿌왱쏘 부인이 죽어가고 있다 하였다. 더 이상 가망이 없다고 하였다. 그녀는, 영영 눈을 감기 전에, 그를 잠시나마, 단 1분 동안만이라도, 다시 보고 싶다 하였다.

서로 못 보고 또 세월도 상당히 흘러, 젊은이의 싫증과 노여움이 상당히 가라앉았음인지, 그는 측은한 듯 눈물을 흘리며, 르하브르로 즉시 떠났다.

그녀는 임종을 맞고 있는 것 같았다. 사람들이 두 연인만을 남겨두고 자리를 피하였다. 그는 자기로 인해 죽어가고 있는 여인의 침상 앞에 이르는 순간, 발작 증세에 가까운 괴로움에 사로잡혔다. 그가 흐느꼈다. 또한 다정하고 열렬한 입술로 그녀를 애무하였다. 이제껏 그녀에게 단 한 번도 해주지 않던 애무였다. 그가 격정에 휩쓸려 더듬거리며 말하였다.

"아니야, 아니야, 당신은 죽지 않아요. 곧 나을 거예요, 그리고 다시 사랑을 나눌 거예요…. 언제까지라도…."

그녀가 웅얼거리듯 속삭였다.

"진실이에요? 나를 사랑한다구요?"

그는 비탄한 나머지, 그녀가 쾌유되면 그녀를 기다리겠노라고 약속하며, 맹세까지 하였다. 또한, 가엾은 여인의 앙상한 손을 입술로 더듬으며 한없이 슬퍼하였고, 그 동안 여인의 심장은 힘차고 어지럽게 박동하였다.

다음 날 그는 병영으로 돌아갔다.

6주 후, 그녀가 다시 그와 합류하였다. 폭삭 늙어 알아볼 수 없을 지경이었지만, 연정은 더욱 이글거렸다.

그 역시 연정에 사로잡혀 그녀를 맞았다. 그리고 법에 따라 혼인한 사람들처럼 함께 살았다. 그러자, 여인을 무정하게 버렸다고 분개하던 연대장마저, 그 불법적인 행태를 못마땅해 하였다. 연대 내에서 모범을 보여야 할 장교에게는 어울리지 않는 처신이라 하였다. 연대장이 먼저 경고를 하고, 곧 징계 조치를 취하였다. 그러자 르놀디가 사직서를 제출하였다.

두 사람은 지중해 연안으로 가서, 해변에 있는 어느 별장에 살림을 차렸다. 옛날부터 연인들이 찾는 바다이다.

다시 3년이 흘렀다. 르놀디는 이제 멍에에 짓눌려 복속되었고, 그 줄기찬 애정에 익숙해져 있었다. 그녀의 머리는 백발이 되었다.

그는 자신을, 물에 빠져 끝장 난 사람으로 여기고 있었다. 어떠한 희망도, 출세도, 만족도, 즐거움도, 이제는 더 이상 자기에게 허락되지 않는다고 굳게 믿고 있었다.

그런데 어느 날 아침, 어느 방문객의 명함이 그에게 전달되었다. 〈죠제프 뿌왱쏘. 선주. 르아브르〉. 명함에는 그렇게 적혀 있었다. 그녀의 남편이었다! 여인들의 그러한 필사적인 고집에는 맞서는 것이 아님을 잘 아는지라, 이제껏 아무 말도 하지 않은 그 남편이다. 무슨 일로 왔을까?

남편은 별장 안으로 들어오기를 거절하며, 정원에서 기다리고 있었다. 그가 깍듯하게 인사를 하였다. 그러나 정원 오솔길에 있는 벤치에조차 앉기를 거절하였다. 그가 명료하게, 그리고 천천히 용건을 말하기 시작하였다.

"선생님, 제가 이곳에 온 것은, 선생님을 나무라기 위해서가 아닙니다. 일의 내막을 제가 너무나도 잘 알기 때문입니다. 저는… 아니 우리 모두… 일종의 숙명을 감수하였을 뿐입니다. 저의 처지에 변화가 없었다면, 조용히 물러나 사시는 선생님을 결코 번거롭게 해드리지 않았을 것입니다. 저에게는 딸 둘이 있습니다. 선생님, 딸들 중 큰 아이가 어느 젊은이를 사랑하고, 젊은이 역시 그 아이를 사랑합니다. 그러나 젊은이의 집안에서, 제 딸아이의 어미 일을 문제 삼아, 두 사람의 혼인을 반대하고 있습니다. 저에게는 노여움도 원한도 없습니다. 다만 저의 딸들을 극진히 아낄

뿐입니다. 그러한 연유로 저의… 저의 처를 돌려주십사, 선생님께 간청코자 찾아뵈었습니다. 그녀가 오늘은 저의 집으로… 그녀의 집으로, 선뜻 돌아가 주기를 바랄 뿐입니다. 저는, 저의 딸들을 생각해서, 그간의 모든 일을 잊은 척하겠습니다."

르놀디의 가슴이 뭉클해졌다. 사면령을 받는 죄수처럼, 광증 같은 기쁨이 그의 가슴에 흥건히 넘쳐흘렀다.

르놀디가 더듬거리며 대답하였다.

"당연한 말씀입니다…. 옳은 말씀입니다. 선생님… 저 역시…. 사실입니다…. 의심할 여지없이…. 당연한, 너무나 당연한 일입니다."

그는 찾아온 사내와 악수를 나누고, 그를 힘껏 포옹하고, 그의 볼에 자기의 볼을 부비고 싶은 심정이었다.

그가 다시 방문객에게 권하였다.

"잠시 들어가시지요. 거실에서 기다리시는 것이 편하실 겁니다. 그녀를 불러오겠습니다."

이번에는 뿌왱쏘 씨도 더 이상 사양하지 않고, 거실로 들어와 앉았다.

르놀디는 성큼성큼 계단을 올라갔다. 정인의 방 문 앞에 이르러, 마음을 가다듬은 다음 천천히 방 안으로 들어섰다.

"아래층에 당신을 찾아온 분이 계시오. 당신의 딸들 소식을 가지고 오셨소."

그녀가 몸을 일으키며 물었다.

"내 딸들 소식이라구요? 무엇인데요? 도대체 무슨 소식이에요? 죽기라도 했답니까?"

그가 조용히 대답하였다.

"아니오. 하지만, 오직 당신만이 풀 수 있는 중대한 문제가 있는 것 같소."

그녀는 더 이상 묻지 않고 신속히 아래층으로 내려갔다.

그는 마음이 온통 산란해져, 의자 위에 털썩 주저앉았다. 그리고 들려오는 소리에 귀를 기울였다.

그는 오랫동안, 아주 오랫동안 기다렸다. 그러다가, 신경질적인 음성이 천장을 통해 자기에게까지 들려오는지라, 내려가 보기로 작정하였다.

뿌왱쏘 부인은 서 있었는데, 몹시 짜증이 나는 듯, 금방이라도 거실에서 나가버릴 기세였다. 반면 남편은, 그녀의 드레스 자락을 잡고 늘어지며 애원하고 있었다.

"우리들의 딸들을, 당신의 딸들을, 우리의 아이들을, 당신이 파멸시키고 계시다는 사실을 제발 깨닫도록 하시오!"

그녀는 같은 대답만을 고집스럽게 반복하였다.

"당신의 집으로는 돌아가지 않겠어요."

르놀디는 모든 것을 짐작하였다. 주춤거리며 다가가서 겨우 한 마디 하였다.

"뭐라고요? 돌아가지 않으시겠답니까?"

그녀가 그를 향해 돌아섰다. 그러더니, 법적인 남편 앞임을 의식하였던지, 조심하는 듯한 어조로 그에게 말하였다.

"저분이 무얼 원하시는지 아시겠습니까? 제가 자기의 집 지붕 밑으로 돌아가기를 원하십니다!"

그러면서, 무릎을 꿇고 애원하는 남자를 멸시하는 듯, 냉소를 감추지 않았다.

그러자 르놀디가, 절망 속에서 마지막 패를 잡은 사람의 단호함으로, 말을 하기 시작하였고, 가엾은 딸들의 처지를 변호하였다. 그가 변호한 것은 곧 남편의 처지였고, 또한 자신의 처지이기도 했다. 그런데, 새로운 논거를 찾기 위해 그가 잠시 말을 중단하자, 견디다 못한 뿌왱쏘 씨가, 본능적으로 되살아난 옛날의 어투로, 중얼거리듯, 그녀에게 한 마디 하였다.

"제발, 델핀느, 당신의 딸들을 생각해요."

그녀가 문득 두 남자를 경멸 가득한 시선으로 이윽히 바라보았다. 그런 다음 층계 쪽으로 내달으며, 내던지듯 한마디 하였다.

"두 사람 모두 불쌍한 분들이에요!"

홀로 남은 그들은, 서로 못지않게 낙담하고 괴로운 듯, 잠시 물끄러미 상대를 바라보았다. 뿌왱쏘 씨가 곁에 떨어져 있던 모자를 다시 집어 들고, 마루에 닿아 뽀얗게 된 무릎을 손으로 툭툭 털었다. 그리고, 르놀디가 그를 출입문까지 배웅하는 동안, 절망적인 몸짓으로 인사를 하며 탄식하였다.

"선생님, 우리 두 사람이 참으로 불쌍합니다."

그러더니 무거운 발걸음으로 멀리 사라졌다.

초상화

"아, 밀이알이군!" 내 가까이에 있던 어느 사람이 말하였다.

내가 그 거명된 사람 쪽으로 즉시 눈을 돌렸다. 오래전부터, 그 돈 후안[1]으로 알려진 사람이 궁금했기 때문이다.

그에게 더 이상 젊음은 없었다. 모호한 회색 모발은 북부 지역의 특정 민족들이 쓰는 털모자와 비슷했고, 가슴팍 위로 늘어진 상당히 길고 고운 수염 역시 모피를 연상시켰다. 그가 어느 여인 쪽으로 상체를 숙인 채 나지막한 음성으로 그녀와 이야기를 나누면서, 존경심과 호의 가득한 부드러운 눈으로 그녀를 응시하고 있었다.

내가 그의 삶을, 혹은 적어도 사람들이 흔히 알고 있던 바를, 알고 있었다. 그가 여러 차례 미친 듯한 사랑을 받았고, 그의 이름이 연루된 비극들도 발생하였다. 그에 대하여 많은 이들이, 매우 매력적인, 어떤 여인도 항거할 수 없는 남자처럼 이야기하였다. 그러한 능력이 어디에서 비롯되는지 알고 싶어 그를 극찬하는 여인들에게 물으면, 그녀들은 모두 잠시 생각하다가 한결 같이 이렇게 대꾸하였다.
 "모르겠어요⋯. 마법 같은 것이 있어요."
 분명한 것은 그의 용모가 수려하지 않았다는 사실이다. 여인들의 가슴을 정복하는 이들에게 있을 것이라고 우리가 흔히 추측하는 멋 같은 것도 그에게는 전혀 없었다. 그의 매력이 어디에 숨겨져 있을까, 내가 호기심을 느끼기 시작하였다. 그의 재치 속일까⋯? 하지만 그가 하였다는 재담을 듣지도 못하였으며, 그의 탁월한 지성을 찬양하는 말도 들은 적 없다⋯. 그의 시선 속일까⋯? 아마 그럴 수도 있을 것 같았다⋯. 혹은 그의 음성 속일까⋯? 어떤 사람들의 음성에는 육감적이고 매혹적인 우아함과 감미로운 음식의 그윽한 맛이 있다. 우리는 그들의 음성 듣기를 갈망하고, 그들이 하는 말의 소리가 감미로운 음식처럼 우리들 속으로 침투한다.
 마침 친구 하나가 근처를 지나고 있었다. 내가 그에게 물었다.
 "자네 혹시 밀이알 씨와 아는 사이인가?"
 "그렇다네."
 "그러면 그와 나를 서로에게 소개시켜 주게나."
 잠시 후 우리는 악수를 나누었고, 엉거주춤 선 채 이런저런 이야기를 주고받았다. 그가 하던 말은 적절했고, 듣기에 유쾌했으며, 추호도 오만하지 않았다. 음성이 정말 아름답고 부드러우며 다정하여 음악 같았으나, 일찍이 나는 그보다 더 사람의 마음을 사로잡고 뒤흔드는 음성도 들은 바 있다. 그의 말에 귀를 기울이노라면, 예쁜 샘물이 흐르는 것을 바라볼 때처럼 즐거웠다. 그의 말을 따라가기 위해 어떠한 사념의 긴장도 필요하지 않았고, 어떠한 함의도 호기심을 지나치게 자극하지 않았으며, 어떠한 기대도 관심을 첨예하게 일깨우지 않았다. 그와의 대화는 편안함을 느끼게 해주는 편이어서, 우리의 내면에, 대꾸하고 반박하고픈 강렬한 욕망이나 황홀해진 동감을 일으키지 않았다.

게다가, 그의 말에 대꾸하는 것이, 그 말에 귀 기울이는 것만큼이나 쉬웠다. 그가 말을 마치기 무섭게 답변이 스스로 나의 입술에 나타났으며, 나의 그 말들이, 마치 그가 한 말에 이끌려 나의 입에서 자연스럽게 나오기라도 한 듯 그에게로 향하였다.

얼마 아니 되어 한 가닥 사념이 나를 엄습하였다. 그와 인사를 나눈 지 15분밖에 아니 되었건만, 그가 나의 오래된 친구들 중 하나인 것 같았고, 그의 용모와 동작과 음성과 생각 등 모든 것들이 오래전부터 나에게 친숙했던 것처럼 여겨졌다.

문득, 잠시 동안의 대화 끝에, 그가 나의 내밀한 곳에 자리 잡은 것처럼 보였다. 우리 두 사람 사이에 모든 문들이 활짝 열렸고, 만약 그가 나에게 요청하였다면, 아마 내가 그에게, 일반적으로 가장 오래된 동료들에게만 털어놓는 나에 관한 속내 이야기를 해주었을 것이다.

거기에는 분명 어떤 불가사의가 있었다. 모든 사람들 사이에 닫힌 상태로 있는, 그리고 호감과, 비슷한 취향과, 같은 지적 교양과, 한결같은 관계 등이 그들의 자물쇠를 조금씩 열어 세월이 하나씩 치워버리는 그 장벽들이, 그와 나 사이에는 존재하는 것 같지 않았고, 또한 의심할 나위 없이, 우연이 그의 행로에 던져 놓은 남자들과 여인들 그 모든 사람들과 그 사이에도 그것이 존재하지 않는 것 같았다.

반 시간 후, 우리는 자주 다시 만나자는 약속을 하며 헤어졌고, 이틀 후 자기의 집 오찬에 나를 초대한 후 나에게 주소를 남겼다.

내가 정확한 시각을 잊어버려 너무 일찍 도착하였고, 그는 아직 집에 돌아오지 않았다. 단정하고 말수 적은 하인 하나가 앞장

서 문을 열자, 조금 침침하고 아늑하며 엄숙하되 아름다운 응접실이 나타났다. 나는 그곳이 마치 나의 집처럼 편안했다. 아파트들이 사람의 성격과 지성에 영향 끼치는 예를 내가 얼마나 많이 보았던가! 들어가 있으면 항상 멍청해지는 듯한 방들이 있는가 하면, 반대로 자신이 항상 재기 넘치는 듯 여겨지는 방들이 있다. 비록 밝고 온통 희며 황금빛으로 치장하였건만 구슬픔 느끼게 하는 방들이 있는 반면, 비록 차분한 색조의 벽지에도 불구하고 사람을 즐겁게 하는 방들이 있다. 우리의 눈 또한, 우리의 심정처럼, 자기 고유의 증오 대상과 애정 대상을 가지고 있으며, 그것들을 우리에게 알리지 않은 채 비밀리에 또 슬그머니 우리의 심기에 강제로 떠안긴다. 가구들과 벽들의 조화 및 전반적인 양식 등이, 숲이나 바다나 혹은 산악지방의 대기가 우리의 체질을 변화시키듯, 우리의 지적 천성에 즉각적으로 작용한다.

방석들에 덮여 그 모양이 아예 보이지도 않는 좁은 침상 같은 긴 의자에 앉자, 내 몸뚱이의 형체와 위치가 미리 정해진 듯, 내가 문득 깃털 가득한 그 작은 비단 주머니들에 의해 편안히 떠받혀지고 그것들 위에 실려 그 속에 박히는 듯한 느낌을 받았다.

다음 순간 실내를 둘러보았다. 눈부신 것이라곤 전혀 없었으나, 어느 쪽으로 눈을 돌려도, 소박하되 아름다운 물건들과 조촐하지만 희귀한 가구들, 루브르 백화점[2]에서 오지 않고 어느 하렘의 내실에서 가져온 듯한 동방의 커튼들이 보였고, 나의 정면에 여인의 초상화 하나가 걸려 있었다. 얼굴과 상반신과 책 한 권을 들고 있는 두 손을 그린, 중간 크기의 초상화였다. 여인은 젊었고, 모자를 쓰지 않았으며, 납작한 띠로 머리를 묶었는데, 조금 구슬프게 미소를 짓고 있었다. 그녀가 모자를 쓰지 않았기 때문인지, 혹은 그녀의 지극히 자연스러운 자태에서 비롯된 인상에 기인했는지는 모르겠으나, 여인의 모습을 그린 초상화들 중 어느 것도 그것처럼 자기의 집에, 즉 자기의 거처에, 편안히 있는 여인을 그린 것은 없을 것 같았다. 내가 아는 거의 모든 초상화들은, 화폭 속 여인들이 화려한 정장 차림에다 잘 어울리는 머리 매무새로, 자신이 우선 화가 앞에서, 그 다음 자기를 바라볼 모든 사람들 앞에서 포즈를 취하고 있음을 잘 아는 기색을 띠든, 혹은 잘 고른 실내복 차림에 구애됨 없는 태도를 취하든, 한결같이 공연 같은 허세를 드러낸다.

어떤 여인들은 위풍당당하고 아름다움 가득해져, 일상생활에서는 장시간 동안 견지할 수 없을 오만한 기색으로 서 있다. 또 어떤 여인들은 화폭의 부동성 속에서 아양을 떨며, 그녀들 모두 화가에 의해 배치된 듯한 하찮은 것 하나까지도, 가령 꽃 한 송이, 보석 하나, 드레스나 입술의 주름 하나까지도, 그 목적을 위해 지니고 있다. 그녀들이 모자를 쓰고 있건, 머리에 레이스를 얹었건, 혹은 민머리건, 우리는 그녀들 속에 있는 온전히 자연스럽지 못한 것을 간파한다. 그것이 무엇이냐고? 그녀들과 교분이 없었던 지라 그것이 무엇인지 알 수는 없으나, 그것을 느낄 수는 있다. 그녀들이 어떤 곳을 방문하는 모양인데, 자기들을 좋아하게 되기를 바라는 사람, 그리하여 자기들의 장점을 한껏 과시하기 위하여 찾아간 사람들의 집에 가 있는 것 같으며, 따라서 자기들의 태도를 겸손하게 혹은 오만하게 미리 연구해 두었다.

하지만 지금 내 앞에 있는 초상화 속 여인에 대해서는 무슨 말을 해야 할까? 그녀는 자기의 집에 있었으며 혼자였다. 그렇다, 혼자임이 틀림없었으니, 그녀가, 다른 이들의 시선이 자기에게로 향할 때처럼이 아니라, 홀로 어떤 슬픈 일이나 정다운 것을 생각할 때처럼 미소 짓고 있었으니 말이다. 그녀가 어찌나 완벽하게 혼자였던지, 그리고 진정 자기의 거처에 있었던지라, 그 커다란 거처가 텅 빈 것 같았고, 다른 아무것도 그 속에 남겨 놓지 않았다. 그녀가 진정 그곳을 거처로 삼았고, 그 거처를 가득 채웠으며, 홀로 그곳에 활기를 주고 있었던지라, 비록 많은 사람들이 그곳에 들어와 이야기를 하고 웃고 심지어 노래를 부르더라도, 그녀는 여전히 혼자일 것이고, 그 쓸쓸한 미소를 지을 것이며, 홀로 초상화 속의 그 시선으로 그 거처에 생기를 줄 것이다.

그 시선은 또한 유례없을 만큼 독특했다. 그것이 내 위로 곧장 애무하듯 흔들림 없이 떨어지고 있었건만 나를 보는 것 같지 않았다. 다른 모든 초상화들은 누가 자기들을 응시한다는 것을 알며, 따라서 그것들의 거처로 우리가 들어서는 순간부터 그곳을 떠날 때까지, 보고 생각하며 우리를 따라다니는 눈으로 우리의 시선에 응답한다.

반면 그 초상화는, 비록 시선이 곧장 내 위로 고정되었건만, 나도, 그 무엇도, 보이지 않는 것 같았다. 보들레르의 놀라운 다음 구절이 뇌리에 떠올랐다.

> 또한 어느 초상화의 눈처럼 매력적인 그대의 눈을,[3]

옛적에 살았거나 혹은 아직도 살아있을지 모르는 그 초상화 속 눈이 정말, 항거할 수 없는 위력으로, 나의 내면에 기이하고 힘차며 새로운 동요를 일으켰다. 오! 우리를 스쳐 지나가는 미풍처럼 무한하고 사람을 나른하게 만드는 매력, 자홍색과 분홍색과 하늘색 섞인 황혼 녘의, 그리고 곧 이어질 밤처럼 우수 어린, 곧 지워질 하늘처럼 우리를 사로잡는 기이한 매력이 그 어둑한 화폭으로부터, 그 불가해한 두 눈으로부터, 발산되고 있었다! 그 눈들이, 몇 번의 붓질이 창조해낸 그 눈들이, 있는 것 같되 존재하지 않고, 여인의 시선에 나타날 수 있으며, 우리의 내면에 사랑이 싹트게 하는 것의 비밀을 감추고 있었다.

문득 출입문이 열렸다. 밀이알 씨가 들어왔다. 늦어서 죄송하다고 하였다. 그 말에 내가 너무 일찍 와서 죄송하다고 대꾸하였다. 그런 다음 그에게 다시 말하였다. "저 여인이 누구냐고 당신에게 여쭙는다면 결례가 되겠습니까?"

그가 대꾸하였다.

"젊은 나이에 타계하신 저의 어머니이십니다."

나는 그제야 그 남자의 설명할 수 없는 매력이 어디에서 근원되었는지를 깨달았다.

머리채

   환자의 독방 벽에는 석회를 칠하였고, 아무 장식물도 없었다. 사람이 접근할 수 없도록 높은 지점에 뚫어 놓았고 쇠창살 박은 좁은 창문 하나가, 환하되 을씨년스런 방을 밝히고 있는데, 정신병자가 짚의자에 앉아, 고정되고 멍한 그러나 무엇에 홀린 듯한 눈으로 우리들을 응시하고 있었다. 그의 몸은 몹시 야위었고, 두 볼이 움푹 파였으며, 머리는 불과 몇 달 동안에 거의 백발로 변하였음을 누가 보아도 짐작할 수 있었다. 비쩍 마른 사지와 오그라진 가슴팍 및 푹 꺼진 복부 때문에 그의 옷이 너무 헐렁해 보였다. 그 남자가 자신의 생각에 의해, 어떤 특이한 생각에 의해, 벌레에 의해 과일이 그렇게 되듯, 황폐해지고 침식되었음을 직감할 수 있었다. 그의 광기가, 즉 그의 사념이, 집요하고 악착스러우며 모든 것을 소진시킬 기세로 그의 뇌수를 점령하고 있었다. 그것이 그의 몸뚱이를 조금씩 갉아먹고 있었다. 그것이, 즉 보이지 않고, 촉지할 수 없으며 포착할 수 없는 비질료적인 사념이, 살을 굴착하고 피를 마셔 생명을 소진시키고 있었다.

그 남자가 하나의 환영에 의해 죽임을 당하다니, 그 무슨 불가사의란 말인가! 악령에 사로잡힌 그 사람이 괴로움과 공포감과 연민을 동시에 안겨주었다! 그가 깊고 끊임없이 움직이는 주름살로 그 표면에 습곡을 만들고 있던 이마 속에, 도대체 어떤 기이하고 무시무시하며 치명적인 꿈이 거주하고 있었단 말인가?

  의사가 나에게 말하였다. "그는 무시무시한 발작성 광기를 드러내며, 제가 이제까지 본 가장 기이한 정신착란증 환자들 중 하나입니다. 그는 에로틱하며 동시에 음산한 광기에 사로잡혀 있습니다. 일종의 시간증(屍姦症)에 걸린 사람입니다. 그가 또한 일기를 남겼는데, 그것이 그의 정신 질환을 극명하게 보여줍니다. 다시 말해 그 일기에서 그의 광증이 분명하게 느껴집니다. 혹시 관심을 갖게 되셨다면 그의 서류들을 훑어보셔도 좋습니다." 내가 의사를 따라 진찰실로 들어갔고, 그가 나에게 그 가엾은 남자의 일기를 건넸다. 그러면서 나에게 말하였다. "읽어보신 후 견해를 말씀해 주십시오."

  일기의 내용은 이러했다.

*

  내 나이 서른두 살까지 나는 평온하게 아무 사랑 느끼지 않고 살았다. 삶이 나에게는 매우 단순하고 좋으며 쉬운 것처럼 보였다. 나는 부유했다. 하도 많은 것들에 대한 취향을 가지고 있었던지라 어떤 것에도 집착하지 않았다. 산다는 것이 그저 좋았다! 날마다 행복한 상태로 잠에서 깨어 즐거운 일들을 하였고, 다음 날과 근심 없는 미래에 대한 태평스러운 기대를 안고 만족스럽게 잠자리에 들었다.

일찍이 정부 몇이 있었으나, 나의 심정이 욕정 때문에 미칠 지경이 된 적도 없었고, 육체적 관계 후에 나의 영혼이 사랑으로 인해 상처 받은 적도 없었다. 그렇게 사는 것이 좋다. 사랑하는 것이 낫지만 그것은 끔찍한 일이다. 하지만, 다른 모든 이들처럼 평범하게 사랑하는 사람들이 타는 듯한 행복을 맛볼 것이나, 그 행복이 아마 내가 겪은 것만은 못하리니, 사랑이 도저히 믿을 수 없는 방법으로 나를 찾아왔기 때문이다.

나는 부유했던지라 옛 가구들이나 골동품들을 즐겨 찾아다녔고, 그러다가 그것들을 만졌을 미지의 손들, 그것들을 찬미하였을 눈들, 그것들을 좋아하였을 가슴들을 자주 뇌리에 떠올리곤 하였다. 그런 것들을 좋아하는 것이 인지상정이니 말이다! 나는 지난 세기의 작은 회중시계 하나를 여러 시간 동안 응시하는 일이 잦았다. 에나멜과 세공한 황금 장식으로 인해 무척 귀엽고 예뻤다. 또한 그것은, 그 세련된 보물을 소유하게 되어 황홀해진 어느 여인이 그것을 매입하였던 그날처럼, 여전히 작동하고 있었다. 그것이 박동하기를, 자기의 기계적 생명 영위하기를, 결코 멈춘 적 없었고, 지난 한 세기 전부터 자기의 규칙적인 '똑-딱' 소리를 계속하였다. 도대체 어느 여인이 처음으로, 여인의 심장에 밀착되어 박동하는 그 회중시계를 자기 가슴팍의 미지근한 천 위에 올려놓았을까? 어떤 손이, 조금 따스한 손가락 끝으로 그것을 잡고 이리저리 살펴보다가, 피부의 눅눅함 때문에 흐릿해진 에나멜 칠한 목동들의 모습을 말끔하게 닦아 주었을까? 어떤 눈이, 꽃 만발한 그 문자판 위에서, 간절히 고대하던 귀하고 신성한 그 시각을 염탐하듯 엿보았을까?

그 진귀한 물건을 고르던 여인을 만나고 싶은 나의 욕구 얼마나 간절했던가! 하지만 그녀는 죽었다! 나는 옛 여인들에게로 향한 욕정에 사로잡혔다. 사랑에 빠졌던 모든 여인들을 멀리서 좋아한다!-지나간 애정들의 역사가 나의 가슴을 그리움으로 가득 채운다. 오! 아름다움이여, 미소들이여, 젊은 애무여, 숱한 기다림들이여! 그 모든 것들이 영원해야 하지 않겠는가?[1]

입맞춤을 위하여 그 품이 스스로 열렸던 그러나 이미 죽은, 그토록 아름답고 상냥하며 다정했던 옛날의 여인들을 애도하면서, 내가 숱한 밤들을 지새우며 얼마나 많은 눈물을 흘렸던가! 입맞춤이란 불멸의 그 무엇이다! 그것은 입술에서 입술로, 세기에서 세기로, 대를 이어가며 전해진다. 사람들은 그것을 물려받아 다른 이들에게 넘긴 다음 죽는다.

과거가 나를 매혹하는 반면 현재는 나에게 두려움을 주노니, 미래가 곧 죽음이기 때문이다. 나는 이미 이루어진 모든 것을 애석해하고, 이미 생을 마친 모든 이들을 애도하며, 세월을, 매 시각을 멈춰 세우고 싶다. 그러나 그 각 시각이 계속 전진하고, 지나가며, 내일의 허무를 위하여 나로부터 매순간 나를 조금씩 탈취한다. 그러면 나는 영영 다시 살지 못할 것이다.

어제의 여인들이여 영원히 안녕! 나는 그대들을 사랑하노라.

하지만 나는 동정을 받을 처지가 아니다. 내가 기다리던 여인을 발견하였고, 그녀로 말미암아 도저히 믿을 수 없는 쾌락을 맛보았기 때문이다.

어느 햇볕 찬연한 날 오전, 나는 들뜬 마음과 즐거운 발걸음으로, 한가롭게 어슬렁거리는 사람 특유의 막연한 관심을 드러내면서 상점들을 바라보다가, 다시 정처 없이 쏘다니고 있었다. 문득, 어느 골동품 상점 안에 있는 17세기 이딸리아 가구 하나가 눈에 띄었다. 매우 아름다웠고, 매우 희귀한 것이었다. 나는 그것이, 17세기에 유명했던 베네치아 예술가 비뗄리[2]의 작품일 것이라 짐작하였다.

그것을 잠시 바라보다가 다시 걷기 시작하였다.

그 가구의 추억이 왜 나를 그토록 끈질기게 따라왔는지는 모르나, 내가 그곳으로 되돌아가지 않을 수 없었다. 가구를 다시 보기 위하여 상점 앞에서 걸음을 멈추었고, 그것이 나를 유혹하는 것 같았다.

유혹, 그 얼마나 기이한 것인가! 어떤 물건을 바라보고 있노라면, 그것이 우리를 조금씩 매료하고, 우리의 마음을 뒤흔들며, 급기야 여인의 얼굴처럼 우리를 점령한다. 그것의 매력이 우리의 내면으로 들어오는데, 그것은 물건의 형태와 색깔과 맵시에서 비롯된 기이한 매력이며, 그 순간 우리는 이미 그것을 좋아하게 되었고, 그것을 갈망하며 한없이 원하게 된다. 그러면 일종의 소유욕이 우리를 사로잡고, 처음에는 소심한 듯 약하던 그 욕구가 문득 증대되고 난폭해져 걷잡을 수 없게 된다.

그러면 상인들은 시선의 불꽃에서 은밀하고 점증되는 욕구를 짐작해 내는 것 같다.

내가 그 가구를 샀고, 그것을 즉시 나의 집으로 가져오게 하였다. 그것을 나의 침실에 들여놓았다.

오! 이제 막 구입한 골동품과 수집가 사이의 그 특이한 밀월을 모르는 이들이 얼마나 딱한가! 수집가는 그것이 마치 살인양 눈과 손으로 쓰다듬으며, 매순간 그것 곁으로 되돌아오는가 하면, 어디엘 가든 무슨 일을 하든 끊임없이 그것만을 생각한다. 그것에 대한 애정이, 거리에서건 사교계에서건, 모든 곳에서 그를 떠나지 않으며, 그가 집에 돌아오면, 장갑과 모자를 벗기도 전에 그것 곁으로 가서 연인의 애정으로 그것을 응시한다.

정말 나는 여드레 동안 그 가구를 찬미하였다. 틈만 나면 그것의 문들과 서랍들을 여닫았고, 그것을 수중에 넣는 온갖 내밀한 즐거움을 맛보면서 황홀경에 빠져 그것을 만지곤 하였다.

그런데 어느 날 저녁, 널판자 하나가 유난히 두툼함을 발견하였고, 나는 그 뒤에 비밀 공간 하나가 있음을 간파하였다. 나의 가슴이 두근거리기 시작하였고, 그 공간을 찾아내려 밤을 지새웠으나 뜻을 이루지 못하였다.

다음 날 칼날을 목재 틈으로 밀어 넣어 비밀 공간을 찾는 데 성공하였다. 얇은 널빤지 하나가 미끄러지자, 검은색 벨벳을 깐 바닥에 여인의 경이로운 머리채 한 묶음이 펼쳐져 있는 것이 보였다.

틀림없었다. 피부 가까이까지 바싹 잘라 황금빛 끈으로 묶은, 그리고 거의 적갈색에 가까운 실한 금발 머리채였다.

나는 몹시 놀라 전율하며 잠시 넋을 잃었다! 거의 감지되지 않으며, 하도 오래되어 어떤 냄새의 흔적 같은 향기 한 가닥이, 그 신비한 서랍으로부터 그리고 그 놀라운 추억의 유물로부터 날아올랐다.

내가 머리채를 부드럽게, 거의 경건하게, 손으로 감싸 잡아 은닉처로부터 꺼냈다. 그것이 즉시 자기의 황금빛 물결을 사방으로 분산시키며 풀렸고, 그 실하되 가벼우며 유성의 불타는 꼬리처럼 유연하고 반짝이는 물결이 침실 바닥까지 닿았다.

기이한 감동이 나를 사로잡았다. 그것이 무엇이란 말인가? 언제, 어떻게, 무엇 때문에, 그 머리카락들이 그 가구 속에 감추어졌단 말인가? 그 기념물이 어떤 사건을, 어떤 비극을 감추고 있단 말인가?

그것들을 누가 잘랐을까? 어떤 연인이 이별하던 날에? 어떤 남편이 복수하던 날에? 혹은 그것을 이마 위에 드리웠던 여인이 절망에 빠진 날에?

  그 사랑의 징표를, 살아있는 사람들의 세계에 남기는 담보물처럼, 수녀원에 들어가는 날 그 가구 속에 던져 놓았을까? 젊고 아름다운 여인이 죽어 무덤 속에 안치되던 날, 그녀를 찬미하던 이가, 그녀의 머리를 감싸고 있던 그 치장물을, 그녀의 분신 중 오래 간직할 수 있을, 결코 썩지 않아 살아남을 유일한 부분을, 광증 같은 슬픔 속에서도 여전히 사랑하고 애무하며 입 맞출 수 있을 그 유일한 부분을, 고이 거두어 간직하였단 말인가?

  그 머리채가 솟아나 뿌리내렸던 몸은 그 편린조차 없는데, 머리채가 그렇게 고스란히 남아있다는 것이 기이하지 않은가?

  머리채가 나의 손가락들 위로 흘러내렸고, 기이한 애무로, 죽은 여인의 애무로, 피부를 어루만졌다. 나의 마음이 문득 애틋해져 울음이 터질 것 같았다.

  내가 머리채를 한동안, 아주 오랫동안, 손으로 감싸 쥐고 있었으며, 그러자, 영혼 같은 무엇이 그 속에 숨어 있었던 듯, 그것이 나를 동요시켰다. 그리하여 그것을, 세월 때문에 바랜 벨벳 위에 다시 놓고 서랍을 닫았으며, 가구를 닫은 다음 거리로 나가 몽상에 잠기기 시작하였다.

  나는 슬픔 가득해진 마음으로 무작정 앞만 보고 걸었으며, 그 순간 나를 가득 채우고 있던 것은, 슬픔뿐만 아니라 사랑의 입맞춤 직후 우리의 가슴에 남는 그 특이한 동요이기도 했다. 내가 이미 먼 옛날에 산 적이 있어, 그 여인과 틀림없이 교분을 맺었을 것이라는 생각이 들었다.

  그리고 한 가닥 흐느낌과 함께 비용의 다음 구절들이 나의 입술 사이로 흘러 나왔다.

말해 주오, 어디에 그리고 어느 고장에,
아름다운 로마 여인 훌로라[3]와,
아르쉬삐아다[4]와, 그녀의 사촌자매
타이스[5]가 있는지
시냇물과 연못 위로 스치는 소음에,
겨우 화답하던,
초인적 아름다움 지닌 에코[6] 어디 있는지,
그러나 옛날의 하얀 눈들 어디 있는가?

백합처럼 하얀 그리고,
쎄이렌처럼 노래하던 왕비,
발 큰 베르뜨,[7] 베아트리스,[8] 알리쓰,[9]
멘느를 다스리던 아랑부르,[10]
그리고 영국인들이 불에 태워 죽인,
착한 로렌느 아가씨 쟌느,[11]
모두 어디에 있는가, 성처녀여?
하지만 옛날의 하얀 눈들 어디 있는가?[12]

  집에 돌아왔을 때 나는 그 우연히 얻은 보물을 다시 보고 싶은 견딜 수 없는 욕망에 사로잡혔고, 그것을 다시 꺼냈으며, 그것에 손이 닿는 순간 나의 사지를 따라 퍼져나가는 긴 전율을 느꼈다.
  그러나 며칠 동안은, 그 머리채에게로 향한 강렬한 상념이 비록 더 이상 나를 떠나지 않았어도, 내가 평상시의 상태에 머물러 있었다.
  외출하였다가 돌아오기 무섭게 나는 우선 그것부터 보고 어루만져야 했다. 가구의 문에 열쇠를 꽂아 돌릴 때에는, 사랑하는 여인의 집 출입문을 열 때처럼 가슴이 떨렸으니, 나의 손가락들을 그 죽은 머리카락들로 이루어진 매혹적인 물결 속에 담그고 싶은 혼란스럽고, 기이하고, 지속적이고, 관능적인 욕구가 나의 손과 심장을 지배하였기 때문이다.

그런 다음, 머리채를 쓰다듬고 그것을 다시 가구 속에 넣고 문을 닫으면, 그것이 마치 살아 있고 감추어져 있으며 유폐된 존재처럼 여겨졌으며, 내가 그 존재를 생생히 느껴 다시 갈망하게 되었고, 나는 그것을 다시 꺼내어 어루만지고, 그 미끈하며 자극적이고, 광증을 유발하고, 감미롭고, 차가운 접촉으로 인해 불편해질 지경까지 흥분하고 싶은 거역할 수 없는 욕구에 사로잡히곤 하였다.

나는 그렇게 한 달 혹은 두 달을 보낸 것 같은데, 정확히는 모르겠다. 머리채가 나를 떠나지 않고 나를 사로잡았다. 마치 육체적 관계의 순간을 기다릴 때처럼, 포옹의 전주곡인 고백의 직후처럼, 나는 행복하면서 동시에 고통스러웠다.

나는 머리채를 나의 피부로 느끼고, 입술을 그것 속에 깊숙이 처박아 입맞춤하고 경련하듯 깨물기 위하여, 나 홀로 침실에 처박히곤 하였다. 그것으로 나의 얼굴을 휘감는가 하면, 그것을 마시듯 입 속으로 흡입하기도 하고, 그것을 통해 노란 햇빛을 보기 위하여 눈을 그것의 황금빛 물결 속에 담그기도 하였다.

내가 그것을 사랑하게 된 것이다! 그렇다, 나는 그것을 사랑하고 있었다. 나는 이제 그것 없이는 지낼 수 없게 되었고, 그것을 보지 않고는 단 한 시간도 견딜 수 없었다.

그리고 기다렸다…. 기다렸다…. 무엇을? 그것이 무엇인지 내가 몰랐을까?ㅡ '그녀' 였다.

어느 날 밤 나는, 나의 침실에 나 홀로 있지 않다는 생각을 하며, 문득 잠에서 깨어났다.

하지만 정신을 차리고 보니 나 홀로였다. 그러나 다시 잠들지 못하였고, 불면증이 신열을 일으키며 나를 동요시키는지라, 침대에서 내려와 머리채를 만지러 갔다. 그것이 평소보다 더 부드럽고 생기 넘치는 것 같았다. 죽은 이들이 돌아오기도 하는가? 머리채를 입맞춤으로 다시 따스하게 덥혀 주는 순간 내가 행복감에 겨워 기절할 지경이 되었고, 그것을 침대로 가져와, 마침내 몸뚱이를 수중에 넣게 된 정부인양, 그것에 입술을 지그시 얹었다.

죽은 이들이 돌아오기도 한다! 그녀가 왔다. 사실이다, 옛날 그녀가 살아 있었을 때처럼 늘씬하고, 금발이고, 살집 좋고, 젖가슴 차갑고, 엉덩이가 리라[13] 모양인 그녀를 내가 보았고, 껴안았으며, 수중에 넣었다. 또한 목부터 발까지 이르는 그 물결처럼 일렁이는 신성한 선을 애무하면서, 살로 이루어진 모든 굴곡부들을 섭렵하였다.

그렇다, 내가 날마다, 밤마다, 그녀를 수중에 넣었다. 그 죽은 여인이, 죽었으되 아름다운 여인이, 사랑스러운 여인이, 그 신비한 여인이, 미지의 여인이 내 곁으로 다시 돌아왔다.

나의 행복이 하도 컸던지라 그것을 감출 수 없었다. 나는 그녀의 곁에서 인간 세계 밖의 환희를, 그리고 손에 잡히지 않고 보이지 않으며 죽은 여인과 상관하는 그윽하며 불가사의한 즐거움을 맛보았다. 이 세상의 어느 정인도 그보다 더 뜨겁고 무시무시한 쾌락을 맛보지는 못하였을 것이다!

나는 나의 행복을 감출 수 없었다. 그녀를 어찌나 열렬히 사랑하였던지, 더 이상 그녀 곁을 떠나고 싶지 않았다. 내가 머리채를 항상 어디에든 가지고 다녔다. 그것을 나의 아내인양 거리에 가지고 나갔으며, 마치 나의 정부인양 극장으로 가지고 가 철책 두른 칸막이 좌석에 앉곤 하였다…. 그러나 사람들이 그것을 보았고… 곡절을 짐작하였으며… 결국 그것을 나에게서 빼앗았다…. 그리고 나를 범죄자처럼 감옥에 처넣었다. 그것을 가져가버렸다…. 오! 불운이로다…!

*

일기는 그렇게 중단되었다. 그런데 문득, 내가 몹시 놀란 눈으로 의사를 쳐다보는 순간, 무시무시한 고함이, 무기력한 노기와 극단적인 욕망에서 비롯된 듯한 울부짖음이, 정신 병원 안에서 들려왔다.

"저 소리 들어 보십시오." 의사가 말하였다. "저 음탕한 미치광이에게 매일 다섯 번씩 냉수를 끼얹어야 합니다. 죽은 여인을 사랑한 사람이 그 유명한 베르트랑 특무상사만은 아닙니다."[14]

내가 놀라움과 공포감 및 연민에 휩싸여 우물거리듯 겨우 물었다.

"하지만… 그 머리채가… 정말 존재합니까?"

의사가 일어나 작은 약병들과 의료기구들 가득한 수납장 하나를 열더니, 금발 한 묶음을 나에게로 던졌고, 그것이 한 마리 황금빛 새처럼 나를 향해 날아왔다.

그것의 가볍게 어루만지는 듯한 감촉을 손으로 느끼면서 내가 가볍게 전율하였다. 또한 혐오감과 동시에 욕망을 느끼면서 두근거리는 가슴으로 그 자리에 서 있었는데, 죄악 속에 굴러다니는 물건들과의 접촉 순간에 느끼는 혐오감이었고, 불결하되 신비한 것들의 유혹 앞에서 느끼는 욕망이었다.

의사가 어처구니없다는 듯 어깨를 으쓱하면서 다시 말하였다.
"인간의 생각은 무슨 짓이든 저지를 수 있습니다."

어린 병사

　매주 일요일, 자유로운 몸이 되기 무섭게, 두 어린 병사는 즉시 걷기 시작하였다.
　그들은 병영에서 나와 오른쪽으로 방향을 잡은 다음, 마치 행진 훈련이라도 하듯 성큼성큼 꾸르브부와를 가로질렀고, 그런 다음 주거지역을 벗어난 후에는, 브죵으로 이어지는 먼지 풀썩거리는 삭막한 신작로를 따라 더 태평스럽게 걷곤 하였다.[1]
　그들의 체구가 작고 야위어, 지나치게 헐렁하고 긴 군용외투 속으로 사라진 듯 했고, 외투 소매가 그들의 손을 덮고 있었으며, 붉은색 군용 반바지의 통이 너무 넓어, 빨리 걷기 위해서는 다리를 양쪽으로 한껏 벌려야 했던지라 거북해 보였다. 또한 뻣뻣하고 높직한 군모 밑으로 얼굴임직한 것이 겨우 보였는데, 그것은 브루따뉴 지방 사람들의 홀쭉하고 천진스러운 가엾은 두 얼굴이었으며, 그 천진스러움은, 부드럽고 평온한 하늘색 눈에서 발산되는 거의 짐승적인 천진스러움이었다.[2]
　길을 가는 도중에는 오직 앞만 바라보고 걸을 뿐, 그들이 결코 아무 말도 하지 않았으며, 그들의 뇌리를 채우고 있던 사념이 그들의 대화를 대신하였는데, 샹삐우³⁾ 마을 근처에 있는 작은 숲 입구에서 그들이 자기들 고향처럼 낯익은, 그리하여 오직 그곳에서만 편안함을 느끼는, 작은 구석 하나를 일찍이 발견하였기 때문이다.

꼴롱브⁴⁾로 가는 길과 샤뚜⁵⁾로 가는 길이 교차하는 지점에서 나무 그늘 밑에 도달한 그들은, 자기들의 머리를 짓누르고 있던 군모를 벗은 다음 이마의 땀을 닦곤 하였다.

그들은 항상 쎈느 강을 물끄러미 바라보며 브종의 다리 위에서 잠시 걸음을 멈추곤 하였다. 그곳에서 난간에 기대어 상체를 잔뜩 숙인 채 이삼 분 동안 우두커니 머물러 있거나, 쾌속 범선들의 희고 옆으로 기운 돛들이 분주히 움직이는 아르쟝뙤이유의 넓은 정박지를 응시하곤 하였는데, 그 범선들이 아마 브르따뉴의 바다를, 고향 인근에 있는 반느의 항구를, 모르비앙 만을 가로질러 난바다 쪽으로 향하는 어선들을, 그들의 뇌리에 떠올려 주었을 것이다.⁶⁾

그렇게 쎈느 강을 건넌 직후, 그들은 돼지고기 제품 상점과 빵집 및 그 지역산 포도주를 파는 상점에 들러 점심거리를 사곤 하였다. 순대 한 조각과 빵 4쑤⁷⁾어치, 하늘색 감도는 싸구려 포도주 1리터 등이, 고작 그들이 보자기에 싼 점심거리였다. 하지만 마을을 벗어나는 즉시 그들의 걸음이 매우 느려졌고, 그들이 서로에게 말을 건네기 시작하였다.

그들 앞에 여기저기 나무들 소복히 모여 있는 메마른 들판이 펼쳐져, 그들에게는 케르마리방⁸⁾ 숲과 닮은 것처럼 보이던 작은 숲까지 이어졌다. 밀과 귀리가, 아직 어린 작물들의 푸르름으로 덮인 좁은 길의 양쪽 가장자리를 두르고 있었으며, 그리하여 쟝 케르드렌이 매번 뤽 르 가니덱에게 말하곤 하였다.

"영락없이 플루니본 근처 같아."

"그래, 영락없어."

그들은 고향의 희미한 추억들과, 뇌리에 되살아난 그리고 주화를 탁본하여 얻은 나뭇잎 무늬처럼 소박한 영상들을 간직한 채, 그렇게 나란히 걷곤 하였다. 그럴 때마다 고향 들판의 한 구석, 어느 울타리, 삭막한 평원의 편린 하나, 어느 교차로, 화강석 십자가[9] 등이 그들의 눈앞에 어른거리곤 하였다.

또한 매번 그들이 어느 사유지의 경계를 이루는 돌 앞에서 걸음을 멈추곤 하였는데, 그것이 록크뇌벤의 고인돌과 유사한 무엇을 가지고 있었기 때문이다.[10]

나무들이 꽃다발 모양으로 소복하게 모여 있는 곳에 이르면, 뤽 르 가니덱이 일요일마다 어김없이 개암나무 가지 하나를 꺾은 다음, 고향 사람들을 생각하면서 천천히 그 껍질을 벗기곤 하였다.[11]

점심거리는 항상 쟝 케르드렌이 들고 갔다.

가끔 뤽이 어떤 이름 하나를 꺼내면서 자기들의 어린 시절 이야기를 회상하였고, 단 몇 마디에 지나지 않는 그 말이 두 사람으로 하여금 한동안 몽상에 잠겨들게 하였다. 그러면 고향이, 그토록 멀리 있는 정다운 고향이, 그들을 조금씩 다시 사로잡았고, 그들을 엄습하였으며, 그 먼 거리를 가로질러, 그들에게, 고향의 온갖 형체들과 소음들과 낯익은 지평선과 냄새들을, 특히 바다의 대기가 질주하곤 하던 초록색 평원의 냄새 등을 보내곤 하였다.

그러면 그들이 더 이상, 빠리 교외의 토지에 비료를 공급하던 빠리 특유의 오물 냄새를 느끼지 못하였고, 그 대신, 난바다의 소금기 머금은 미풍에 실려 가는, 만발한 골담초[12]의 향기가 그들

어린 병사 67

의 코끝에 감돌곤 하였다. 또한 쎈느 강 제방 위로 나타난 놀잇배의 돛들이 그들에게는, 자기들의 고향집에서 해변까지 펼쳐진 넓은 들판 뒤로 보이는 연안 항해선들의 돛처럼 보이곤 하였다.

그렇게, 뤽 르 가니덱과 쟝 케르드렌은, 달콤한 슬픔에 잠겨, 회상하며 우리에 갇힌 짐승의 느리되 폐부를 찌르는 슬픔에 잠겨, 행복과 슬픔을 동시에 맛보면서 느릿느릿 걷곤 하였다.

그리고 뤽이 가느다란 개암나무 가지의 껍질을 다 벗길 즈음이면, 그들이 매주 일요일 점심을 먹는 숲의 귀퉁이에 도달하곤 하였다.

잡목들 속에 감추어 두었던 벽돌 둘을 다시 찾아낸 다음, 삭정이를 모아 불을 지펴, 순대를 각자의 칼끝에 꿰어 구웠다.

빵을 마지막 부스러기까지 다 먹고 포도주를 마지막 한 방울까지 몽땅 마시며 점심식사를 마치면, 눈꺼풀이 무거워진 눈으로 먼 곳을 바라보면서, 미사에 참석할 때처럼 두 손의 손가락들을 깍지 낀 채, 붉은색 바지 입은 다리를 야생 개양귀비[13] 곁으로 뻗고, 나란히, 아무 말 없이 앉아 있곤 하였으며, 그러노라면 군모의 가죽과 구리 단추들이 강렬한 햇볕을 받아 반짝이면서, 그들 머리 위를 선회하면서 노래하던 종달새들이 멈추게 하였다.[14]

정오 무렵이면 그들이 브종 마을 쪽으로 이따금씩 고개를 돌리기 시작하였다. 젖소 돌보는 아가씨가 곧 나타날 것이기 때문이었다.

그녀가 매주 일요일, 젖을 짠 다음 젖소를 다시 고삐로 말뚝에 매어 두기 위하여 그들 앞을 지나갔는데, 놓인 채 자유롭게 풀을 뜯던 유일한 젖소였고, 그 짐승은 조금 더 멀리 있는 숲 언저리의 좁은 목초지에서 풀을 뜯어먹고 있었다.

그들이 이내 그 하녀를 발견하곤 하였는데, 그 시각에 그 전원 지역을 지나가는 유일한 사람이었고, 햇살 아래서 양철통이 던지는 반사광에 두 병사가 기쁨을 느끼곤 하였다. 그들이 그녀에 대해서는 결코 아무 말도 하지 않았다. 그저 그녀를 보는 것으로 만족스러워했고, 그 까닭조차 깨닫지 못하였다.

그녀의 모발은 적갈색이었고, 맑은 날의 열기에 그슬린 기운찬 아가씨, 즉 빠리 근교 전원지역에서 흔히 눈에 띠던, 키 크고 과감한 아가씨였다.

언젠가 그녀가, 같은 자리에 앉아 있는 그들을 보고 이렇게 말하였다.

"안녕하세요…. 항상 여기에 오시나요?"

뤽 르 가니덱이 용기를 내어 우물거리듯 대꾸하였다.

"그래요, 쉬러 옵니다."

그것이 전부였다. 하지만 다음 일요일에는 그들을 보자 그녀가 큰소리로 웃었고, 그것은, 그들의 수줍음을 감지한 꾀바른 여인의 보호하고자 하는 선의 가득한 웃음이었다. 그녀가 물었다.

"그렇게 무엇들을 하고 있어요? 풀 자라는 것을 보고 있나요?"

명랑해진 뤽이 미소를 지으면서 대꾸하였다.

"아마 그럴 겁니다."

그녀가 다시 말하였다.

"그래요? 빨리 자라지 않을 거예요."

그가 계속 웃으면서 대꾸하였다.

"그건 그래요."

그녀가 그들 앞을 지나갔다. 하지만 우유 가득한 양철통을 가지고 돌아오던 중, 그들 앞에 다시 멈추어 서더니 그들에게 말하였다.

"이것 한 방울 맛보시겠어요? 고향 생각이 새로워질 거예요."

그녀 역시 자기의 고향으로부터 멀리 떨어져 있었던지, 같은 부류의 본능으로, 그녀가 정확히 짐작하고 정곡을 찔렀다.

두 병사 모두 감동하였다. 그들이 포도주를 담아 가지고 왔던 1리터들이 유리병 주둥이를 통해, 그녀가 우유를 조금 부었고, 그 일이 쉽지 않았다. 뢱이 먼저 조금씩 마시기 시작하였으나, 자기의 몫을 초과하지 않으려고 자주 멈추어 병을 들여다보았다. 그런 다음 병을 쟝에게 넘겼다.

그러는 동안 그녀는 양철통을 자기의 발 옆에 내려놓고, 자기가 그들에게 베푼 즐거움에 만족한 듯, 두 손을 허리에 얹은 채 서 있었다.

그리고 큰 소리로 이렇게 말하면서 그곳을 떠났다. "자, 이만 안녕, 일요일에 만나요!"

그러면 그녀가, 그곳을 떠나 점점 작아지다가 대지의 초록빛 속으로 처박히는 것 같던 그녀의 키 큰 모습이, 시야에서 사라질 때까지 두 병사가 눈으로 그녀를 따라갔다.

다음 주 일요일, 그들이 병영을 떠날 때, 쟝이 뢱에게 말하였다.

"그녀에게 좋은 것을 좀 사서 가져다주어야 하지 않을까?"

그 순간 두 병사는, 젖소 돌보는 아가씨에게 사다 줄 맛있는 것 고르는 문제 앞에서 몹시 난처해졌다.

뢱이 순대 한 조각이 어떻겠느냐고 하였으나, 쟝은 과일 향 들어간 사탕이 좋겠다고 하였는데, 그가 단 과자류를 좋아하였기 때문이다. 그의 견해가 채택되어 그들은 식료품점에 들러 흰색과 붉은색 섞인 사탕 2쑤어치를 샀다.

그들은 기다림에 들떠 평소보다 점심을 더 신속히 마쳤다.

먼저 그녀를 발견한 쟝이 말하였다. "그녀가 저기 오는군." 뤽이 그를 따라 반복하였다. "그래, 그녀가 오는군."

그들을 보자 그녀가 멀리서부터 웃으면서 소리쳤다. "안녕하세요?" 두 사람이 동시에 대꾸하였다. "그리고 당신은?" 그녀가, 그들의 관심을 끌만한 단순한 일들과 날씨, 수확, 자기의 주인들 등에 관한 이야기를 하였다.

두 병사는 쟝의 호주머니 속에서 천천히 녹고 있던 사탕을 감히 그녀에게 내밀지 못하였다.

이윽고 뤽이 용기를 내어 겨우 중얼거렸다.

"우리가 당신에게 무엇을 좀 가져왔어요?"

그녀가 물었다. "그것이 도대체 무엇이에요?"

그제야 쟝이, 두 귀까지 빨개진 얼굴로, 작은 종이 봉지를 꺼내어 그녀에게 내밀었다.

그녀가 작은 사탕 덩어리들을 먹기 시작하였고, 그것들을 입 안에서 이쪽저쪽으로 굴리자 양쪽 볼이 차례로 혹처럼 불룩해졌다. 두 병사는 그녀 앞에 앉아, 감동한 듯 그리고 황홀한 듯 그녀를 응시하였다.

잠시 후 그녀가 젖을 짜러 갔고, 돌아오는 길에 이번에도 그들에게 우유를 좀 주었다.

두 병사는 한 주간 내내 그녀 생각을 하였고, 여러 차례 그녀 이야기를 하였다. 다음 주 일요일, 그녀가 여느 때보다 더 오랫동안 그들 곁에 앉아 한가하게 이야기를 나누게 되었고, 세 사람이 나란히 앉아, 깍지 낀 두 손으로 무릎을 감싸 쥐고, 시선을 멀리 던진 채, 자기들이 태어난 고향의 자질구레한 일들을 이야기하였으며, 그러는 동안 젖소는, 하녀가 중도에 걸음을 멈춘 것을 보고,

콧구멍 축축한 자기의 육중한 머리를 그녀에게로 향한 채, 그녀를 부르기 위하여 길게 '메에' 소리를 내고 있었다.
아가씨가 그들과 함께 점심거리 한 조각을 먹고 포도주도 한 모금 마시게 되었다. 마침 오얏이 익던 철이라, 그녀가 자주 오얏을 가져오곤 하였다. 그녀로 말미암아 브루따뉴의 두 어린 병사가 활기를 얻었고, 마치 두 마리 새처럼 수다를 떨게 되었다.
그런데 어느 월요일, 뤽 르 가니덱이 외출 허가를 요청하였고, 그에게 일찍이 없었던 일인데, 저녁 열 시가 되어서야 귀대하였다.
막연한 불안감을 느낀 쟝은, 자기의 동료가 무슨 이유로 그렇게 외출하였는지, 자신의 뇌수를 뒤집으며 그 곡절을 알아내려 하였다.
다음 금요일, 뤽이 자기의 옆 침상을 사용하는 동료에게서 십쑤를 빌린 다음 외출을 신청하였고, 몇 시간 동안의 외출 허락을 얻었다.
또한 쟝과 함께 일요일 산책에 나섰을 때, 그의 기색이 이상했고 들떠 있었으며 전과 달랐다. 쟝은 그 영문을 알 수 없었다. 하지만, 그것이 무엇인지는 간파하지 못하였어도, 막연하게나마 무엇인가를 감지하였다.
그들은 평소의 그 자리에 도착할 때까지 서로에게 아무 말도 하지 않았으며, 그들이 항상 같은 자리에만 앉았던지라 그곳에는 풀이 말라 있었다. 그들이 천천히 점심을 먹었다. 두 사람 모두 시장기를 느끼지 못하였다.
얼마 아니 되어 아가씨가 나타났다. 그들은 일요일마다 그랬듯이 그녀가 다가오는 것을 물끄러미 바라보았다. 그녀가 가까이 다가왔을 때 뤽이 일어서더니 두어 걸음 앞으로 나서며 그녀를 맞았다. 그녀가 양철통을 땅바닥에 내려놓은 다음 그를 포옹하였다. 그의 목을 두 팔로 감아 쥐고 격렬하게 포옹하면서, 쟝에게는 눈길 한 번 주지 않았으며, 그가 그곳에 있다는 생각조차 하지 않는 것 같았고, 그가 보이지도 않는 모양이었다.

그리하여 가엾은 쟝은 넋을 잃은 채 서 있었으며, 영혼이 무너지고 심장은 터질 지경이 되어, 갈피를 잡지 못하였다.

그런 다음 아가씨가 뢱 옆에 앉았고, 그들이 다시 한담을 나누기 시작하였다.

쟝은 두 사람에게로 눈길을 주지 않았고, 그제야 자기의 동료가 왜 한 주간 동안에 두 번이나 외출하였는지 그 까닭을 짐작하였으며, 그는 쓰라린 슬픔을, 일종의 상처를, 배신에서 비롯된 찢는 듯한 슬픔을 느꼈다.

뢱과 아가씨가 젖소의 고삐를 다시 말뚝에 매러 가기 위하여 함께 일어섰다.

쟝은 두 사람을 물끄러미 바라볼 뿐이었다. 그들이 나란히 걸으며 그로부터 멀어져 갔다. 그의 동료가 입은 붉은색 군복 반바지가, 오솔길에 눈부신 무늬처럼 어른거렸다. 젖소를 매어 둔 말뚝에 망치질을 한 사람은 뢱이었다.

아가씨가 몸을 숙여 젖을 짜는 동안, 그는 짐승의 앙상한 등줄기를 무심히 쓰다듬고 있었다. 젖을 다 짠 다음, 두 사람은 양철통을 풀밭에 내버려둔 채 나무들 밑으로 자취를 감추었다.

쟝의 눈에 보이는 것은 두 사람이 들어간 숲의 장벽같은 나뭇잎들뿐이었고, 그의 마음이 어찌나 산란했던지, 그가 혹시 일어서려 했다 할지라도 곧 주저앉았을 것이다.

그는 놀라움과 괴로움에 멍해져서 꼼짝도 못하고 머물러 있었는데, 그 괴로움은 순박하고 깊은 괴로움이었다. 그는 울고 싶었고, 도망치고 싶었으며, 숨어버리고 싶었다. 또한 더 이상 아무도 보고 싶지 않았다.

문득 잡목숲 속으로부터 나오는 두 사람이 보였다. 그들은 시골 마을의 약혼자들이 그러듯, 서로의 손을 잡고 천천히 돌아왔다. 양철통을 든 사람은 뤽이었다.

헤어지기 전에 두 사람이 다시 포옹하였고, 아가씨가 쟝에게 다정한 작별 인사와 함께 공모자의 은밀한 미소를 던진 다음 그곳을 떠났다. 그날은 그에게 우유를 권하지도 않았다.

두 어린 병사는 여느 때와 마찬가지로 묵묵히 그리고 조용히 나란히 앉아 있었고, 그들의 얼굴에 감도는 평온함에는 그들의 심정을 뒤흔들고 있던 그 무엇도 드러나지 않았다. 해가 그들 위로 기울고 있었다. 젖소가 그들을 멀리서 바라보다가 이따금씩 '메에' 소리를 냈다.

평소와 같은 시각에, 귀대하기 위하여 그들이 일어섰다.

뤽이 가느다란 막대기의 껍질을 벗기고 있었다. 쟝은 빈 병을 들고 있었다. 그가 병을 브죵의 포도주 상인에게 반환하였다. 그런 다음 그들이 다리로 접어들었고, 매주 일요일마다 그러듯, 중간에서 걸음을 멈추어 강물 흐르는 것을 잠시 바라보았다.

쟝이 상체를 숙이더니, 자기를 이끄는 무엇을 흐르는 물 속에서 발견하기라도 한 듯, 철제 난간 위로 점점 더 깊숙이 숙였다. 뤽이 그에게 말하였다. "강물 한 모금 마시고 싶은가?" 그 말이 끝나는 순간, 쟝의 머리가 몸의 나머지 부분을 휩쓸어갔고, 쳐들린 두 다리가 허공에 원 하나를 그렸으며, 하늘색과 붉은색 군복 입은 그 어린 병사가 단번에 떨어져 물속으로 사라졌다.

공포감으로 인해 목구멍이 마비된 채, 뤽이 고함을 치려 하였으나 허사였다. 조금 멀리 떨어진 곳에서 무엇이 꿈틀거렸고, 그 다음 순간, 동료의 머리가 수면 위로 솟구쳤다가 이내 다시 물속으로 사라졌다.

그리고 더 멀리에서 손 하나가 다시 보였고, 오직 그 손만 강물 위로 나왔다가 다시 잠겼다. 그것이 전부였다.

급히 달려온 뱃사람들도 그날 시신을 발견하지 못하였다.

뤽이 혼비백산하여 달음박질을 하며 홀로 병영에 돌아와, 눈과 음성이 눈물에 젖은 채, 연신 코를 풀면서 사건 이야기를 하였다. "그가 상체를 숙이고… 또 숙여… 하도 그래서… 머리가 몸을 곤두박질시켰고… 결국 그렇게 떨어지고… 떨어지고…."

그는 더 이상 아무 말도 할 수 없었다. 격정에 그의 목이 막혔기 때문이다.

"만약 그가 알았다면…"[15]

회한

 망뜨[1] 읍에서 사람들이 '싸발 영감'이라고 부르는 싸발 씨가 이제 막 잠에서 깨었다. 비가 내린다. 서글픈 가을날이며 나뭇잎들이 떨어진다. 그것들이 빗줄기에 섞여, 더 촘촘하고 더 느린 다른 또 하나의 비처럼 내린다. 싸발 씨의 마음이 즐겁지 않다. 그가 벽난로와 창문 사이를 오락가락한다. 살다 보면 음울한 날들도 있다. 그러나 이제 그에게는 음울한 날들밖에 없으리니, 그의 나이 예순둘이기 때문이다! 그는 혼자이고, 노총각이며, 주위에 아무도 없다. 그렇게 홀로, 헌신적인 애정을 느끼지 못하고 죽다니, 얼마나 서글픈가!

 그는 자기의 그토록 삭막하고 공허한 삶을 곰곰이 되짚어 본다. 그는 먼 옛날로 돌아가, 즉 유년 시절로 돌아가, 자기의 집을, 부모님과 함께 살던 그 집을 뇌리에 떠올리다가, 다시 중등학교 시절과 외출들과 빠리에서 법학 공부 하던 시절 등을 회상한다. 그 다음 아버지의 병환과 죽음의 기억이 되살아난다.

 그가 어머니와 함께 살기 위하여 그녀 곁으로 다시 돌아왔다.

젊은이와 늙은 여인이 함께, 태평스럽게, 더 이상 아무 욕망 느끼지 못하고 살았다. 어머니 역시 죽었다. 삶이란 얼마나 서글픈가!

   그는 홀로 남았다. 그리고 이제 머지않아 그가 죽을 차례이다. 그가 사라질 것이고, 그러면 끝이다. 이 지상에 뽈 싸발 씨는 더 이상 없을 것이다. 얼마나 끔찍한 일인가! 다른 이들은 계속 살 것이고, 서로 사랑할 것이며, 흔쾌히 웃을 것이다. 그렇다, 사람들은 계속 즐길 것이지만, 그는 더 이상 존재하지 않을 것이다! 죽음이라는 그 영원한 확실성 밑에서도 사람들이 웃고 즐기며 기뻐할 수 있다니, 기이한 일이다. 그 죽음이라는 것이 단지 하나의 개연성이라면 그래도 희망을 품을 수 있으련만, 그것은 낮이 지나면 밤이 오듯 불가피하다.

   그렇다 하더라도 그의 삶이 충만했더라면! 연애 사건들을 겪었다든가, 커다란 쾌락에 빠져들었다든가, 이러저러한 성공을 거두었다든가, 온갖 종류의 만족감을 맛보았다든가, 여하튼 무엇을 이루었다면 오죽이나 좋았을까! 하지만 아니다, 아무 일도 없었다. 매일 같은 시각에 일어나 먹고 잠자리에 드는 것 이외에 결코 아무것도 하지 않았다. 그러다가 어느덧 나이 예순둘에 이르렀다. 다른 남자들이 다 하는 결혼조차 하지 않았다. 왜 그랬을까? 도대체 왜 결혼을 하지 않았을까? 그에게 재산도 웬만큼 있었으니 결혼을 할 수도 있었을 것이다. 그에게 계기가 없었던 것일까? 아마 그럴지도 모른다! 그러나 계기란 만드는 것이다! 요는 그가 무기력했다는 점이다. 무기력증이 그의 큰 질환이었고, 그의 단점이었으며, 고질적인 악벽이었다. 얼마나 많은 사람들이 무기력증으로 인하여 삶을 망치는가! 어떤 천성들에게는, 일어서고, 꿈지럭거리고, 교섭하고, 말하고, 문제들을 검토하는 것이 어렵게 여겨진다.

그는 심지어 사랑을 받은 적도 없다. 연정에 겨워 자신을 완전히 내맡긴 채 그의 품에서 잠들었던 여인도 없었다. 그는, 기다림이라는 감미로운 괴로움도, 꼭 잡힌 손의 신성한 전율도, 의기양양한 열정의 환희도 겪어보지 못하였다.

입술들이 처음으로 마주쳤을 때, 그리고 팔 넷이 서로 조여, 서로에게 미친 두 존재를 하나의 존재로, 극도로 행복한 단 하나의 존재로 만드는 순간, 그 심장에 홍건히 넘치는 초월적 행복감이여!

싸발 씨는 헐렁한 실내용 가운 차림으로 발을 벽난로 쪽으로 뻗은 채 앉아 있었다.

물론 그의 삶이 불발로 그쳤고 완전한 실패작이었다. 하지만 그 역시 사랑한 적은 있었다. 그가 은밀히, 괴롭게, 매사에 그랬던 것처럼, 무기력하게 사랑하였다. 그렇다, 그가 오랜 동료 쌍드르의 아내를, 자기의 오랜 벗 쌍드르 부인을 사랑하였다. 아! 그녀를 처녀 시절에 알았더라면! 하지만 그녀를 너무 늦게 만났으니, 그녀는 이미 결혼한 상태였다. 그렇지 않았다면 틀림없이 그녀에게 청혼하였을 것이다! 하지만 그녀를 만난 첫날부터, 끊임없이, 그가 그녀를 얼마나 사랑하였던가!

그녀 생각에 잠들지 못하는 밤이면, 그녀를 다시 만날 때마다 느끼던 격정과 그녀 곁을 떠날 때마다 엄습하던 슬픔을 상기하곤 하였다.

하지만 아침에 잠에서 깨어날 때면 연정이 전날 밤보다 약해져 있었다. 무슨 까닭일까?

그녀가 전에는 얼마나 예쁘고, 귀엽고, 황금빛 곱슬머리에 웃음기 가득했던가! 쌍드르는 그녀에게 합당한 남자가 아니었다. 이제 그녀의 나이 쉰여덟이다. 그녀는 행복해 보였다. 아! 그녀가, 바로 그녀가, 옛날에 혹시 그를 사랑하였다면! 혹시라도 그를 사랑하였다면! 또한 그녀가 그를, 싸발을, 왜 사랑하지 않았겠는가? 그가 그녀를, 쌍드르 부인을, 진정 사랑하였으니 말이다.

만약 그녀가 일찍이 어떤 기미를 알아채기만 하였어도… 그녀가 아무것도 짐작하지 못하였고, 눈치 채지 못하였고, 깨닫지 못하였단 말인가? 그녀가 그의 심중을 짐작하였다면 무슨 생각을 하였을까? 만약 심중에 있던 것을 털어놓았다면 그녀가 어떤 대꾸를 하였을까?

그 이외에 싸발은 다른 수천 가지 질문을 자신에게 던지고 있었다. 자신의 생애를 다시 더듬으면서 일상의 무수한 일들을 재포착하려 애를 쓰고 있었다.

그는, 쌍드르의 아내가 젊고 매력적이었던 시절, 그녀의 집에서 카드놀이를 하면서 보낸 긴 저녁 시간들을 일일이 뇌리에 떠올렸다. 그런데 문득, 강변의 작은 숲 속에서 그녀와 함께 보낸 어느 오후의 추억이 되살아났다.

그 날 세 사람은 점심 꾸러미를 가지고 아침에 길을 나섰다. 활기 가득한 날이었으니, 사람들을 도취시키는 그 특이한 날들 중 하나였다. 그러한 날에는 모든 것이 향기롭고, 온 세상이 행복해 보인다. 새들의 지저귐 더 명랑하고, 그것들의 날갯짓도 더 활발하다. 세 사람은 태양빛에 마비된 듯한 강물 가까이에 있는 버드나무 밑 풀밭 위에서 점심을 먹었다. 미지근한 대기에 수액의 향기 가득했고, 그들 모두 그 대기를 마음껏 들이마셨다. 얼마나 쾌적한 날이었던가!

점심을 먹은 후 쌍드르는 벌렁 누워 잠을 잤다. 자기 평생에 '가장 달게 잤노라'고 그가 깨어나면서 말하였다.

쌍드르 부인이 싸발의 팔에 기대었고, 두 사람은 그렇게 강변을 따라 걸었다.

그녀가 그의 몸에 의지하였다. 또한 큰 소리로 웃으며 이렇게 말하였다. "저 취했어요, 나의 벗님, 완전히 도취했어요." 심장까지 전율하는 상태로, 자신의 얼굴이 창백해짐을 느끼면서, 또한 자기의 눈이 혹시 지나치게 선정적이지 않을지, 자기 손의 떨림이 자기의 비밀을 폭로하지 않을까 두려워하면서, 그가 묵묵히 그녀를 응시하였다.

그녀가 갈대와 수련으로 화관 하나를 틀어 자신의 머리 위에 얹은 다음 그에게 물었다. "이렇게 치장한 저를 좋아하세요?"

그가 아무 대꾸 하지 않자—그가 아무 말도 할 수 없었기 때문이며, 그보다는 차라리 그녀 앞에 무릎을 꿇고 싶었다—그녀가 큰 소리로 웃기 시작하였고, 그것은 불만 섞인 웃음이었다. 그러면서 그녀가, 그의 면전에 던지듯, 이렇게 말하였다. "바보, 좋아요! 적어도 무슨 말이나마 하는 법인데!"

그럼에도 불구하고 단 한 마디 말도 못한 채, 그가 자칫 울음을 터뜨릴 지경이 되었다.

그 모든 일이 이제 마치 그 당일처럼 명료하게 되살아나고 있었다. 그녀가 왜 자기에게 이런 말을 하였을까? "바보, 좋아요! 적어도 무슨 말이나마 하는 법인데!"

또한 그는 자기의 몸에 그녀가 얼마나 다정하게 자신의 몸을 의지하였는지를 상기하였다. 가지들이 늘어진 어느 나무 밑을 그렇게 지나가는 순간, 그는 그녀의 귀가 자기의 볼에 닿는 것을 느꼈고, 그러한 접촉이 자기의 의도라고 그녀가 혹시 생각하지 않을까 두려워한 나머지, 불쑥 그녀로부터 물러섰다.

그가 다음과 같이 말하였을 때, 그녀가 그에게 이상한 시선을 던졌다. "돌아가야 할 때가 되지 않았을까요?" 틀림없이 그녀가 그를 야릇하게 바라보았다. 당시에는 그러한 점을 전혀 생각하지 않았으나, 이제야 그 일이 뇌리에 되살아났다.

"좋을대로 하세요, 나의 벗님. 피곤하시면 돌아갑시다."

그 말에 그가 대꾸하였다.

"제가 피곤하다는 뜻이 아니라, 쌍드르가 아마 지금쯤 잠에서 깨어났을 것입니다."

그러자 그녀가 어이없다는 듯 어깨를 으쓱하면서 말하였다.

"저의 남편이 잠에서 깨어났을까 염려하신다면, 그것은 다른 이야기예요. 돌아갑시다!"

돌아오는 동안 내내 그녀는 침묵을 고수하였고, 그의 팔에 기대지도 않았다. 그 까닭이 무엇이었을까?

그는 아직까지 단 한 번도 자신에게 그러한 질문을 던져 본 적이 없었다. 이제야 일찍이 단 한 번도 깨닫지 못하였던 것이 어렴풋이 보이는 것 같았다.

혹시…?

싸발 씨는 얼굴이 화끈거림을 느꼈고, 자기가 마치 30년 더 젊은 나이에 쌍드르 부인으로부터 다음과 같은 말을 듣기라도 한 것처럼, 온통 뒤죽박죽된 마음으로 벌떡 일어섰다. "당신을 사랑해요!"

그럴 수 있었단 말인가? 이제 막 그의 영혼 속으로 스며든 그 불확실한 생각이 그를 고문하듯 괴롭혔다! 자기가 그것을 알아차리지 못하였고, 짐작조차 하지 못하였다는 것이 가능한 일인가?

오! 그것이 사실이었다면, 그 행복을 붙잡지 못하고 스쳐 지나쳤다면!

그가 생각에 잠겼다. '알고 싶다. 이러한 의혹 속에 머물 수는 없다. 진정 알고 싶어!'

그러다가 서둘러 외출복을 입었다. 그리고 다시 이렇게 생각하였다. '내 나이 예순둘이고 그녀의 나이 쉰여덟이니, 내가 그녀에게 이제 그것을 묻는다 해도 괜찮을 거야.'

그리고 집을 나섰다.

쌍드르 내외의 집은 길 건너편에, 그의 집 거의 맞은편에 있었다. 그가 곧장 그 집으로 갔다. 문을 두드리자 어린 하녀가 즉시 달려와 문을 열었다.

그토록 이른 시각에 방문한 그를 보고 하녀가 놀란 기색을 드러냈다.

"나리께서 이토록 일찍 오시다니, 무슨 사고라도 생겼나요?"

싸발이 대꾸하였다.

"아니다, 아가야, 하지만 네 주인마님에게 가서 내가 급히 드릴 말씀이 있다고 아뢰거라."

"하지만 지금 마님께서는 겨울에 사용하실 잼을 만들고 계시는지라 화덕 앞에 계시며, 따라서 이해하시겠지만, 옷차림을 제대로 갖추지 못하셨어요."

"그렇겠구나, 하지만 매우 중요한 일이라고 말씀드려라."

어린 하녀가 그의 곁을 떠났고, 싸발은 신경질적으로 성큼성큼 발길을 옮기면서 응접실 안을 오락가락하였다. 하지만 그는 거북함을 느끼지 않았다. 오! 그가 이제 어떤 음식의 조리법 묻듯 그것을 물을 참이었다. 그의 나이 예순둘에 이르렀으니 말이다!

문이 열리더니 그녀가 나타났다. 이제는 두 볼이 통통하고 웃음소리 웅장한, 우람하고 살집 좋은 뚱뚱한 여인이었다. 그녀는 두 손을 몸으로부터 멀찌감치 벌린 채 걸었으며, 소매를 걷어 올린 팔에는 설탕물이 끈적거리고 있었다. 그녀가 근심스러운 어조로 물었다.

"무슨 일이에요, 나의 벗님, 어디 편찮으세요?"

그가 이렇게 대꾸하였다.

"아니오, 나의 다정한 벗님, 하지만 저에게는 매우 중요하며 저의 마음에 고문을 가하는 일에 대하여 여쭙고 싶습니다. 솔직하게 대답해 주겠노라 저에게 약속하시겠습니까?"

그녀가 미소를 지었다.

"저는 항상 솔직해요. 말씀해 보세요."

"드릴 말씀은 이것입니다. 저는 당신을 처음 뵙던 날부터 사랑하였습니다. 그 사실을 짐작하셨습니까?"

그녀가 큰 소리로 웃으면서, 또한 옛날의 어조 같은 것이 섞인 음성으로 대꾸하였다.

"바보, 그래요! 저는 첫날부터 간파하였어요!"

싸발이 부들부들 떨기 시작하더니 이렇게 우물거리듯 말하였다.

"그것을 알고 계셨다고…? 그런데…"

그러다가 입을 다물었다.

그녀가 물었다.

"그런데라니요…? 무슨 말씀을 하시려는 거예요?"

그가 다시 말하였다.

"그런데… 당신은 무슨 생각을 하셨습니까…? 뭐라고… 저에게 뭐라고 대꾸하셨겠습니까?"

그녀가 더 큰 소리로 웃었다. 시럽 방울들이 그녀의 손가락들 끝으로 흘러 응접실 바닥으로 떨어지고 있었다.

"저요…? 하지만 당신은 저에게 아무것도 요청하시지 않았어요. 당신에게 사랑을 고백하는 것이 저의 몫은 아니었어요!"

그러자 그가 그녀에게 한 걸음 다가가며 말하였다.

"말씀해 주시오…. 말씀해 보시오…. 점심식사 후 쌍드르가 풀밭에서 잠들었던 그날을… 우리 두 사람이 한적한 모퉁이까지 함께 갔던 그날을… 기억하시지요…."

그가 기다렸다. 그녀가 웃기를 그치더니 그의 눈을 뚫어지게 바라보았다.

"물론이에요, 기억해요."

그가 떨리는 음성으로 다시 물었다.

"그렇다면… 그날… 만약 제가… 적극적이었다면… 당신은 어찌 하셨을까요?"

그녀가 아무 미련 없는 행복한 여인답게 미소를 짓기 시작하였고, 일종의 빈정거림이 살짝 감도는 맑은 음성으로 거침없이 대꾸하였다.

"제가 당신에게 몸을 허락하였을 거예요, 나의 벗님."

그러더니 그녀가 발길을 돌려 도망치듯 잼 만들던 곳으로 달려갔다.

대재앙 직후처럼 낙담한 싸발이 다시 거리로 나왔다. 그는 비를 맞으며 강이 있는 쪽으로 내려가면서 정처 없이 앞만 보고 성큼성큼 걸었다. 강변에 이르렀을 때, 그가 오른쪽으로 방향을 바꾼 후 강을 따라 내려갔다. 그는 어떤 본능에 떠밀리는 듯 오랫동안 걸었다. 그의 옷이 흥건히 젖었고, 넝마처럼 흐느적거려 형체가 망가진 그의 모자에서는, 추녀 끝에서처럼 물방울들이 떨어지고 있었다. 그는 한없이 앞만 보고 걸었다. 그러다가 마침내, 그 추억이 그를 괴롭히던, 먼 옛날에 세 사람이 점심을 먹던 그 자리에 도달하였다.

그러자 그가 헐벗은 나무들 밑에 주저앉아 울음을 터뜨렸다.

소작인

르네 드 트레이유 남작이 나에게 제안하였다.

"마랭빌에 있는 저의 농장에 가서서, 저와 함께 금년의 사냥 개막식에 참석해 주시겠습니까? 참석해 주시면 정말 기쁘겠습니다. 게다가 이번에는 저 홀로 갑니다. 사냥터에 가는 길이 험할 뿐만 아니라, 제가 머물 집이 너무나 초라하여, 아주 가까운 친구들이 아니면 그곳으로 모실 수가 없습니다."

나는 그의 제안을 수락하였다.

우리는 토요일 저녁, 노르망디행 기차로 떠났다. 우리는 알비마르[1] 역에서 내렸다. 의자를 장착한 시골 달구지에 겁 많은 듯한 말 한 마리를 달았고, 키가 큰 백발의 농사꾼이 그 말을 다독거리며 잡고 있는데, 르네 남작이 마차를 가리키며 나에게 소리쳤다.

"우리가 타고 갈 것이 저기 있습니다."

마중 나온 남자가 주인에게 악수를 청하였고, 그러자 남작이 반갑게 그의 손을 잡으며 물었다.

"르브뤼망 아저씨, 안녕하십니까?"

"여전합니다, 남작님."

우리들은, 터무니없이 큰 두 바퀴 위에 얹혀 건들거리는 닭장 속으로 올라갔다. 그러자 어린 말은 한 번 뒷걸음질을 하고 나서, 우리들을 공처럼 마구 뒤흔들며 굽을 모아 달리었다. 공중으로 떠올랐다가 다시 의자로 떨어질 때마다, 나는 끔찍한 통증을 느꼈다.

농사꾼은 태연하고 단조롭게 반복하였다.

"자아! 자아! 착하지, 아주 착하지, 무따르,[2) 아주 착하지!"

그러나 무따르는 아예 듣지도 못하는 듯, 새끼 염소처럼 겅둥거렸다.

우리들 뒤쪽 빈 칸에 있던, 우리의 개 두 마리는 벌떡 일어서서, 사냥감들의 냄새가 배어 있는 벌판의 대기를 향해 코를 킁킁거리고 있었다.

남작은 슬픈 눈으로 멀리 노르망디의 광막한 전원을 바라보았다. 물결처럼 굼실거리고 우수 어린 전원, 영국의 공원처럼 끝없이 펼쳐진 공원과 유사한 전원이었다. 둘 혹은 네 줄로 심은 키 큰 나무들로 둘러싸여 있고, 집들을 가리는 땅딸막한 사과나무들이 그득한 농가의 마당들은, 까마득히 먼 곳에, 대수림과 작은 숲과 관목 덤불이 뒤엉켜 있는 듯한 풍경을 그려놓고 있었다. 르네 드 트레이유가 문득 중얼거렸다.

"저는 이 땅을 사랑합니다. 이곳에 저의 뿌리가 있습니다."

그는 키가 크고 어깨가 넓으며 배가 조금 나온 체구에, 이 세상의 모든 해안에 왕국들을 세운 그 모험꾼 종족의 혈통을 타고난, 순수 노르망디인이었다.[3)] 그의 나이는 쉰 살쯤이었고, 우리를 마중 나온 소작인보다는 10년쯤 연하인 것 같았다. 소작인은 호리

호리했고, 뼈대만 있는 듯한 그의 몸은, 살 한 점 없는 가죽으로 감싸여 있었다.

푸르고 어디를 보나 비슷한 평원을 가로질러, 돌투성이의 길을 따라 두어 시간을 달린 끝에, 고물 달구지는 사과나무들로 뒤덮인 어느 마당으로 들어섰고, 폐허나 다름없는 퇴락한 건물 앞에 이르러서야 멈추었다. 늙은 가정부와 젊은이 하나가 우리들을 맞았고, 젊은이가 말고삐를 받아 쥐었다.

농가 안으로 들어갔다. 연기로 검게 된 부엌은 천장이 높고 내부가 널찍했다. 구리와 자기 주방기구들이 아궁이의 불빛에 비쳐 훤히 보였다. 고양이 한 마리가 의자 위에서 잠들어 있고, 개는 식탁 밑에서 자고 있었다. 부엌 안에는 우유와 사과와 연기 냄새, 그리고 흙냄새, 벽 냄새, 가구들 냄새, 옛날에 흘린 국 냄새, 오래된 빨래 냄새, 그곳에 살던 사람들 냄새, 짐승들과 사람들의 혼합된 냄새, 사물들과 못 존재들의 냄새, 지난 세월의 냄새 등, 오래된 시골 가옥에서 나는 무수한 냄새가 감돌고 있었다.

나는 마당을 둘러보기 위하여 다시 밖으로 나왔다. 마당은 넓고, 오래 묵은 사과나무들이 그득한데, 땅딸막하고 구부러진 나무들은 과일들로 뒤덮였고. 과일들은 주위의 풀밭에 지천으로 떨어져 있었다. 그 마당에서는, 노르망디의 사과향기가, 지중해 연안의 오렌지꽃 향기만큼이나 강렬했다.

네 줄로 심은 너도밤나무가 농가의 경내를 들러싸고 있었다. 나무들은 어찌나 큰지, 어둠이 내리기 시작한 그 무렵에는 그 끝이 구름에 닿아 있는 듯했고, 저녁 바람이 스치고 지나가는 동안에는, 그 윗부분이 심하게 흔들리면서 구슬픈 탄식을 끊임없이 쏟아내고 있었다.

나는 다시 안으로 들어갔다. 남작은 아궁이 불에 발을 쪼이면서, 소작인이 들려주는 그 고장 이야기를 듣고 있었다. 혼인과 출생과 사망 등에 관한 이야기와. 곡물 가격의 하락과 가축에 관한 소식들이었다. 뷜라르드(뷜르에서 사온 암소)가 6월 중순에 새끼를 낳았다고 하였다. 지난 해에는 사과 주스의 생산이 신통치 않았단다. 주스용 사과가 그 지방에서 차츰 사라지는 추세라고 하였다.

그리고 저녁 식사를 하였다. 단순하지만 풍성하고, 편안하며 긴 시골 저녁 식사였다. 그런데, 식사가 계속되는 동안 나는 소작인과 남작 사이에 특별한 친숙함과 일종의 우정이 자리 잡고 있음을 간파하였다.

밖에서는 세찬 밤바람에 너도밤나무들이 여전히 비명소리를 내고 있었으며, 가축우리에 가둬둔 우리의 개들은 음산하게 울부짖고 있었다. 이윽고 벽난로의 불도 꺼졌다. 가정부는 이미 오래전에 잠자리에 들었다. 소작인 르브뤼망도 자러 가겠다고 하였다.

"남작님, 괜찮으시다면, 저도 잠자리에 들겠습니다. 늦게까지 버티는 것에 익숙치 못해서입니다."

남작이 그에게 손을 내밀며 말했다.

"어서 주무시지요. 나의 벗님!"

어조가 어찌나 다정한지, 소작인이 물러가기 무섭게 내가 물었다.

"소작인이 남작님께 무척이나 헌신적인 모양이지요?"

"그것 이상입니다. 제가 그를 각별히 대하는 것은, 오래전에 있었던 비극, 지극히 단순하면서도 슬픈 비극 때문입니다. 그 사연은 이러합니다…"

*

 아시다시피 저의 아버님은 기병대 연대장이셨습니다. 그 시절 아버님께서, 어느 농사꾼의 아들을 당번병으로 두셨는데, 그 당번병이 바로 저 노인입니다. 아버님께서 군에서 물러나시면서, 그 당번병을 우리 집안 심부름꾼으로 데리고 오셨는데, 그의 나이 마흔쯤 되던 무렵이었습니다. 그 시절 제 나이가 서른이었으니까요. 또한 우리 가족은 꼬드백-앙-꼬[4] 근처에 있는 발렌느 성에 살고 있었습니다.
 그 시절 우리 어머니의 침실 하녀는, 보기 드물게 예쁜 아가씨였습니다. 금발에, 소명하고 발랄하며 날씬한, 진정한 말괄량이, 오늘날에는 사라져버린 옛날의 말괄량이였습니다. 옛날에는 시골에서 단순하고 천진스러운 하녀로 남아 있던 그 말괄량이들을, 오늘날에는 빠리라는 대도시가, 철도를 이용하여 유혹하고, 부르고, 몽땅 데려가 버립니다. 옛날에 징집 하사관들이 신병들을 휩쓸어가던 것처럼, 오늘날에는 아무나 그 소녀들을 고용하고 타락시킵니다. 그리하여 이제는 암컷 족속 중 허섭쓰레기에 해당하는 것들만을 하녀로 고용하게 되었습니다. 한결 같이 뚱뚱하고, 추하고, 평범하고, 기형이어서, 수작을 걸기에는 너무 못생긴 여자들이지요.
 여하튼 그 아가씨는 매력적이었고, 따라서 저는 그녀를 어둑한 구석에서 몇 번 포옹하였습니다. 그것이 전부였습니다. 오! 더 이상 아무 일도 없었습니다. 맹세코 그것이 전부였습니다! 게다가 그녀는 행실이 단정했습니다. 또한 오늘날의 개구쟁이 녀석들은 더 이상 그러지 않지만, 당시 저는 어머니의 거처에 대하여는 깍듯한 예의를 지켰습니다.

그런데 아버님의 심부름꾼이, 즉 옛날의 그 병사가, 조금 전에 물러간 그 늙은 소작인이, 그 아가씨를 미친 듯이 사모하게 되었습니다. 유례 없는 연정이었지요. 처음에는 다만, 그가 매사를 까마득히 잊고, 아무 생각도 하지 않는다는 점을 눈치 챘을 뿐입니다.

아버님이 자주 그에게 말씀하셨지요.

"여보게, 쟝, 도대체 무슨 일인가? 어디 아픈가?"

그의 대답은 항상 같았습니다.

"아닙니다, 아닙니다, 남작님. 아무 일도 없습니다."

그는 점점 여위었습니다. 그러더니, 식탁을 차리다가 유리잔을 깨뜨리고 접시를 떨어뜨리기도 하였습니다. 신경성 질환이라고 생각하여 의사를 불렀습니다. 의사는 척추 골수에 이상이 생긴 것이라 하였습니다. 그러자, 당신의 심부름꾼에 대하여 크게 염려하시던 아버님은, 그를 요양원에 입원시키기로 결정하였습니다. 그 소식을 전해 듣고 심부름꾼이 사연을 고백하게 되었습니다.

그는 어느 날 아침을 택하였습니다. 주인이 면도를 하고 있는데, 그가 겸연쩍게 입을 열었습니다.

"남작님…."

"그래."

"저에게 필요한 것은, 아시겠습니까, 약이 아닙니다…."

"아! 그래? 그럼 무엇인가?"

"결혼입니다!"

아버님께서는 아연실색하시어, 그를 돌아보며 다시 물으셨습니다.

"뭐라고? 뭐라고 했지? 응?"

"결혼입니다!"

"결혼? 자네가 그러면, 자네가 그러면… 사랑에 빠졌다는 말인가… 짐승이?"

"바로 그것입니다! 남작님."

그러자 아버님께서 어찌나 호탕하게 웃으셨던지, 옆방에서 어머니가 소리쳐 물으셨습니다.

"대체 무슨 일이에요, 공트랑?"

아버님이 즉각 대답하셨습니다.

"어서 이리 와보시구려, 까트린느."

어머니가 들어서시자, 아버님은 당신의 그 천치 같은 심부름꾼이 사랑 때문에 바보처럼 앓았노라고, 즐거움의 눈물을 글썽이시며 어머니에게 사연을 들려주셨습니다.

어머니는 웃지 않으셨습니다. 측은한 감회에 사로잡히셔서 부드럽게 물으셨습니다.

"이 사람아, 도대체 누구를 그토록 사랑하는가?"

그는 서슴지 않고 털어놓았습니다.

"남작 부인, 루이즈입니다."

그러자 어머니께서 엄숙하게 말씀하셨습니다.

"최선책을 찾아보겠네."

그리하여 어머니께서 루이즈를 불러 이것저것을 물으셨습니다. 루이즈가 대답하기를, 자기에게로 향한 쟝의 연정을 잘 알고 있다고 하였습니다. 또한 쟝이 여러 차례에 걸쳐 사랑을 고백하였지만, 자기는 그에게 아무 마음도 없다고 하였습니다. 하지만 그 사유는 끝내 밝히지 않았습니다.

그 이후 두 달이 흐르는 동안, 아버님과 어머니는 쟝과 혼인하라고 그 아가씨를 끊임없이 압박하셨습니다. 달리 사랑하는 사람이 없다고 두 분 앞에서 이미 천명한 바 있는지라, 그녀는 두 분의 요청을 끝까지 거부할 진지한 명분을 찾지 못하였습니다. 아버님이 그녀에게 금전을 두둑이 선사하심으로써, 드디어 그녀의 저항을 꺾으셨습니다. 그리고 두 내외를, 오늘 우리가 와 있는 이곳에 소작인으로 정착시키셨습니다. 그들은 혼인 직후 성을 떠났고, 그 후 3년이 지나도록, 저는 그들을 다시 보지 못하였습니다.

3년 후, 루이즈가 폐병으로 세상을 떠났다는 소식을 들었습니다. 아버님과 어머니도 또한 돌아가시고, 그리하여 다시 두 해가 지나도록 저는 쟝을 만날 수 없었습니다.

그런데 어느 해 가을, 10월 말경, 이 영지에서 사냥을 하고 싶은 생각이 들었습니다. 소작인이 소식을 보내오기를, 영지가 잘 보존된지라, 사냥감이 많다고 하였습니다.

그리하여 어느 날 저녁, 이 집에 도착하였고, 그날 밤에는 비가 내렸습니다. 저는 아버님의 옛 병사를 오랜만에 다시 만나는 순간, 어이가 없었습니다. 그의 나이 겨우 마흔 대여섯이었는데, 머리가 온통 백발로 변해 있었습니다. 저는 지금 우리가 앉아 있는 이 탁자에 그와 마주 앉아 저녁 식사를 하였습니다. 비가 퍼붓고 있었습니다. 빗물이 지붕과 벽과 유리창을 때린 후, 내를 이루어 마당으로 흐르는 소리가 들려왔습니다. 그날 제가 데리고 왔던 개 역시, 오늘 데리고 온 개들처럼, 우리 속에서 울부짖었습니다.

가정부가 잠자리에 들기 위하여 우리 두 사람만 남겨 놓고 자리를 뜨자, 그가 별안간 멈칫거리며 저를 불렀습니다.

"남작님…."

"무슨 일이에요, 쟝 아저씨?"

"드릴 말씀이 있습니다."

"말씀하세요, 쟝 아저씨."

"그것이… 그것이 좀 쑥스러워서."

"그렇더라도 말씀이나 해보세요."

"제 처 루이즈를 기억하시겠죠?"

"물론 기억하지요."

"실은, 그녀가 저에게 부탁하기를, 남작님께 그것을…"

"그것이 무엇인데요?"

"그것이… 그것은… 고백 같은 것인데…."

"아! 도대체 그게 뭐예요?"

"그것은… 그것은… 저는 말씀드리지 않았으면 좋겠는데…. 하지만… 전해드려야 하니까… 실은… 그녀가 죽은 것은 폐병 때문이 아니었습니다…. 그것은… 그것은… 슬픔 때문이었습니다…. 실상은 그러했습니다…. 말씀드리자면…. 그녀는 이곳에 온 직후부터 비쩍 마르기 시작하여, 얼굴이 변하더니, 남작님, 여섯 달이 지나자 더 이상 알아볼 수 없게 되었습니다. 그녀와 혼인하기 전의 저와 똑같았습니다. 물론 이번에는 반대의 경우지만, 제가 의사를 불렀습니다. 의사는 간질환이라 하였는데… 그것이… 간장염이라는 것이었습니다. 그래서 제가 약을 한없이 사들였는데, 300프랑 어치도 넘었습니다. 하지만 그녀는 약에 손도 대지 않으려 하였습니다. 그녀가 저에게 말하였습니다. '나의 가엾은 쟝, 그럴 필요 없어요. 소용 없는 일이에요.' 하지만 그녀가 정말 아픈 것은 틀림없었습니다. 게다가 한 번은 그녀가 우는 것을 보았습니다. 저는 어찌 할 바를 몰랐습니다. 정말 몰랐습니다. 그래서 예쁜 모자와, 옷, 머리에 바르는 포마드, 귀걸이 등을 사다주었습니다. 하지만 아무 소용 없었습니다. 그래서 저는 그녀가 죽을 것이라고 생각하였습니다.

그런데 어느 날 저녁, 11월 말, 눈이 내리는 밤이었습니다. 온종일 침대를 떠나지 않던 그녀가, 저에게 사제님을 모셔오라고 하였습니다. 제가 모시러 갔습니다.

사제님이 오시자 그녀가 저에게 말하였습니다. '쟝, 당신에게 고백할 일이 있어요. 저는 당신에게 고백할 의무가 있어요. 잘 들으세요, 쟝. 저는 당신을 단 한 번도 배신하지 않았어요. 결혼 전에도 결혼 후에도 그런 일은 없었어요. 저의 영혼을 속속들이 아시는 사제님께서 그것을 보증하실 수 있어요. 이제 잘 들어요, 쟝, 제가 만약 죽는다면, 그것은 제가 더 이상 성에 살 수 없다는 슬픔을 이길 수 없기 때문이에요. 왜냐하면, 르네 남작님에 대한 저의 우정이 너무 크기 때문이에요…. 너무 큰 우정, 알아들으시겠어요? 다른 것이 아닌 진정한 우정일 뿐이에요. 하지만 그 우정이 저를 죽이는군요. 그분을 더 이상 뵐 수 없게 되었을 때, 저는 제가 죽으리라는 것을 느꼈어요. 그분을 뵙기만 해도, 그저 뵙는 것으로 그쳐도, 저는 살아갈 수 있을 것 같아요. 제가 세상을 떠난 다음, 먼 훗날, 당신이 그분께 저의 이야기를 들려드리세요. 꼭 그리 하셔야 해요. 맹세해 주세요…. 쟝, 사제님 앞에서. 제가 그렇게 죽었다는 사실을, 언젠가는 그분도 아시리라는 확신이, 저에게는 커다란 위안이 될 거예요…. 그러니 맹세해 주세요….'

남작님, 저는 그녀에게 꼭 그렇게 하겠노라고 굳게 약속하였습니다. 그리고 그 약속을 이제야 이행하였습니다."

그리고 이야기를 마치며 그는 저의 눈을 물끄러미 쳐다보았습니다.

아! 저 자신도 모르게 제가 그 아내를 죽인 가엾은 사람, 그 사람이, 오늘처럼 비가 쏟아지는 밤에, 이 부엌에서 저에게 들려주는 이야기를 듣는 순간, 저를 사로잡은 격정이 어떠했을지, 아마 상상하시기 어려울 것입니다. 저는 신음하듯 웅얼거릴 뿐이었습니다.

"나의 가엾은 쟝! 나의 가엾은 쟝!"

그가 나지막하게 다시 말하였습니다.

"일이 그렇게 된 것입니다, 남작님. 이제 어쩔 수 없습니다, 남작님도… 저도… 이제 끝난 일입니다…."

저는 탁자 위로 손을 뻗어 그의 손을 잡았습니다. 그리고 울기 시작하였습니다.

그가 저에게 물었습니다.

"묘에 가시겠습니까?"

저는 고개만 끄덕였습니다. 말을 하지 않기 위해서였습니다.

그가 자리에서 일어나 초롱불을 밝혔습니다. 우리는 비를 뚫고 길을 나섰습니다. 화살처럼 빠른 속도로 비스듬히 떨어지는 빗방울들이 초롱불빛을 받아 환히 보였습니다.

그가 어느 문을 열자, 검은 목재로 만든 십자가들이 나타났습니다.

그가 어느 대리석판 앞에 문득 멈추며 말하였습니다.

"여기입니다!"

그러고는 제가 묘비명을 읽을 수 있도록, 초롱불을 석판 위에 올려놓았습니다.

쟝-프랑수와 르브뤼망의 아내
루이즈 오르땅스 마리네에게

그녀는 절개 곧은 아내였노라.

그녀의 영혼을 하느님께!

우리 두 사람은, 사이에 초롱불을 놓고, 진흙 위에 무릎을 꿇었습니다. 저는, 빗방울이 하얀 대리석을 때린 다음 물먼지로 변했다가, 침투할 수 없고 차가운 석판의 네 귀퉁이로 흘러내리는 것을, 하염없이 바라보았습니다. 그리고 죽은 여인의 심장을 생각하였습니다…. 오! 가엾은 심장! 가엾은 심장!

그 이후 저는 해마다 이곳에 옵니다. 그리고 무슨 연유인지는 모르되, 저 사람 앞에서는 죄인처럼 마음이 혼란스러워지며, 그가 항상 저를 용서하는 것 같습니다.

미쓰 해리엇

　대형 사륜마차에 몸을 실은 우리 일행은 모두 일곱 사람이었는데, 여자 넷에 남자 셋이었고, 그 중 남자 하나는 마부 옆에 자리를 잡았다. 우리는 말들이 끄는 대로 천천히, 구불구불한 언덕길을 오르고 있었다.

　땅까르빌의 유적을 보러 가기 위하여, 새벽에 에트르따를 떠난지라, 우리들 모두 차가운 아침 대기 속에 웅크린 채 꾸벅꾸벅 졸고 있었다.[1] 특히 여인들은, 그토록 일찍 일어나는 데 익숙하지 못한 까닭으로, 해가 뜨는 시각의 감동적인 풍경에조차 무심한 채, 끊임없이 눈을 스르르 감거나 고개를 떨구며 하품을 해대고 있었다.

　가을이었다. 길 양쪽으로 헐벗은 밭들이 펼쳐져 있었는데, 귀리와 밀 그루터기들이, 서툴게 면도한 수염처럼 밭들을 노랗게 물들이고 있었다. 안개가 덮고 있는 땅에서는 마치 연기가 피어오르는 것 같았다. 공중에서는 종달새들이 노래하고 있었고, 잡목 숲에서는 다른 새들이 지저귀고 있었다.

우리들 앞 멀리 지평선에, 드디어 붉은 태양이 불쑥 솟아올랐다. 그리고 태양이 하늘로 높이 올라갈수록, 한 순간이 다르게 밝아지면서, 전원은 잠에서 깨어 미소를 짓고, 몸을 꿈틀거리며, 침대를 막 빠져나온 처녀처럼, 하얀 안개 슈미즈를 벗어던지고 있었다.

마부 옆자리에 앉아 있던 에트라이유 백작이 문득 소리쳤다.

"저길 봐요, 산토끼에요!"

그러면서 왼쪽으로 손을 뻗어, 클로버가 소복히 자라고 있는 곳을 가리켰다. 토끼는 몸뚱이를 거의 풀 속에 감추고, 커다란 두 귀만 노출시킨 채 도망을 치고 있었다. 그러다가 문득, 갈아놓은 밭을 가로질러 내닫더니, 잠시 멈추었다가 다시 미친 듯 달리며 방향을 바꾸고, 다시 한 번 멈추어 불안한 듯 사방을 살피는데, 어느쪽으로 갈까 망설이는 듯하였다. 잠시 후 뒷발로 땅을 힘차게 박차고 껑충 뛰며 달리더니, 넓은 사탕무우 밭 속으로 사라졌다. 그 짐승을 바라보느라고 모든 사람들이 잠에서 깨어났다.

르네 르마누와르가 문득 한 마디 하였다.

"오늘 아침에는 신사분들께서 싹싹하시지 못하군요."

그러더니 자기 옆자리에서 아직도 졸음과 싸우고 있는, 아담하게 생긴 쎄렌느 남작 부인에게 나지막한 음성으로 속삭였다.

"남작 부인, 부군 생각을 하고 계시군요. 하지만 안심하십시오. 그분은 토요일에나 돌아오십니다. 부인에게는 아직도 나흘의 여유가 있습니다."

그녀가 졸음에 겨운 미소를 지으며 응수하였다.

"참으로 바보 같으십니다!"

그리고, 무기력증에서 벗어나려는 듯, 사람들을 향해 한 마디 더 하였다.

"제발, 웃을 만한 이야기 하나 들려주세요. 특히 슈날 씨, 리슐리으 공작보다도 더 많은 행운을 누렸다고 알려진 당신께서, 직접 겪으신 사랑 이야기를 하나 우리들에게 들려주세요. 이야기를 고르는 것은 마음대로 하세요."[2]

젊은 시절, 용모 수려했고, 힘이 좋았으며, 자신의 몸매에 자부심이 컸고, 또 여인들이 좋아했던, 늙은 화가 레옹 슈날은, 자기의 길고 흰 턱수염을 쓰다듬으며 미소를 지었다. 그리고 잠시 생각에 잠기더니, 별안간 심각한 표정을 지으며 입을 열었다.

"명랑한 이야기는 아닙니다, 부인들. 제가 평생 겪은 것들 중, 가장 한탄스러운 사랑 이야기를 들려드리겠습니다. 제가 저의 벗님들에게 바라는 것은, 여인들에게 그와 유사한 사랑의 충동을 불어넣으시지 말라는 것입니다."

1

그 시절 제 나이 스물다섯이었고, 저는 노르망디 해안지역을 두루 여행하며 그림쟁이 짓을 하였습니다.

제가 '그림쟁이 짓'이라고 하는 것은, 실물을 보고 풍경화 그리는 연습을 한답시고, 배낭을 짊어진 채 이 여인숙 저 여인숙으로 옮겨가며 방랑하는 것을 가리킵니다. 저는 아직도, 모든 것을 우연에 맡긴 그 방랑 생활보다 좋은 것을 발견하지 못하였습니다. 어떤 족쇄도, 근심도, 불안도 없고, 심지어 다음 날조차 생각하지 않으니, 자유롭기 그지없습니다. 마음에 드는 길을 따라가니, 우리의 환상 이외에 다른 안내자가 없고, 눈의 즐거움 이외에 다른 조언자가 없습니다. 한 줄기 냇물이 유혹하면 걸음을 멈추고, 어느 여인숙 대문 앞에서 풍기는 감자튀김 냄새가 좋으면 그곳에 유숙합니다. 어떤 때는 참으아리 향기나 여인숙 아가씨의 소박한 눈짓에 이끌려 숙소를 정하기도 합니다. 그 투박한 애정을 경멸해서는 아니 됩니다. 촌 아가씨들에게도 영혼이 있고 감수성이 있습니다. 게다가 포동포동한 볼과 싱싱한 입술까지 갖추었습니다. 그녀들의 격렬한 입맞춤은, 야생 과일처럼 짙고 감미롭습니다. 사랑이란, 그것이 어느 곳의 산물이든, 모두 귀한 가치를 지니고 있습니다. 우리가 나타날 때 고동치는 가슴과, 우리가 떠날 때 눈물 흘리는 눈, 그것들은 너무나 귀하고 달콤하며 소중하기 때문에, 그것들을 결코 경시해서는 아니 됩니다.

저는, 앵초꽃 가득 핀 마른 도랑에서, 암소들이 잠든 외양간 뒤에서, 혹은 한낮의 열기가 아직 미지근하게 남아 있는 헛간의 지푸라기 위에서, 숱한 밀회를 즐겼습니다. 탄력 있고 힘찬 살결을 감싸고 있던 거친 천을 아직도 기억하며, 천진스럽고 솔직했던 애무들을 그리워합니다. 그 애무는, 거짓 없는 난폭성으로 말미암아, 매력적이고 품위 있는 여인들에게서 얻는 세련된 쾌락보다 훨씬 더 감미롭습니다.

그러나 그렇게 정처 없이 흘러다니며 특히 좋아하게 되는 것은, 들판과, 숲과, 해돋이와, 황혼과 달빛입니다. 화가에게는, 그러한 방랑이 곧 대지와의 밀월 여행입니다. 길고 고요한 밀회 동안, 우리는 대지 곁에 홀로 머뭅니다. 풀밭에 누워 데이지와 개양귀비꽃에 둘러싸여 잠들며, 맑은 태양빛 아래에서 눈을 뜨면, 멀리 작은 마을이 보이고, 뾰족한 종탑에서는 정오를 알리는 종소리가 들립니다.

때로는 떡갈나무 밑에서 분출하는 샘가에 앉기도 합니다. 연하되 실하게 자라 윤기가 도는, 머리채처럼 소복한 풀 위에 앉습니다. 다시 무릎을 꿇고 상체를 숙여, 차갑고 투명한 샘물을 마시노라면, 콧수염과 코끝이 물에 젖습니다. 샘물과의 그러한 입맞춤이, 입술과 입술이 닿을 때처럼, 관능적 쾌락을 느끼게 합니다. 또한, 샘터에서 시작된 개천을 따라가다 웅덩이를 만나기도 하는데, 알몸으로 그 속에 잠기면, 머리끝부터 발끝까지, 차갑고 감미로운 애무가, 즉 발랄하고 가벼운 냇물의 떨림이, 피부를 통해 전달됩니다.

동산에 오르면 명랑해지고, 호숫가에 이르면 우수에 잠기며, 태양이 핏빛 구름바다에 잠겨 강물 위에 붉은 빛을 던지면 열광합니다. 그리고 밤이면, 하늘 저 깊숙한 곳을 지나가는 달 아래에서, 태양의 이글거리는 밝음 아래에서는 뇌리에 얼씬도 하지 않는, 수천 가지 기이한 일들을 생각합니다.

그렇게, 지금 우리가 머물고 있는 이 고장을 여행하던 중, 어느 날 저녁 무렵, 저는 이쁘르와 에트르따 사이에 있는 바닷가 마을 베누빌에 도착하였습니다.[3] 훼깡으로부터 해안을 따라서 걸었습니다. 높은 성벽처럼 깎아지른 듯한 해안 여기저기에는, 백묵처럼 하얀 바위들이 돌출하여 다시 바다에 수직으로 박혀 있었습니다. 그 절벽 위에서, 난바다로부터 불어오는 소금기 머금은 바람을 맞으며 자란, 짧고 가늘며 부드러운, 융단 같은 잔디, 그것을 밟으며 저는 하루 종일 걸었습니다. 또한, 목이 터져라 노래를 부르며 성큼성큼 걷다가, 원을 그리며 천천히 날아올라 쪽빛 하늘에 희고 굽은 날개를 펼치는 갈매기를 바라보는가 하면, 초록색 바다에 떠 있는 작은 고기잡이 배의 갈색 돛을 바라보기도 하였습니다. 그렇게 태평스러움과 자유로움을 만끽하며 행복한 하루를 보냈습니다.

여행자들이 묵어갈 수 있다는 작은 농가 하나를 소개 받았습니다. 둘레에 느릅나무를 두 줄로 심은 노르망디식 정원 한가운

데에, 숙박용 건물을 짓고, 촌 아낙이 행인들을 맞는다고 하였습니다.

그리하여 저는 해안을 떠나, 커다란 나무들로 덮인 그 작은 마을로 들어가서, 르까쉐르라고 하는 촌 아주머니를 찾았습니다.

얼굴이 주름살 투성이이고 근엄한 촌 노파였는데, 마지못해 손님을 받는 듯한 표정이었고, 모든 사람을 불신하는 듯하였습니다.

때는 5월이었습니다. 꽃 만발한 사과나무들이 향기로운 꽃 지붕을 이루어 마당을 뒤덮었으며, 발그레한 꽃잎들을 빗줄기처럼 어지럽게 뿌리고 있었는데, 꽃잎들이 사람들과 풀 위로 끊임없이 떨어지고 있었습니다.

제가 물었습니다.

"르까쉐르 부인, 저에게 주실 방이 있겠습니까?"

자기의 이름을 알고 있다는 사실에 놀란 듯한 표정을 지으며, 그녀가 대답하였습니다.

"이미 다 나갔어요. 하지만 다른 방도를 생각해 봐야지요."

단 5분이 지나지 않아 방 문제가 해결되었습니다. 저는 전형적인 시골 방의 흙바닥에 우선 배낭을 벗어놓았습니다. 침대 하나와 의자 두 개, 식탁 하나, 그리고 세숫대야가 갖추어진 방이었습니다. 그 방은 연기로 까맣게 그슬린 널찍한 부엌에 잇닿아 있었습니다. 그 부엌에서 투숙객들도, 고용원들과 과부인 주인과 함께 식사를 한다고 하였습니다.

저는 손을 씻은 다음 방을 나섰습니다. 노파는 닭고기를 잘게 썰어 커다란 벽난로 속에서 졸이고 있었습니다. 저녁 식사에 내놓을 것이었는데, 벽난로 속에는 새까맣게 그슬린 냄비 고리가 매달려 있었습니다.

"이 계절에 여행객이 그리도 많습니까?"

제가 그렇게 묻자, 노파는 특유의 불만스러운 표정을 지으며 대답하였습니다.

"여자 한 분이 묵고 계십니다. 나이든 잉글랜드 여자입니다. 저쪽 방에 묵으십니다."

저는, 하루에 오 쑤를 더 지불할 테니, 날씨가 좋으면 정원에서 혼자 식사할 수 있게 해 달라고 하였습니다.

그리하여 저의 식탁은 건물 출입문 앞에 차려주었습니다. 저는 사과주를 간간이 마시며, 노르망디 암탉의 비쩍 마른 다리를 이로 뜯기 시작하였습니다. 또한 커다란 백색 빵도 열심히 씹었는데, 구운 지 나흘이 지났건만 맛은 훌륭했습니다.

별안간, 길 쪽으로 난 목제 살문이 열리더니, 기이한 사람 하나가 나타나 건물로 향하였습니다. 몹시 여위고 키가 훌쩍 큰데, 붉은 격자무늬가 있는 스코틀랜드 숄로 몸을 어찌나 꽁꽁 묶었던지, 엉덩이 근처로 삐져 나와 있는 갸름한 손만 아니라면, 팔이 없는 사람이라고 여길 만하였습니다. 그 손에는 여행용 백색 양산이 들려 있었습니다. 발걸음을 옮길 때마다 나풀거리는 회색 곱슬머리가, 푸딩처럼 얼굴의 윤곽을 그어주고 있는데, 무슨 이유인지는 모르되, 그 미라 같은 얼굴이, 포장리본으로 묶어놓은 훈제 청어를 연상시켰습니다. 그녀는 눈을 내리깐 채 제 곁을 급히 지나, 초가집 속으로 처박히듯 들어가 버렸습니다.

그 기이한 출현에 제 마음이 들떴습니다. 주인 노파가 이야기하던, 그 나이 찬 잉글랜드 여자임에 틀림없었습니다.

그날은 그녀를 다시 보지 못하였습니다. 다음 날, 여러분들도 잘 아시는, 그리고 에트르따까지 뻗어 내린, 그 매력적인 골짜기 깊숙한 곳에 자리를 잡고 그림 그릴 준비를 하고 있었습니다. 그런데 어느 순간, 무심히 고개를 쳐드니, 능선 등성이에 기이한 것이 불쑥 솟아 있었습니다. 장식용 깃발을 잔뜩 단 돛대 같았습니다. 그녀였습니다. 저를 보더니 즉시 사라졌습니다.

점심을 먹기 위해 정오에 숙소로 돌아왔습니다. 그리고 공동 식탁에 자리를 잡았습니다. 그 독특한 여자와 인사를 나누기 위해서였습니다. 하지만 그녀는 저의 인사에 답례조차 하지 않았으며, 심지어 저의 세심한 배려에도 무감각한 듯했습니다. 저는 고집스럽게 그녀의 잔에 물을 따라주기도 하였고, 그녀에게 음식 접시를 서둘러 넘기기도 하였습니다. 하지만, 보이지도 않을 만큼 머리를 까딱 한다든가, 들리지도 않는 음성으로 우물거리는 영어 한 마디, 그것이 유일한 감사의 표시였습니다.

저는 더 이상 그녀의 일에 상관하지 않았습니다. 물론 그녀가 저의 상념을 들쑤셔놓은 것은 사실입니다.

사흘 후에는 저 역시, 르까쉐르 부인이 그녀에 대해 알고 있는 것들을 모두 알게 되었습니다.

그녀를 사람들은 미쓰 해리엇이라 불렀습니다. 조용히 여름을 보내기 위해 한적한 마을을 찾던 중, 베누빌에 머물게 되었고, 그 곳에 도착한 지 육 주가 지났건만, 떠날 생각을 하지 않는다고 하였습니다. 식사 중에는 절대 말을 하지 않았습니다. 개신교 선전 책자를 읽으며 음식을 신속하게 먹어치웠습니다. 그녀는 그 선전 책자를 모든 사람들에게 나누어주었습니다. 심지어 그곳 사제도 네 권이나 받았는데, 어떤 아이가 심부름 값으로 2쑤를 받고, 그것들을 사제에게 가져왔다고 합니다. 그녀는 여인숙 노파에게 불쑥 신앙고백 하듯 외치곤 하였습니다.

"저는 주님을 그 무엇보다도 사랑합니다. 그분께서 창조하신 모든 것에서 그분을 찬양하며, 그분을 온전히 숭배하고, 저의 가슴 속에 항상 그분을 간직하고 있습니다."

그런 다음, 어리둥절하고 있는 촌 노파에게, 온 세상을 개종시키려고 만든 그 책자를 주곤 하였습니다.

마을 사람들은 그녀를 탐탁치 않게 여겼습니다. 초등학교 선생님이 드러내놓고 말하였습니다.

"무신론자야!"

그러자 비난이 그녀에게 집중되기 시작하였습니다. 르까쉐르 부인의 질문을 받은 사제의 대답 역시, 별로 호의적이지 못했습니다.

"그녀는 이단자요! 그러나 하느님께서는 죄인의 죽음을 원하시지 않아요. 또한 내가 보기에는 윤리적으로 나무랄 데 없는 사람이에요."

하지만 마을 사람들이 '무신론자'니 '이단자'니 하는 말의 정확한 뜻을 모르는 지라, 그 두 단어가 오히려 그들에게 의구심만 일으켜놓았습니다. 심지어 어떤 사람은, 그 잉글랜드 여인이 큰 부자인데, 가정에서 쫓겨나 세상의 모든 나라를 떠돌며 살아왔다고 주장하였습니다. 그녀가 왜 집에서 쫓겨났느냐구요? 물론 그녀의 불경스러움 때문이라고 하였습니다.

사실 그녀는 광신도들 중의 하나, 즉 영국에서 무수히 길러낸 고집스러운 청교도 여인들 중 하나였습니다. 유럽의 모든 집안 식탁을 유령처럼 점령하고, 이딸리아를 못쓰게 변질시키고, 스위스를 중독시키고, 지중해 연안의 매력적인 도시들을 살 수 없는 곳으로 만들며, 자기들의 기괴한 버릇과 화석 같은 숫처녀들의 습성, 차마 형언할 수 없는 옷차림 등을 사방에 퍼뜨리는, 도저히 용납할 수 없는 그 몽매한 노처녀들 중 하나였습니다.

저 역시, 어떤 호텔에서 그러한 여인을 발견하면, 들판에서 허수아비를 본 새처럼 몸을 피하곤 하였습니다.

하지만 그 잉글랜드 여인은 어찌나 특이한지, 그녀가 조금도 싫지 않았습니다.

시골풍이 아닌 모든 것에 대해서 본능적으로 적대감을 품었던 르까쉐르 부인은, 편협한 생각으로 인해, 그 노처녀의 꿈꾸는 듯한 걸음걸이에 대해 일종의 증오심을 가지고 있었습니다. 그녀는 그 노처녀를 규정하여 지칭하는 말을 찾아냈는데, 물론 경멸적인 말이었습니다. 하지만, 어떤 신비하고 혼돈스러운 정신적 노작을 거치는 동안에 그 말이 뇌리에 떠올랐으며, 그것이 어떻게 그녀의 입술에까지 도달했는지, 그저 신기할 뿐입니다.

"마귀 들린 여자야!"

노파의 말이었습니다. 그토록 엄숙하고 감상적인 사람에게 그러한 말이 접합되니, 저에게는 그 말이 문득 참을 수 없는 희극성을 띠는 것 같았습니다. 저 역시 그녀를 '마귀 들린 여자'라고만 부르게 되었습니다. 그녀를 바라보며 그 음절들을 소리 내어 발음할 때마다, 기묘한 즐거움을 느꼈습니다.

제가 르까쉐르 부인에게 묻곤 하였습니다.

"그런데, 우리의 마귀 들린 여인께서는 오늘 무엇을 하십니까?"

그러자 어느 날, 노파가 몹시 분개한 듯한 기색으로 대답하였습니다.

"선생님, 믿으실 수 있겠습니까? 누가 다리를 짓이겨놓은 두꺼비를 주워다가 침실로 가지고 들어가더니, 그것을 대야에 모셔놓고, 사람에게 하듯 그것에게 붕대를 감아주었답니다. 신을 모독하는 짓 아니겠습니까?"[4]

언젠가는, 절벽 밑 바닷가를 산책하던 그녀가, 막 잡아올린 커다란 물고기를 사서 즉시 바다 속으로 던졌습니다. 그러자 어부는, 이미 후하게 매긴 물건 값을 받았건만, 그녀에게 욕설을 퍼부어댔습니다. 그녀가 자기의 호주머니에 있던 돈을 강탈하기라도 한 듯 분개하였습니다. 한 달이 지난 후에도, 그 이야기만 꺼내면, 어부는 맹렬히 화를 내며 욕설을 그치지 않았습니다. "오! 그래요, 미쓰 해리엇은 진정 마귀 들린 여자였어요." 르까쉐르 노파는 분명 어느 정령으로부터 영감을 받아, 그녀에게 그러한 별명을 지어준 것 같습니다.

젊은 시절 아프리카에서 군복무를 한 일이 있어, 사람들이 싸 쁘르[5]라고 부르는 외양간지기는, 다른 견해를 내놓았습니다.

"병역 의무를 마치신 고참이야!"

그가 장난스럽게 하던 말입니다.[6]

그 가엾은 노처녀가 그러한 사실들을 알았다면 어찌 되었겠습니까?

여인숙에서 일하던 소녀 쎌레스트는, 단 한 번도 기꺼이 그녀의 시중을 들지 않았습니다. 저는 도저히 그 연유를 알 수 없었습니다. 아마 그녀가 외지인이고, 다른 종족이며, 다른 언어를 사용할 뿐만 아니라, 종교까지 달랐기 때문일지 모르겠습니다. 그러나 여하튼, 쎌레스트에게도 그녀는 마귀 들린 여인이었습니다!

그녀는 전원지역을 배회하면서, 자연에서 신을 찾고, 신에게 경배 드리는 일에 대부분의 시간을 보냈습니다. 어느 날 저녁 무렵, 저는 그녀가 덤불숲 속에서 무릎을 꿇고 있는 것을 우연히 보게 되었습니다. 무엇인지 모를 붉은 것이 잎들 사이로 어른거리길래, 제가 나뭇가지들을 한쪽으로 제쳤습니다. 그러자, 그러한 자기의 모습이 발각되어 창피스러웠던지, 대낮에 발견된 부엉이의 눈처럼 당황한 눈으로 저를 쏘아보았습니다.

어떤 때는, 커다란 바위들 사이에 자리를 잡고 그림을 그리고 있노라면, 해안의 신호 깃발처럼 그녀가 절벽 위에 불쑥 나타나곤 하였습니다. 그녀는 석양빛을 받아 황금색으로 변한 광막한 바다와, 타는 듯 붉어진 웅장한 하늘을 바라보고 있었습니다. 또 어떤 때는, 골짜기 후미진 곳에서, 잉글랜드 여인 특유의 유연한 걸음으로 급히 움직이는 그녀를 발견하기도 하였습니다. 그럴 때마다 저는, 무엇인지 모를 것에 이끌려 그녀에게로 다가가곤 하였습니다. 내면적이고 오묘한 희열에 만족스러워하는, 수척하되 형언할 수 없는, 그 환상가의 얼굴을 가까이에서 보고 싶을 뿐이었습니다.

또한 그녀가, 어느 농가 모퉁이에서 풀밭 위에 앉아 있는 것을 자주 목격하기도 하였습니다. 그녀는 사과나무 그늘에서, 항상 가지고 다니는 종교서적을 무릎 위에 펼쳐놓고, 초점 잃은 시선을 먼 하늘로 보내고 있었습니다.

저 역시 어느새, 그 마을을 떠날 수 없게 되었습니다. 너그럽고 순박한 풍경으로 향하던 사랑으로 인해, 그 조용한 마을에 애착하게 되었던 것입니다. 이름 없고, 모든 것으로부터 멀리 떨어져 있으며, 대지에 밀착되어 있던 그 농가가 무척이나 편안했습니다. 착하고 건강하며, 아름답고 푸른 대지, 언젠가는 우리의 몸으로 우리가 비옥하게 만들어야 할 대지였습니다. 하지만, 그 모든 것 이외에, 아주 작은 호기심이 저를 르까쉐르 노파 댁에 붙잡아두었다는 사실도 고백해야겠군요. 제가 그 기이한 미쓰 해리엇을 좀 더 알고 싶었던 것 같습니다. 또한 더 나아가, 방랑하는 잉글랜드 노처녀들의 고적한 영혼 속에서 일어나는 것들을 알고 싶었을 것입니다.

2

우리들은 기이한 계기로 가까이 사귀게 되었습니다. 저는 그 날, 제가 보기에 조금 과감한 듯한 습작품 하나를 완성하였습니다. 아니, 실제 과감하였고, 그 작품은 15년 뒤에, 1만 프랑에 팔렸습니다. 둘 더하기 둘은 넷이라는 계산보다도 더 단순하고, 학교에서 가르치던 규범을 무시한 작품이었습니다. 화폭 오른쪽 공간은 바위 하나가 차지하고 있었는데, 무사마귀가 난 듯 우툴두툴한 거대한 바위로서, 갈색과 노란색, 붉은색 해초들로 뒤덮여 있고, 그 위로 햇빛이 기름처럼 흐르고 있었습니다. 그것이 바로 제가 그리려던 것이었습니다. 밝은 빛이 숨막힐 듯하고, 불붙은 듯하며, 눈부시게 아름다운 것이 그 화폭의 전경(前景)이었습니다.

화폭 왼쪽에는 바다를 그렸습니다. 판암(板岩)색의 검푸른 바다가 아니라, 초록색 감도는 비취색 바다, 그리고 짙은 쪽빛 하늘 아래에서는 희끄무레하고 단단해 보이는 바다였습니다.

저는 너무나 만족스러워, 그 작품을 들고 여인숙으로 돌아오면서 춤을 덩실덩실 추었습니다. 저는 그것을 온 세상 사람들에게 즉시 보여주고 싶었습니다. 오솔길 옆에 매어놓은 암소에게 그림을 보여주며 외치던 일을 아직도 기억합니다.

"내 사랑스러운 할망구, 이것을 좀 봐. 이러한 것은 좀처럼 보기 어려울 거야."

여인숙 앞에 이르자마자, 저는 목이 터져라 큰소리로 르까쒜르 노파를 불렀습니다.

"오헤! 오헤! 주인 마님, 어서 나오셔서 이것을 좀 봐요!"

그 촌 여인이 달려와 저의 그림을 얼빠진 눈으로 한동안 들여다 보았습니다. 하지만 그것이 황소인지 집인지 아무것도 구별하지 못하였습니다.

마침 미쓰 해리엇도 그 순간에 돌아왔습니다. 제가 팔을 뻗어 그림을 노파에게 보여주고 있을 때, 그녀가 제 등 뒤로 지나가게 되었습니다. 그 마귀 들린 여자가 제 그림을 보지 않을 수는 없었습니다. 그것이 그녀의 시선에서 벗어나지 않도록, 제가 세심하게 신경을 쓰며 그림을 들고 있었으니까요. 그녀는 무엇에 사로잡힌 듯, 경악한 듯, 문득 걸음을 멈추었습니다. 그녀가 홀로 기어 올라가 앉아 편안히 몽상에 잠기던, 그녀의 바위였던 것 같습니다.

"아—오!"

그녀가 브리튼 억양으로 감탄하는 소리가 들렸습니다. 그 소리가 어찌나 선명하고 기분 좋았던지, 저는 미소를 지으며 그녀 쪽으로 고개를 돌렸습니다. 그리고 한 마디 하였습니다.

"아가씨, 오늘 완성한 습작품입니다."

황홀한 듯, 그녀가 희극적이며 동시에 감동적인 어조로 속삭였습니다.

"오! 선생님, 가슴을 설레게 하는 방식으로 자연을 이해하시는군요!"

저는 얼굴을 붉혔습니다. 어느 왕비나 여왕이 찬사를 보냈다 하더라도, 그녀의 찬사만큼은 감동적이지 못했을 것입니다. 저는 단번에 유혹되었고, 정복되었으며, 제압당했습니다. 얼마나 그녀를 포옹하고 싶었던지!

저는 평소처럼 그녀와 나란히 식탁 앞에 앉았습니다. 그녀가 처음으로 말문을 열었고, 큰소리로 자기의 생각을 말하였습니다.

"오! 저는 자연을 무척 좋아합니다!"

제가 그녀에게 빵과 물과 포도주 등을 권하였습니다. 그녀도 이제는 미라의 미소를 지으며 그것들을 받았습니다. 그리하여 저는 인근의 풍경 이야기를 시작하였습니다.

식사를 마친 후, 식탁에서 동시에 일어선지라, 우리 두 사람은 정원을 거닐기 시작하였습니다. 그리고 잠시 후, 석양이 바다 위에 쏟아놓은 장엄한 불빛에 이끌려, 제가 절벽 쪽의 살문을 열었습니다. 어느덧 우리 두 사람은, 서로를 이해하고 서로의 내면 깊숙한 곳까지 침투한 사람들답게, 흡족한 마음으로 나란히 걷기 시작하였습니다.

훈훈하고 포근한 저녁이었습니다. 살과 혼이 흐뭇함을 느끼는 편안한 저녁이었습니다. 모든 것이 즐거움이며, 모든 것이 매력이었습니다. 풀 냄새와 해초 냄새를 잔뜩 머금어 향기로워진 훈훈한 대기는, 그의 야성적 향기로 우리의 후각을 어루만졌고, 바다 냄새로 우리의 입천장을 어루만졌으며, 우리 몸 깊숙이 침투하는 부드러움으로 우리의 영혼을 어루만져주었습니다. 우리들은 절벽 끝으로 갔습니다. 높이가 100미터나 되는 절벽 저 아래에서는, 광막하게 펼쳐진 바다가 물결들을 끊임없이 굴리고 있었습니다. 그리고 우리들은, 입을 벌리고 가슴을 한껏 팽창시켜, 대서양을 건너와서 우리의 살갗 위에 미끄러지는 그 신선한 숨결을 마시고 있었습니다. 물결과의 긴 입맞춤으로 인해, 나른해지고 소금 냄새 머금은 숨결이었습니다.

격자무늬 숄로 몸을 감싸고, 어떤 영감을 받은 기색으로 입술을 열어 치아를 바람에 내맡긴 채, 잉글랜드 여인은, 바다 위로 천천히 내려앉는 거대한 태양을 바라보고 있었습니다. 멀리, 아주 멀리, 우리들의 시야 저쪽 끝에는, 세 돛 범선이 불붙은 하늘에 자신의 실루엣을 그리고 있었고, 조금 더 가까이에서는, 증기선 한

척이 연기를 뭉게뭉게 늘어놓으며 지나가는데, 그 연기가 수평선에 끊임없는 구름 띠를 드리우고 있었습니다.

 붉은 천체는 여전히, 그러나 천천히 내려앉고 있었습니다. 그러다가 곧 물에 닿았습니다. 정박해 있던 어느 배 바로 뒤였습니다. 그리하여 그 배는, 불 붙은 그림틀 속에, 즉 밝게 빛나는 천체 한가운데에, 불쑥 나타난 것처럼 보였습니다. 대서양의 게걸스러운 입에 걸려들어, 태양은 조금씩 처박히고 있었습니다. 우리는 그것이 바다에 잠겨, 점점 작아지다가 사라지는 것을 바라보고 있었습니다. 그렇게 끝났습니다. 오직 그 작은 선박만이, 먼 하늘의 황금빛 바탕에, 자기의 선명한 윤곽을 그려놓고 있었습니다.

 미쓰 해리엇은 태양의 타는 듯한 종말을 정열적인 시선으로 응시하고 있었습니다. 그녀는 분명, 하늘과 바다와 지평선을 껴안고 싶은 욕망에 사로잡혀 있었을 것입니다.

 그녀가 더듬거리듯 속삭였습니다.

 "아—오! 좋아요… 좋아요… 좋아요…."

 그녀의 눈에 눈물이 고였습니다. 그녀가 다시 말하였습니다.

 "내가 한 마리 작은 새라면, 창공 속으로 날아가련만…."

 그녀는 제가 자주 본 그 모습으로, 절벽 위에 박힌 말뚝처럼 서 있었습니다. 붉은 숄을 두르고 있던 그녀의 얼굴 또한 붉게 상기되어 있었습니다. 문득, 그녀를 저의 화첩에 스케치하고 싶은 욕구가 저를 엄습하였습니다. 누구든 그 스케치를 보면, 황홀경을 풍자한 그림이라 할 것 같았습니다.

 저는 저의 미소를 감추기 위하여 고개를 돌렸습니다.

 그리고 친한 동료에게 하듯, 전문용어를 사용하며, '색조'라든가 '명암' 및 '활기' 등을 특히 강조하면서, 그녀에게 그림 이야기를 해주었습니다. 그녀는, 어휘들의 모호한 의미를 나름대로 짐작하려, 혹은 저의 생각을 이해하려 애쓰면서, 저의 이야기를 주의깊게 들었습니다. 가끔 그녀가 말하였습니다.

"오! 이해하겠어요. 저도 이해하겠어요. 가슴을 설레게 해요."

우리는 여인숙으로 돌아왔습니다.

다음 날 저를 보자, 그녀는 선뜻 다가와 악수를 청하였습니다. 그리하여 우리는 곧 친구가 되었습니다.

그녀는 탄력 있는 영혼을 가지고 있어, 단숨에 열광하는 착한 사람이었습니다. 다만, 나이 쉰에 이르기까지 처녀로 남아 있는 여인들의 대다수가 그러하듯, 균형 감각이 결여되어 있었을 뿐입니다. 그녀는 너무 오래 되어 시어진 천진스러움에 절여진 듯했습니다. 그러나 가슴 속에는 아주 젊고 불길 같은 그 무엇이 있었습니다. 또한 자연과 짐승들을 사랑하였는데, 그 사랑은 열광적이고, 오래 된 술처럼 잘 숙성되었으며, 그녀가 남자들에게는 허락지 않던 육감적 사랑이었습니다.

강아지에게 젖을 먹이는 암캐, 뒷다리 사이로 들러붙는 망아지와 함께 풀밭에서 뛰노는 암말, 그리고 몸에는 아직 솜털뿐인데 머리만 크고, 주둥이를 크게 벌려 쩍쩍거리는 어린 것들로 가득한 새 둥지 등을 볼 때마다, 그녀의 가슴이 설레곤 하였음에 틀림없습니다.

외롭게 떠돌며, 여인숙 식탁 앞에 홀로 서글프게 앉는 여인들, 우스꽝스럽기도 하고 측은하기도 한 그 가엾은 여인들을, 저는 그 잉글랜드 여인을 알고 난 후부터 좋아하게 되었습니다.

얼마 아니 되어 저는, 그녀가 저에게 하고 싶은 말이 있지만 감히 입을 열지 못하는 사실을 눈치 채었습니다. 하지만 저는 그녀의 수줍음이 그저 재미있기만 했습니다. 아침에 제가 화구 상자를 둘러메고 나서면, 그녀가 마을 변두리까지 저를 따라오곤 하였습니다. 아무 말도 없었지만, 말문을 열려고 애를 쓰며 안절부절 못하는 것이 역력했습니다. 그러다간 문득 발길을 돌려, 그녀 특유의 깡총거리는 걸음으로 가버렸습니다.

그러다 어느 날, 그녀가 드디어 용기를 냈습니다.

"그림을 어떻게 그리시는지 보고 싶어요. 허락하시겠어요? 항상 궁금했어요."

그러면서, 엄청난 실례를 범하기라도 한 듯, 얼굴을 붉혔습니다.

저는 그녀를 쁘띠-발 깊숙한 곳으로 데리고 갔습니다. 큰 습작품을 그리고 있던 곳이었습니다.[7]

제가 작업을 하는 동안, 그녀는 제 뒤에 서서, 저의 손놀림 하나하나를 유심히 살폈습니다.

그러다가는 문득, 방해가 될까 저어했음인지, '고맙습니다!' 하는 말만 남기고 사라졌습니다.

하지만 얼마 아니 되어 더욱 친숙해졌고, 날마다 저를 따라 나섰습니다. 또한 즐거워하는 기색이 역력했습니다. 그녀는 접는 의자를 겨드랑이에 끼고 나서곤 하였는데, 제가 들어 주겠다 하여도 극구 사양하였으며, 그것을 제 옆에 놓고 그 위에 앉았습니다. 그리고는, 제 붓끝의 움직임을 하나도 놓치지 않고 바라보며, 묵묵히 꼼짝도 하지 않고 여러 시간 동안 앉아 있었습니다. 그러다가, 제가 유화용 칼로 어떤 색을 듬뿍 떠서 캔버스 위에 펼치는 순간, 뜻밖의 정확한 효과가 얻어지면, 그녀가 나지막하게 '아—오!' 하며 놀라움과 기쁨과 찬탄의 소리를 냈습니다. 그녀는 제가 그린 그림에 대해 애정 어린 존경심을 가지고 있었습니다. 신의 작품 중 티끌 같은 한 부분을 인간의 손으로 모방해 놓았건만, 그

모조품에게 종교적 경의를 표하였습니다. 저의 습작품들이 그녀에게는 일종의 성화(聖畫)처럼 보였던 것 같습니다. 그래서인지, 어떤 때는 그녀가 저에게 신에 관한 이야기를 하며, 저를 종교에 귀의시키려고도 하였습니다.

오! 그녀의 착한 신은 참으로 우스꽝스러운 녀석이었습니다. 별다른 수완도 능력도 없는 촌뜨기 철학자에 불과한 듯했습니다. 왜냐하면, 자기의 코 아래에서 저질러지는 불의에 절망하는 자가 곧 그녀의 신이었으니까요. 그 신은 그 숱한 불의를 막을 수 없었던 모양입니다.

하지만 그 신과의 관계가 아주 우호적인 듯했습니다. 신이 그녀에게 자기의 온갖 비밀과 어려움을 다 털어놓은 것 같았습니다. "신께서 원하십니다." "신께서 원치 않으십니다." 그녀가 입버릇처럼 하던 말입니다. 마치 하사관이 신병에게 말하듯 하였습니다. "연대장께서 명령하셨어!"

그녀는 제가 하늘의 뜻에 무지하다는 사실을 몹시 개탄하며, 그것을 저에게 보여주려 노력하였습니다. 그리하여, 저의 주머니 속에서, 잠시 벗어놓았던 모자에서, 물감 상자 속에서, 아침에 닦아 제 방문 앞에 놓아둔 장화 속에서, 그녀가 낙원으로부터 직접 배달받은 듯한 그 경건한 책자들이 날마다 발견되었습니다.

저는 그녀를 오래 된 친구처럼 다정하고 솔직하게 대하였습니다. 하지만 얼마 아니 되어, 그녀의 태도에 약간의 변화가 생겼음을 알아챘습니다. 저는 그것에 별로 신경을 쓰지 않았습니다.

깊숙한 골짜기나 한적한 길섶에서 그림을 그리고 있노라면, 그녀가 문득 나타나, 또박또박하고 잰 걸음으로 다가왔습니다. 그러고는, 어떤 격정에 동요된 듯 혹은 달음박질을 한 듯, 숨을 헐떡이며 털썩 주저앉았습니다. 그때마다 얼굴이 몹시 붉었는데,

다른 나라 사람들에게서는 발견할 수 없는, 잉글랜드인 특유의 붉은색이었습니다. 그리고 아무 이유 없이 창백해지다가, 다시 흙색으로 변하며, 곧 기절할 것 같은 기색이 되었습니다. 하지만 다시 조금씩 평소의 모습을 되찾으며, 비로소 저에게 말을 하기 시작하였습니다.

그러다가, 별안간, 말을 중간에서 멈추며 벌떡 일어나 달아나곤 하였습니다. 그 동작이 어찌나 신속하고 괴이한지, 저는 혹시 제가 어떤 불쾌한 짓을 저지르지나 않았을까 하며, 곰곰이 생각에 잠기곤 하였습니다.

저는 결국, 그것이 그녀의 정상적인 거동일 것이라 생각하게 되었습니다. 우리가 처음 친숙해지던 무렵에 보이던 그녀의 태도는, 저에 대한 예의로, 그녀가 자신의 버릇을 조금 고쳤던 것뿐이라는 결론을 내렸습니다.

바람이 세찬 해안을 여러 시간 동안 걷다가 여인숙에 돌아오면, 나선형으로 땋았던 그녀의 머리가 풀려 늘어지곤 하였습니다. 그녀가 초기에는 그것을 전혀 개의치 않았습니다. 그녀의 자매와도 같은 바람에 의해 엉클어진 머리로, 주저함 없이 식탁 앞에 앉곤 하였습니다.

그런데 얼마 전부터는, 돌아오자마자 자기의 방으로 올라가, 제가 장난삼아 등피(燈皮)라고 부르던 것을 매만지기 시작하였습니다.[8] 그리고 항상 그녀를 분개시키던 친근한 농담을 던지면, 즉 '미쓰 해리엇, 오늘은 달처럼 아름다우십니다'라고 하면, 그녀의 볼에 홍조가 어렸습니다. 십오 세 소녀의 홍조였습니다.

그러더니 다시 사나워졌고, 그림 구경하러 오기를 멈췄습니다.

'일시적 변덕이겠지. 곧 변할 거야.'

저는 그렇게 생각하였습니다. 그런데 그 변덕이 그치지 않았습니다. 혹시 제가 말을 걸면, 무심한 표정으로, 그렇지 않으면 퉁명스럽게 대답하곤 하였습니다. 뿐만 아니라, 언동이 거칠고 참을성 없으며 신경질적으로 변하였습니다. 식탁에서나 겨우 그녀를 대할 수 있었고, 우리 두 사람은 더 이상 대화도 나누지 않았습니다. 저는, 제가 정말 그녀의 마음을 상하게 할 만한 잘못을 저질렀을지도 모른다고 생각하였습니다. 그리하여 어느 날 저녁, 그녀에게 물었습니다.

"미쓰 해리엇, 무슨 연유로 저를 전처럼 대하시지 않습니까? 제가 혹시 기분이 상하도록 할 만한 잘못을 저질렀습니까? 당신으로 인해 마음이 몹시 괴롭습니다!"

그녀가 노기 띤 그러나 기이한 억양으로 대답하였습니다.

"저는 항상 전과 다름 없이 당신을 대하였습니다. 당신의 말씀이 틀렸습니다."

그리고는 자기의 방으로 들어가 버렸습니다.

어떤 때는 저를 바라보는 그녀의 시선이 정말 이상하였습니다. 사형 집행 일자를 통고받은 사형수들의 시선이 그러할 거라고, 그 이후부터 자주 생각하게 되었습니다. 그녀의 시선에는 일종의 광기가 서려 있었습니다. 신비하고 난폭한 광기였습니다. 그 이외에, 일종의 열기와 욕망이 있었는데, 특히 그 욕망은, 실현되지 않은 그리고 실현될 수 없는 것에 대한, 짜증스럽고 초조하며 무기력한 욕망이었습니다! 또한 그녀의 내면에서는 격렬한 갈등이 야기되고 있는 것 같았습니다. 그녀가 제압하고 싶은 미지의 힘을 상대로 하여, 그녀의 가슴이 처절한 싸움을 벌이고 있는 것 같았습니다. 미지의 힘 이외에 또 다른 것이 있었을지도 모릅니다···. 제가 어찌 알겠습니까? 무엇을 알 수 있겠습니까?

3

정말 뜻밖의 일이었습니다.

얼마 전부터 저는 매일 아침 동이 트자마자, 그림 하나를 완성하려고 작업에 착수하였습니다. 그림의 소재는 이러한 것이었습니다.

가시덤불과 잡목들이 우거진 두 등성이 사이에, 깊은 협곡이 길게 뻗어나가다가, 우유 빛 수증기 속으로, 즉 해 뜰 무렵이면 흔히 골짜기 위로 둥둥 떠나니는 솜덩이 속으로, 빠져들어가 사라집니다. 두터우면서도 조금 투명한 그 안개 속에, 사람 둘이 희미하게 보입니다. 어느 청년과 처녀인데, 두 사람은 서로 뒤엉킨 듯 포옹하고 있으며 처녀가 얼굴을 쳐들어 청년을 바라보고, 청년은 처녀를 내려다보며 다정히 입을 맞춥니다.

첫 햇살이 나뭇가지들 사이로 미끄러져 들어와 새벽 안개를 통과하면서, 촌 연인들의 뒤쪽을 불그레한 반사광으로 밝혀주고, 그녀들의 희미한 그림자가 은빛처럼 밝은 공간에 어리게 합니다. 좋은 소재였습니다. 참으로 좋은 소재라고 생각하였습니다.

저는 에트르따의 쁘띠-발로 이어지는 비탈에서 작업을 하고 있었습니다. 그날 아침에는 운이 좋아, 안개 띠가 드리워져 있었습니다. 저에게 필요한 것이었습니다.

어느 순간, 제 앞에 무엇인가가 유령처럼 불쑥 나타났습니다. 미쓰 해리엇이었습니다. 저를 보자 그녀가 달아나려 하였습니다. 하지만 제가 소리쳐 그녀를 불렀습니다.

"이리 와요, 아가씨, 어서 와 봐요. 보여드릴 그림이 하나 있어요."

그녀는 내키지 않는 기색으로 다가왔습니다. 그녀에게 초벌 그림을 내보였습니다. 그녀는 아무 말도 하지 않았습니다. 한동안 꼼짝도 하지 않고 서서 그림을 응시할 뿐이었습니다. 그러더니 별안간 눈물을 흘리기 시작하였습니다. 오랫동안 눈물을 억제해 오다가, 이제는 더 이상 버틸 수 없어 포기하지만 아직도 저항하는 사람들처럼, 그녀는 경련을 일으키며 눈물을 흘렸습니다. 그 이해할 수 없는 슬픔에 동요되어, 저는 반사적으로 벌떡 일어섰습니다. 저는 별안간 뭉클 치미는 격정에 이끌려 그녀의 손을 잡았습니다. 생각보다 행동이 빠른, 진정한 프랑스 남자의 반응이었습니다.

그녀는 잠시 동안 자기의 손을 제 손아귀에 맡겼습니다. 그녀의 손이 파르르 떨렸습니다. 그녀의 모든 신경이 뒤얽혀 있는 것 같았습니다. 그녀가 별안간 거칠게 저의 손을 뿌리쳤습니다.

저는 이미 그러한 전율을 느껴본 적이 있는지라, 그것이 무엇을 의미하는지 잘 알고 있었습니다. 어떠한 경우에라도 제가 그것을 몰라볼 리 없었습니다. 아! 연정에 사로잡힌 여인의 전율, 그 여인의 나이가 열 다섯이건 쉰이건, 그녀가 보통 여인이건 사교계의 여인이건, 여인의 전율은 직접 저의 심장에 전달되기 때문에, 저는 그 의미를 포착함에 결코 주저하는 일이 없습니다.

그녀의 가엾은 몸뚱이가 온통 뒤흔들렸고, 경련하였으며, 결국 기진맥진했던 것입니다. 저는 그 사실을 즉시 알아챘습니다. 그녀는 제가 단 한 마디 말도 할 틈을 주지 않고 가버렸습니다. 저는 마치 하나의 기적을 본 듯 놀라움에 사로잡혀 있었고, 무슨 죄라도 저지른 듯 비감해졌습니다.

점심 때 저는 여인숙으로 돌아가지 않았습니다. 절벽 끝을 따라 천천히 걸었습니다. 울고 싶기도 하고 동시에 웃고 싶기도 하였습니다. 새벽녘에 있었던 일이 우습기도 하고 슬프기도 하였습니다. 또한 제 자신의 꼴이 우스꽝스러웠고, 미쳐버린 그녀가 가엾다고 생각하였습니다.

저는 제가 어떻게 처신해야 할까 생각해 보았습니다.

떠나는 수밖에 없다는 결론에 도달하였습니다. 그리하여 즉시 떠나기로 작정하였습니다.

조금은 슬픈 마음으로, 조금은 몽상에 잠겨, 저녁나절까지 배회하다가, 식사 시간에 맞춰 여인숙으로 돌아왔습니다.

평소와 다름없이 모두 식탁에 둘러앉았습니다. 미쓰 해리엇은 엄숙한 표정으로 식사를 할 뿐, 눈을 내리뜬 채 아무에게도 말을 하지 않았습니다. 하긴 그것이 그녀의 정상적인 표정이며 거조였습니다.

저는 식사가 끝나기를 기다렸다가, 주인 노파를 바라보며 말하였습니다.

"저, 르까쉐르 부인, 머지않아 부인 댁을 떠나야겠습니다."

그 착한 여인은 놀랍고 애석한 듯, 느린 음성으로 소리쳐 물었습니다.

"마음씨 좋으신 선생님, 그게 무슨 말씀입니까? 저희들 곁을 떠나시다니요! 저는 벌써 정이 흠뻑 들었는데!"

저는 곁눈으로 미쓰 해리엇을 살폈습니다. 그녀의 얼굴은 미동도 하지 않았습니다. 반면, 여인숙에서 일하는 소녀 쎌레스트가, 저를 빤히 쳐다보았습니다. 나이 열여덟의 살집 좋은 소녀인데, 얼굴빛이 붉고, 몸매가 싱싱하며, 말처럼 힘이 좋았습니다. 게다가 정갈스러웠는데, 촌 소녀들에게서는 흔히 볼 수 없는 일이었습니다. 저는 여인숙을 전전하는 사람들의 버릇대로, 으슥한 곳에서 그녀를 몇 번 껴안은 적이 있었습니다. 하지만 그것이 전부였습니다.

그렇게 저녁식사가 끝났습니다.

저는 사과나무 밑으로 가서 파이프에 불을 붙여 문 다음, 정원 안을 이리저리 오락가락하였습니다. 온종일 생각하던 일들, 그날 아침에 알게 된 그 괴이한 사실, 즉 저에게로 향한 그 우스꽝스럽고 뜨거운 사랑, 그것을 알고 난 직후부터 되살아난 추억들, 매력적이며 저를 뒤흔드는 추억들, 그리고 제가 떠난다는 말을 하는 순간 저를 쳐다보던 여인숙 소녀의 시선, 그 모든 것들이 섞이고 혼합되어, 저의 몸에 활기를 불어넣었고, 저의 입술에 꼭꼭 찌르는 듯한 키쓰의 추억을 되살려 놓았으며, 저의 혈관에 미친 짓을 저지르고 싶은 정체 모를 충동을 일으켜놓았습니다.

나무들 밑으로 밤이 그 어두운 그림자를 드리우고 있었습니다. 그때, 정원 다른 쪽에 있는 닭장 문을 닫으러 가는 쎌레스트의 모습이 보였습니다. 저는 그녀가 듣지 못하도록, 발끝으로 그녀를 향해 돌진하였습니다. 그리고, 닭들이 드나드는 작은 뚜껑문을 내려 닫은 다음, 다시 일어서는 그녀를 덥석 껴안고 그녀의 크고 살집 좋은 얼굴을 입술로 격렬하게 애무하였습니다. 그녀가 몸부림을 쳤습니다. 하지만 그러한 일에 이미 익숙해진 탓인지, 몸부림을 치면서도 웃었습니다.

제가 왜 그녀를 급히 놓아주었을까요? 왜 놀란 듯 고개를 돌렸을까요? 그리고 제 뒤에 누가 있다는 것을 어떻게 느꼈을까요?

자기의 방으로 돌아가다 우리 두 사람을 발견하고, 유령과 마주친 사람처럼 꼼짝도 못하던, 미쓰 해리엇이었습니다. 그녀는 이내 어둠 속으로 사라졌습니다.

저는 수치스럽고 혼란한 심정으로 제 방을 향해 발길을 옮겼습니다. 그러한 짓을 하다가 발각된 것이, 범행을 저지르다 발각된 것보다 더 큰 절망감을 안겨주었습니다.

    신경이 극도로 날카로워지고, 구슬픈 상념에 사로잡혀, 좀체로 잠을 이룰 수 없었습니다. 슬피 우는 소리가 들리는 것 같았습니다. 제가 잘못 들은 것이라고 애써 생각하였습니다. 누군가가 집 안 이곳저곳으로 걸어다니다가, 밖의 출입문을 여러 차례 여닫는 것 같기도 했습니다.

    새벽녘이 되어서야, 곤함을 이기지 못하고 잠에 휩쓸려들었습니다. 저는 느지막히 잠에서 깨어, 점심때가 되어서야 침실 밖으로 모습을 드러냈습니다. 하지만 여전히 마음이 산란하여, 몸가짐이 거북스러웠습니다.

    미쓰 해리엇이 보이지 않았습니다. 모두들 기다렸으나, 그녀는 돌아오지 않았습니다. 르까쉐르 부인이 그녀의 방에 가 보았으나, 잉글랜드 여인은 외출한 것 같다고 하였습니다. 이미 새벽에 나간 것 같다고 하였습니다. 해가 뜨는 것을 보려고 자주 그런다고 하였습니다.

    그리하여 아무도 놀라지 않았고, 모두 점심을 먹기 시작하였습니다.

    날씨가 몹시 더웠습니다. 나뭇잎 하나 흔들리지 않는, 무덥고 숨막히는 듯한 날씨였습니다. 식탁을 사과나무 밑으로 끌어냈습니다. 외양간지기 싸삐르가, 사과주스 단지를 들고 지하저장실에 자주 다녀왔습니다. 그토록 많이 마셔댄 것입니다. 쎌레스트는 부엌에서 음식들을 날라왔습니다. 감자를 넣은 양고기찜, 토끼고기볶음, 샐러드 등이었습니다. 그 외에 버찌 한 접시를 내왔습니다. 그 해의 맏물이었습니다.

    버찌를 씻고 또 시원하게 식힐 생각으로, 제가 쎌레스트에게 차가운 물 한 두레박을 길어오라고 부탁하였습니다.

오 분쯤 뒤에 그녀가 돌아와, 우물이 말랐다고 했습니다. 두레박이 바닥에 닿을 때까지 줄을 다 풀었다가 끌어올렸건만, 두레박에는 물이 한 방울도 담기지 않았다고 했습니다. 르까쉐르 노파는 자신이 직접 확인하겠다며, 우물로 달려가 우물 밑을 유심히 살폈습니다. 그러더니 식탁으로 돌아오며, 우물 바닥에 무엇이 보이는데 이상한 물건이라 하였습니다. 이웃 사람들 중 누군가가, 그녀에게 앙심을 품고, 우물 속에 짚 한 단을 던져 넣은 모양이라고 하였습니다.

제가 그 물건을 더 확실히 분별할 수 있을 것 같아, 저 역시 우물 속을 들여다보겠다고 하며, 우물 난간에 몸을 기대고 상체를 안쪽으로 기울였습니다. 하얀 물체 하나가 희미하게 보였습니다. 그것이 무엇일까? 제가, 밧줄에 초롱을 하나 매달아 우물 밑으로 내려보자고 제안하였습니다. 초롱이 조금씩 내려가는 동안, 우물 내벽에 노란 불빛이 어른거렸습니다. 마침 싸쁘르와 쎌레스트도 우물로 다시 돌아왔습니다. 우리 네 사람 모두가 상체를 우물 속으로 기울였습니다. 드디어 초롱이 형체 불분명한 물건에 닿았습니다. 희기도 하고 검기도 한데, 생김새가 기이하여 도무지 무엇인지 알 수가 없었습니다. 싸쁘르가 문득 소리쳤습니다.

"저건 말이야, 발굽이 보여. 지난 밤에 외양간을 뛰쳐나가 여기에 빠졌을 거야."

그 순간, 제 몸이 문득 골수까지 오싹해졌습니다. 제가 발 하나와 뻗쳐 있는 다리 하나를 보았던 것입니다. 몸통과 나머지 다리는 물 속에 잠겨 있었습니다. 제가 작은 소리로 말하였습니다.

"여자예요…. 저… 저 아래 있는 사람은… 미쓰 해리엇이에요."

그 말을 하는 중에도 제 몸이 어찌나 와들와들 떨리는지, 그녀의 구두 가까이에 이른 초롱이 춤을 추었습니다. 그러나 싸삐르는 눈썹 하나 까딱 하지 않았습니다. 아프리카에서 그런 것을 수없이 보았다고 하였습니다!

르까쉐르 부인과 쎌레스트는 날카로운 비명을 지르며 허둥지둥 멀리 달아났습니다.

시신을 건져내야 했습니다. 저는 싸삐르의 허리에 밧줄을 단단히 동여맨 다음, 도르래를 이용하여 그를 천천히, 또 어둠 속으로 사라지는 모습을 살피며, 우물 밑으로 내려보냈습니다. 그의 손에는 초롱과 다른 밧줄 하나가 들려 있었습니다. 이윽고, 땅 속 끝으로부터 오는 듯한 목소리가 들려왔습니다.

"멈춰요!"

그가 다른 다리를 건져올려, 두 다리를 함께 묶는 것이 보였습니다. 그러더니 다시 고함을 쳤습니다.

"끌어올려요!"

제가 그를 다시 끌어올렸습니다. 팔이 부러지고 근육이 갈가리 풀리는 것 같았습니다. 자칫 밧줄을 놓쳐, 그가 우물 속으로 처박히지 않을까 두려웠습니다. 그의 머리가 우물틀 밖으로 드러나자 제가 물었습니다.

"그래, 어때요?"

저의 질문은 마치 우물 밑바닥에 있는 사람의 안부를 묻는 것 같았습니다.

우리 두 사람은 우물틀 위로 올라갔습니다. 그런 다음 마주보고 서서 함께 시신을 끌어올리기 시작하였습니다.

르까쉐르 부인과 쎌레스트는 담 뒤에 몸을 숨긴 채, 멀찌감치서 우리들을 훔쳐보았습니다. 익사한 사람의 검은 구두와 흰 팔이 우물 밖으로 나오자, 그녀들은 아예 모습을 감췄습니다.

싸삐르가 시신의 발목을 움켜잡았고, 우리들은 가장 순결하고 가엾은 처녀를, 가장 불경스러운 모양으로 끌어올렸습니다. 얼굴은 검게 변하고 찢겨 끔찍했습니다. 그녀의 회색빛 긴 머리채는 이제 영영 풀려 축 늘어져 있었고, 진흙과 물이 머릿결을 타고 질질 흘렀습니다. 싸삐르가 경멸하는 듯한 어조로 한 마디 하였습니다.

"빌어먹을! 어지간히 말랐군!"

우리는 시신을 그녀의 침실로 옮겼습니다. 그리고 두 여인이 끝내 나타나지 않는지라, 제가 외양간지기를 데리고 시신을 염습(殮襲)하였습니다.

제가 일그러진 그녀의 슬픈 얼굴을 씻겨주었습니다. 저의 손가락이 닿자 눈 하나가 조금 벌어지고, 창백한 시선이 저를 향했습니다. 생명 저 너머로부터 오는 듯한, 시신들의 그 차갑고 무시무시한 시선이었습니다. 최선을 다하여 흩어진 머리를 빗어준 다음, 서툰 솜씨로 매만져주었습니다. 새롭고 기이한 머리모양이 만들어졌습니다. 그런 다음 젖은 옷을 벗겼습니다. 그녀의 어깨와 젖가슴, 그리고 나뭇가지처럼 야윈 긴 팔이 드러날 때마다, 저는 불경스러운 짓을 저지르는 것처럼 수치심에 사로잡혔습니다.

염습을 마친 다음, 꽃을 꺾으러 나갔습니다. 개양귀비, 수레국화, 데이지 등과 함께, 싱싱하고 향기 짙은 야생 풀들도 듬뿍 가져다가 시신을 덮었습니다.

그녀 곁에 있던 사람이라곤 저 하나뿐이었기 때문에, 의례적인 절차도 제가 도맡아야 했습니다. 죽기 직전에 쓴 유언이 그녀의 호주머니에서 발견되었는데, 자신이 생의 마지막 날들을 보낸 그 마을에 묻어달라고 하였습니다. 유서를 읽는 순간, 소름끼치는 상념이 제 심장을 조였습니다. 그녀가 영영 그곳에 남고 싶어 했던 것이, 혹시 저 때문이 아닐까 하는 생각이 들었습니다.

저녁나절에 이웃 여인들이 고인의 얼굴을 보겠다고 몰려왔습니다. 저는 아무도 방 안으로 들어오지 못하게 하였습니다. 그녀 곁에 저 홀로 있고 싶었습니다. 또한 밤새도록 그녀 곁을 지켰습니다.

저는 촛불에 비친 그녀를 자주 바라보곤 하였습니다. 아무도 아는 이 없고, 타향에서, 그토록 비참하게 죽은 가엾은 여인이었습니다. 친구들과 친척은 어디에 남겨두었을까? 유년시절은 어떠했으며, 어떻게 살아왔을까? 어디로부터 왔길래, 그렇게 홀로, 집에서 쫓겨난 개처럼 정처없이 떠돌았단 말인가? 그녀로부터 일체의 정과 사랑을 멀리 쫓아버리던 못생긴 껍데기, 평생 수치스러운 결함인 양 짊어지고 다니던 그 몸뚱이, 그 볼품없는 몸뚱이 속에, 어떤 고통과 절망의 비밀이 숨겨져 있었을까?

불쌍한 생명들이 많기도 하여라! 저는 무자비한 자연의 영원한 부당함이 그녀를 짓누르고 있음을 절감하였습니다! 이 세상에서 가장 혜택 받지 못한 사람들마저도 살아갈 수 있게 해 주는 것, 즉 언젠가는 누구에게 사랑받을 수 있으리라는 희망, 그 희망조차 아마 품어보지 못한 채, 그녀의 생이 마감되었습니다! 그러한 희망을 품었더라면, 그렇게 스스로를 감추며 사람들을 멀리하였겠습니까? 또한, 인간이 아닌 모든 미물들과 생명들에게 왜 그토록 열렬한 애정을 쏟았겠습니까?

그리하여 신에게 자신을 의탁하며, 이 세상에서의 불행을 다른 세상에서 보상받기를 기대하였던 것 같습니다. 그녀의 몸 역시 분해되어 한 포기 식물로 거듭날 것입니다. 태양빛을 받아 꽃을 피우고, 젖소들에게 뜯어 먹히며, 씨앗들은 새들이 멀리 운반하여, 결국 인간의 살이 짐승들의 살로 변할 것입니다. 하지만 흔히 영혼이라고들 하는 것은, 이미 어두운 우물 밑바닥에서 꺼져버렸을 것입니다. 그녀는 이미 고통을 벗어던졌습니다. 그리고, 자기의 생명을, 자신의 몸뚱이로 말미암아 태어날 다른 생명들과 바꾸었습니다.

그녀와 단둘이 마주보며 구슬프고 적막한 상념에 잠겨 있노라니, 어느덧 여러 시간이 흘렀습니다. 희미한 빛이 여명을 알렸습니다. 곧 이어 붉은 햇살 한 줄기가 그녀의 침상에까지 미끄러져 들어와, 시신을 덮은 천과 그녀의 손에 불막대기 하나를 올려놓았습니다. 그녀가 무척이나 좋아하던 시각이었습니다. 잠에서 깨어난 새들이 노래를 부르고 있었습니다.

저는 창문을 활짝 열었습니다. 그리고 하늘이 우리 두 사람을 볼 수 있도록, 커튼을 거두었습니다. 그리고 얼음장 같은 시신에게로 몸을 굽혀, 모습을 알아볼 수 없을 만큼 상한 얼굴을 두 손으로 감싸 쥐었습니다. 그런 다음, 천천히, 공포감도 혐오감도 없이, 평생 단 한 번도 입맞춤을 받아보지 못했을 그녀의 입술에, 긴 입맞춤을 해주었습니다…

레옹 슈날이 이야기를 멈추었다. 여인들은 눈물을 흘리고 있었다. 마부 옆자리에 앉아 있던 에트라이유 백작이 연신 코를 훌쩍거리는 소리가 들려왔다. 오직 마부 한 사람만이 졸고 있었다. 그리고 더 이상 채찍을 등줄기에 느끼지 않게 된 말들은, 천천히 걸으며 마차를 되는 대로 끌고 있었다. 마차 또한 슬픔을 가득 실어 문득 무거워진 듯, 몹시 힘들게 전진하고 있었다.

의자 수선하는 여인

 베르트랑 후작 댁에서, 사냥 개시를 축하하는 만찬이 끝나가고 있었다. 사냥꾼 열한 사람과, 젊은 여인 여덟 명, 그리고 그 고장 의사 등이, 꽃과 과일로 뒤덮이고 불을 환하게 밝힌, 커다란 식탁 둘레에 앉아 있었다.
 우연히 사랑에 대해 이야기하게 되었고, 어느덧 열띤 토론이 시작되었다. 진실한 사랑은 단 한 번밖에 할 수 없는 것인지, 혹은 여러 번 할 수 있는 것인지에 대한 입씨름이, 영영 끝날 것 같지 않을 듯 계속되었다.
 한 편에서 진지한 사랑을 단 한 번만 겪은 사람들의 예를 제시하면, 다른 편에서는 즉시, 무수히 그리고 격렬하게 사랑한 사람들의 예를 늘어놓았다.
 남자들은 대개 주장하기를, 정염(情炎) 역시 질병처럼, 같은 사람을 여러 차례 사로잡을 수 있다고 하였다. 또한 어찌나 심한 타격을 주던지, 장애물을 만나면 정염 때문에 죽을 수도 있다고 하였다. 비록 그러한 견해에 이론의 여지가 없다고 하면서도, 여인들은 냉철한 관찰보다는 시인들의 작품에[1] 의존하는 경향이 더 큰지라, 사랑이란, 진실한 사랑이란, 그리고 위대한 사랑이란, 평생에 오직 한 번밖에 닥치지 않는다고 주장하였다. 그러한 사랑이란 벼락과 같은 것인지라, 또한 그 벼락을 맞은 가슴에는 아무것도 남지 않고 타버려 초토화된지라, 어떠한 감정도, 심지어 어떠한 몽상도, 그 가슴 속에서는 싹을 틔울 수 없다고 하였다.

많은 여인을 사랑했던 후작이, 그러한 주장에 거센 반론을 제기하였다.

"여러분들에게 분명히 말씀드릴 수 있는 것은, 한 사람이 기력과 영혼을 다 바쳐 사랑하더라도, 여러 차례 거듭 사랑할 수 있다는 사실입니다. 여러분께서는, 두 번 다시 사랑하는 것이 불가능하다는 증거로, 사랑 때문에 자살하는 사람들 이야기를 하십니다. 하지만 그러한 말씀에 대해 이렇게 반박하고 싶습니다. 즉, 그들이 만약 자살이라는 멍청이 짓을 저지르지 않았다면, 다시 말해, 그들이 또다시 사랑에 빠질 수 있는 기회를 말살해버리지 않았다면, 그들은 틀림없이 사랑이라는 질병에서 쾌유되었을 것입니다. 그리고 언제나, 목숨이 다하는 날까지, 끊임없이 사랑을 다시 시작할 것입니다. 사랑에 자주 빠지는 사람들 중에는 술꾼과 같은 이들도 있습니다. 마셔 본 자가 마시듯, 사랑해 본 사람이 사랑하는 법입니다. 그것은 오직 각자의 기질 문제입니다."

하는 수 없이 의사를 중재자로 지명하였다. 빠리에서 활동하던 늙은 의사로, 이제는 시골에 물러나 사는 사람이었다. 그리하여 모두들 그에게 견해를 말해달라고 청하였다.

하지만 그는 아무 견해도 없다고 하며 다른 이야기를 꺼냈다.

"후작께서 말씀하신 것처럼, 기질의 문제인 듯합니다. 한편 저는, 55년 동안 단 하루도 멈추지 않고 지속되다가, 죽어서야 끝난 사랑 이야기를 우연히 들어 알고 있습니다."

후작 부인이 손뼉을 치며 환호하였다.

"얼마나 아름다운 이야기예요! 그렇게 사랑받을 수 있다니, 얼마나 아름다운 꿈이에요! 한결같고 강렬한 애정에 감싸여 55년을 살다니, 그 얼마나 큰 행복이에요! 그렇게 사랑받은 남자는 얼마나 행복했겠으며, 삶을 얼마나 찬양하였겠어요!"

의사가 조용히 웃으며 그녀의 말을 받았다.

"부인, 사랑받은 사람이 남자였다는 사실에 있어서는, 부인의 말씀이 틀리지 않습니다. 부인께서도 잘 아시는 사람으로, 읍내에서 약국을 경영하는 슈께 씨입니다. 그를 사랑하였던 여인 역시 부인께서 잘 아실 것입니다. 매년 이 저택에 들러, 의자의 짚을 갈아주던 노파입니다. 잠시 후 그 사연을 들려드리겠습니다."

여인들의 열광이 일시에 식어버렸다. 비위가 상한 듯, 그녀들의 얼굴에는 경멸하는 기색이 역력했다. 사랑이란 세련되고 품위 있는 사람들, 점잖은 이들의 관심을 끌 수 있는, 그 사람들만의 전유물로 생각하는 듯했다.

의사가 이야기를 계속하였다.

*

저는 3개월 전, 부름을 받고 그 노파의 임종을 지켜보았습니다. 그녀는 세상을 떠나기 전날, 모두들 이미 보셨을 그 둔하고 느린 말이 끄는 마차에 실려, 이곳에 도착하였습니다. 그녀의 친구이며 보호자였던, 커다란 검은 개 두 마리도 그녀를 따라왔습니다. 제가 달려가 보니, 사제는 이미 도착해 있었습니다. 그녀는 우리 두 사람을 자기의 유언 집행자로 지명하였고, 유언의 뜻을 더욱 선명히 밝히기 위하여, 자기의 일생을 우리에게 낱낱이 털어놓았습니다. 저는 그보다 더 기이하고 폐부를 찌르는 이야기는 일찍이 들어보지 못하였습니다.

그녀의 부친은 의자의 짚을 갈아주는 일을 생업으로 삼았고, 그녀의 모친 역시 마찬가지였습니다. 그녀는 평생 단 한 번도, 땅에 주춧돌 놓은 집에 기거해 보지 못하였습니다.

아주 어린 시절부터 그녀는 이와 벼룩이 들끓는 불결한 넝마 조각들을 걸치고, 이곳저곳을 떠돌아다녔습니다. 그녀의 가족은 어느 마을에 도착하건, 마을 입구 도랑가에 마차를 멈추었습니다. 수레에서 말을 떼어놓으면, 말은 한가하게 풀을 뜯고, 개는 앞발 위에 주둥이를 얹은 채 잠을 청하며, 어린 소녀는 풀밭에서 뒹굴곤 하였습니다. 그 동안 아버지와 엄마는, 느릅나무 밑에서 온 마을의 낡은 의자들을 손질하였습니다. 그 떠돌이 가족 내에서는 서로 말을 주고받는 경우가 아주 드물었습니다.

"의자의 짚 갈아 끼웁니다!"

마을의 골목을 돌며 누가 그렇게 외칠 것인지를 결정하기 위해, 필요한 말 몇 마디 나누는 것이 고작이었습니다. 그러고는 마주보고 앉아, 혹은 나란히 앉아, 묵묵히 짚을 마름질할 뿐이었습니다. 어린 딸이, 마차에서 너무 멀리 간다든가, 마을의 개구쟁이 녀석들과 어울리는가 싶으면, 아버지가 노기 띤 음성으로 그녀를 부르곤 하였습니다.

"못된 것, 얼른 돌아오지 않겠어!"

그녀가 들은 애정 어린 말은 그것이 고작이었습니다.

그녀가 조금 더 자라자, 그녀를 보내 손상된 의자 바닥들을 모아오게 하였습니다. 그리하여 이곳저곳을 다니며, 그녀가 몇몇 개구쟁이들과 안면을 익히게 되었습니다. 하지만 이번에는, 새로 사귄 동무들의 부모들이 자기네 아이들을 거칠게 부르곤 하였습니다.

"못된 녀석, 얼른 이리 오지 못해! 거렁뱅이와 수다를 떠는 것이 다시 내 눈에 발각되기만 해봐라!"

어린 녀석들이 그녀에게 돌을 던지는 경우도 빈번했습니다.

하지만 점잖은 부인들께서는 그녀에게 돈을 몇 쑤씩 주시기도 했는데, 어린 소녀는 그 돈을 소중히 간직하였습니다.

그녀의 나이 열한 살 되던 해 어느 날이었습니다. 그녀가 마침 우리 고장에 들르게 되었는데, 공동묘지 뒤에서 어린 슈께가 울고 있는 것을 발견하였습니다. 그녀가 물으니, 동무들이 자기의 돈 2리야르[2]를 훔쳐갔다고 하였습니다. 유복한 소년의 눈물이, 가난한 소녀의 그 가냘픈 머리로 상상하기에 언제나 행복하고 즐겁기만 하리라고 믿던 그 소년의 눈물이, 그녀의 마음을 뒤흔들었습니다.

그녀가 소년에게 다가서서 그 연유를 듣고는, 정성스럽게 모아두었던 돈을 몽땅 소년의 손에 쥐어주었습니다. 액수는 7쑤나 되었고, 소년은 눈물을 닦으며 그 돈을 선뜻 받았습니다. 자기가 주는 돈을 소년이 받자, 그녀는 미친 듯 좋아하며, 용기를 내어 소년을 포옹하였습니다. 소년은 받아 든 동전에 정신이 팔려, 그녀가 하는 대로 내버려두었습니다. 소년이 자기를 떼밀지도 않고 때리지도 않자, 소녀는 그를 맘껏 두 팔로 다시 한 번 껴안았습니다. 그러고는 도망치듯 사라졌습니다.

그 가엾은 어린 머릿속에서 무슨 일이 일어났던 것일까요? 자기의 돈을 몽땅 바쳤기 때문에 그 보잘것없는 애녀석에게 그토록 애착했던 것일까? 혹은 그의 볼에 애정 어린 첫 키스를 했기 때문일까? 아이들에게나 어른들에게나, 그 풀리지 않는 신비는 마찬가지인 듯합니다.

　몇 개월이 흐르도록, 그녀는 그 공동묘지 모퉁이와 소년의 생각에만 사로잡혀 있었습니다. 그를 다시 만날 희망을 품으며, 그녀는 부모님으로부터 금전을 조금씩 훔쳐내었습니다. 의자 수선비를 받아올 때, 혹은 식료품을 사러 갈 때, 그녀는 이삭 줍듯, 푼돈을 조금씩 축내었습니다.

　그녀가 우리 고장에 다시 들렀을 때, 그녀의 주머니에는 이 프랑이 모여 있었습니다. 하지만 깨끗한 옷차림으로, 부친의 약국 유리창 너머, 붉은 유리병과 촌충 표본 사이에 서 있는 그를, 먼 발치에서 바라볼 수 있을 뿐이었습니다.

　그러나 반짝이는 유리병들을 신처럼 찬미하며, 짙은 붉은색 물에 유혹되고 감동하여 열광한 듯, 소년에 대한 그녀의 애정은 더욱 증대되었습니다.

　그녀는 결코 지워질 수 없는 추억을 간직하고 있었습니다. 그리고 다음 해, 학교 뒤에서 동무들과 구슬치기를 하며 놀고 있던 그를 다시 만났을 때, 그에게 달려들어 그를 우악스럽게 껴안으며 그의 볼에 입을 맞추었습니다. 소년은 두려움에 사로잡혀 고함을 지르기 시작하였습니다. 그러자 그를 진정시키려고, 소녀가 그에게 돈을 주었습니다. 3프랑 20쌍띰이었습니다. 엄청난 금액이었고, 소년은 눈이 휘둥그레져서 돈을 바라볼 뿐이었습니다.

　소년은 그 돈을 받았습니다. 그리고 소녀가 자기를 마음껏 애무하도록 내버려두었습니다.

　그 이후로도 4년 동안, 그녀는 모아두었던 돈을 몽땅 그에게 주었고, 그는 입맞춤을 허락한 대가로 그 돈을 받아 챙겼습니다. 한 번은 30쑤를 주었고, 그 다음 번에는 2프랑을, 그리고 또 한 번은 12쑤를, 그리고 마지막에는 5프랑을 주었습니다. 그는 커다랗고 두툼한 5프랑짜리 주화를 받아 들고 만족스럽다는 듯 웃었습니다. (12쑤를 줄 때는, 그녀가 괴로움과 수치심 때문에 눈물을 흘렸는데, 그해에는 돈이 잘 모이지 않았기 때문입니다).

그녀는 오직 소년 생각뿐이었습니다. 소년 역시 약간의 조바심 속에 그녀를 기다렸고, 그녀가 나타나면 달려가 그녀를 맞았는데, 그때마다 소녀의 가슴이 격렬하게 뛰었습니다.

그 후 소년이 나타나지 않았습니다. 그가 중학교에 진학했던 것입니다. 그 사실도 그녀가 수소문하여 알아냈습니다. 그녀는 온갖 꾀를 동원하여, 부모님으로 하여금 여정을 바꾸시게 하였고, 방학기간에 맞추어 이 고장을 지나도록 교묘히 유도하였습니다. 하지만 그 계략을 성공시키는 데 한 해가 걸렸습니다.

결국 그녀는 두 해 동안 소년을 보지 못한 것입니다. 그를 다시 만났을 때, 그녀는 겨우 그를 알아보았습니다. 키가 훌쩍 자랐고, 용모도 한창 피어나고 있었으며, 금단추를 단 외투 차림이 의젓했습니다. 한 마디로 너무나 많이 변해 있었습니다. 그는 그녀를 모르는 척하며, 그녀 곁을 거만하게 스쳐지나갔습니다.

그 일로 인해 그녀는 꼬박 이틀을 울었고, 그 이후 그녀의 괴로움은 끝이 없었습니다.

하지만 그녀는 매년 이 고장으로 다시 돌아왔습니다. 그의 앞을 지나면서도 감히 그에게 인사조차 못하였고, 그는 그녀에게 눈길 한번 주지 않았습니다. 그러나 그녀는 미친 듯이 그를 사랑하고 있었습니다. 그녀가 저에게 고백하였습니다.

"그 사람은 제가 이 지상에서 본 유일한 남자입니다. 의사 선생님, 그 시절에 다른 남자들이 존재했는지조차 저는 모릅니다."

그녀의 부모님이 모두 세상을 떠났습니다. 그녀가 가업을 물려받았습니다. 그러나 개는 한 마리가 아닌 두 마리를 데리고 다녔습니다. 몹시 사나워, 감히 접근조차 하기 어려운 개들이었습니다.

어느 날, 언제나 자기의 마음을 남겨둔 이 고장으로 다시 돌아온 그녀는, 어느 젊은 여인이 그의 팔에 의지한 채 슈께 약국에서 나오는 것을 보았습니다. 그의 부인이었습니다. 그가 결혼을 하였던 것입니다.

그날 밤, 그녀는 읍사무소 앞 광장 끝에 있는 늪에 몸을 던졌습니다. 그런데, 늦게까지 술을 마시던 어느 주정뱅이가, 그녀를 건져내어 약국으로 업고 갔습니다. 아들 슈께가, 실내용 가운 차림으로, 그녀를 진료하러 이층에서 내려왔습니다. 그는 그녀를 알아보지 못하는 척하며, 그녀의 젖은 옷을 벗기고, 몸의 일부를 문질러주었습니다. 그런 다음 그녀에게 딱딱한 어조로 말하였습니다.

"미친 짓이에요! 그렇게 바보짓 하면 못써요!"

그녀를 치유하기 위해서는 그것으로 족하였습니다. 그가 그녀에게 드디어 말을 한 것입니다! 그 말 한 마디로 그녀는 오랫동안 행복했습니다.

그녀가 아무리 치료비를 지불하겠다고 해도, 그는 단 한 푼도 받지 않겠다 하였습니다.

그녀의 삶은 조금도 변함없이 전처럼 흘러갔습니다. 그녀는 언제나 슈께를 생각하며 숱한 의자의 짚을 갈아 끼웠습니다. 매년 이 고장에 들러, 유리 진열대 뒤에 서 있는 그를 바라보곤 하였습니다. 그의 약국에서 소소한 약품들을 구입하는 것이 그녀의 습관으로 변하였습니다. 그렇게, 그를 가까이에서 보고, 그에게 말을 하며, 전처럼 그에게 돈을 주었습니다.

처음 제가 여러분께 말씀드린 바와 같이, 그녀는 금년 봄에 세상을 떠났습니다. 저에게 그 슬픈 이야기를 들려준 다음, 자기가 평생 저축한 돈을, 줄기차게 사랑하던 그 사람에게 전해달라고 간곡히 부탁하였습니다. 오직 그 사람만을 위해 평생 일을 하였다고 했습니다. 심지어, 저축할 생각으로 끼니를 거르기도 하였답니다. 자기가 죽은 후, 적어도 한 번은, 그가 자기를 생각할 것이라는 확신을 얻기 위해서였다고 합니다.

그녀가 저에게 맡긴 금액은 2,327프랑이었습니다. 저는 27프랑을 장례비용으로 사제님께 드렸습니다. 그리고 나머지는, 그녀가 운명한 후 제가 맡아두었습니다.

다음날 제가 슈께를 찾아갔습니다. 내외가 막 점심식사를 마친 때였습니다. 마주앉은 내외의 얼굴은 피둥피둥하고 혈색이 좋았으며, 의약품 냄새를 풍기는 두 사람의 모습은 점잖고 만족감에 겨운 듯했습니다.

내외가 저에게 자리를 권한 다음 버찌 술 한 잔을 따라주었습니다. 그것을 사양하지 않았습니다. 그리고 감동한 음성으로 사연을 전하기 시작하였습니다. 저는 두 사람이 눈물을 흘릴 것이라 확신하고 있었습니다.

그러나, 자기가 그 떠돌이 여인, 의자의 짚이나 갈아끼우는, 그 마구 굴러다니는 여자의 사랑을 받았다는 사실을 깨닫는 순간, 슈께는 몹시 분개하며 펄펄 뛰었습니다. 마치 그녀가, 자기의 명성이나 좋은 평판을, 즉 자기에게는 생명보다 귀한 양심의 명예를, 훔치기라도 한 듯했습니다.

그에 못지않게 격분한 그의 처 역시, 다른 말을 찾지 못하고 같은 소리만 반복하였습니다.

"그 비렁뱅이 계집! 그 비렁뱅이! 그 비렁뱅이 계집이!"

남편이 자리에서 벌떡 일어서더니, 그리스 베레모를 한 쪽 귀까지 내려오도록 삐딱하게 쓴 채, 식탁 주위를 보폭 큰 걸음으로 오락가락하였습니다. 그러더니 더듬거리며 말하였습니다.

"의사 선생, 도대체 이해할 수 있는 일입니까? 한 남자에게는 정말 끔찍한 일입니다! 이제 어찌 하겠습니까? 오! 그녀가 살았을 때 그 사실을 알았다면, 내가 경찰을 시켜 그녀를 잡아다가 감옥 속에 처박았으련만! 당신께 단언하지만, 그녀는 영영 감옥을 빠져나오지 못했을 거요!"

경건한 마음으로 한 발걸음이 낳은 그러한 결과 앞에서, 저는 그저 기가 막힐 뿐이었습니다. 저는 무슨 말을 해야 할지, 또 어떤 조치를 취해야 할지, 갈피를 잡을 수 없었습니다. 하지만 저에게는 마쳐야 할 임무가 남아 있었습니다. 제가 다시 이야기를 시작하였습니다.

"그 여인이 제게 부탁하기를, 자기가 평생 저축한 돈을 당신께 드리라 하였습니다. 그 금액이 2,300프랑에 달합니다. 제가 전해드린 소식이 당신에게는 몹시 불쾌한 듯하니, 그 돈을 가난한 사람들에게 나누어주는 것이 아마 나을 듯합니다."

내외가 놀라 마비된듯한 표정으로 저를 바라보았습니다.

제가 주머니에서 돈을 꺼냈습니다. 금화로부터 온갖 주화에 이르기까지, 여러 고장에서 모인 각양각색의, 초라한 돈이었습니다. 그리고 제가 다시 물었습니다.

"어떻게 하시겠습니까?"

슈께의 처가 먼저 입을 열었습니다.

"하지만 그것이 그 부인의 마지막 뜻이니… 저희들이 그것을 거절하기는 어려울 듯하군요."

남편이 조금 당황한 듯한 어조로 덧붙였습니다.

"그 돈으로 우리 아이들에게 소용되는 것을 사줄 수도 있을 것입니다."

제가 냉랭한 어조로 말하였습니다.

"좋을 대로 하시지요."

남편이 저에게 다시 말하였습니다.

"그녀가 맡긴 것이니, 여하튼 우리에게 주십시오. 그것을 좋은 일에 쓸 방법은 저희들이 찾겠습니다."

저는 돈을 건네주고, 인사를 한 다음 발길을 돌렸습니다.

다음 날 슈께가 저를 찾아왔습니다. 그리고 불쑥 물었습니다.

"하지만 그… 그 여자가 이곳에 자기의 마차를 남겨 놓았을 텐데… 그 마차는 어떻게 처분하실 생각이십니까?"

"아무 생각 없으니, 원하시면 그것도 가져가시지요."

"좋습니다. 저에게 아주 유용할 것입니다. 그것으로 채마밭에 작은 오두막을 짓겠습니다."

그가 돌아가려 할 때, 그를 다시 불러 물었습니다.

"그녀는 그녀의 늙은 말과 개 두 마리도 남겼습니다. 그것들도 데려가시겠습니까?"

그가 걸음을 멈추더니, 놀란 듯 서둘러 대답하였습니다.

"아! 아녜요, 제발 그것들만은! 그것들을 무엇에 쓰겠습니까? 뜻대로 처분하십시오."

그러고는, 한바탕 웃으며 저에게 악수를 청하였고, 저는 그것에 응하였습니다. 저로서도 어찌 하겠습니까? 같은 고장에 살면서, 의사와 약사가 적으로 지낼 수는 없으니까요.

개들은 제가 데리고 있습니다. 말은 넓은 마당을 가지고 있는 사제가 데려갔습니다. 마차는 슈께의 오두막으로 사용되고 있으며, 그는 여인의 돈으로 철도공사 채권을 매입하였습니다.
 이상이, 제가 평생 들은 사랑 이야기들 중, 가장 깊은 사랑 이야기입니다.[3]

*

 의사가 이야기를 멈추었다.
 그러자 후작 부인이 눈물을 글썽거리며 말하였다.
 "진정, 여인들만이 사랑할 줄 알아요!"

미망인

　사냥이 한창이던 계절 어느 날, 반느빌[1] 성에서 들은 이야기이다. 그해 가을에는 유난히 비가 잦았고 구슬펐다. 붉게 물들어 떨어진 가랑잎은, 밟아도 바스락 소리를 내지 않고, 퍼붓는 소나기를 맞아 골창에서 썩어가고 있었다.
　잎이 떨어져 벌거숭이가 되었건만, 숲속은 목욕탕 안처럼 축축했다. 숲속으로, 즉 돌풍이 휘몰아치고 지나간 커다란 나무들 밑으로 들어서면, 빗물과 젖은 풀, 젖은 흙에서 피어오르는 수증기가, 곰팡이 슨 냄새와 함께 사람들을 휘감았다. 그리하여, 그칠 줄 모르는 비를 맞으며 웅크리고 있던 사냥꾼들과, 물에 젖어 털이 옆구리에 들러붙고 꼬리가 축 처진 사냥개들, 그리고 몸의 윤곽이 드러날 만큼 꼭 끼는 옷을 입은 젊은 여자 사냥꾼들은, 저녁마다 심신이 극도로 나른해져서 돌아오곤 하였다.
　저녁식사 후, 넓은 응접실에서 복권놀이를 하였지만, 모두들 시큰둥하였다. 그 동안에도 바람은, 요란한 소리를 내며, 덧창들을 후려치고, 지붕 위에 있는 낡은 바람개비를 팽이처럼 돌렸다.

그럴 때면, 많은 책 속에서처럼,[2] 돌아가며 옛날이야기를 하자고 들 하였다. 그러나 아무도 재미있는 이야기를 지어내지 못하였다. 사냥꾼들은, 총질을 하다 겪은 사건들이나 토끼를 도륙한 이야기를 늘어놓는 것이 고작이었고, 여인들은 아무리 머리 속을 후벼파도, 쉐헤라자드처럼[3] 이야기들을 찾아내지 못하였다.

그리하여 그 놀이 또한 포기하려던 참이었다. 바로 그때, 처녀로 늙은 숙모의 손을 장난삼아 만지작거리던 젊은 여인이, 금발을 꼬아 만든 작은 반지를 사람들에게 보였다. 평소 숙모가 끼고 다니는 것을 자주 보았지만, 별 생각 없이 보아 넘기던 반지였다.

그녀는 숙모의 손가락에 끼워져 있는 반지를 부드럽게 돌리며, 숙모에게 여쭈었다.

"어머나, 숙모님, 이건 무슨 반지예요? 어린 아이의 머리카락으로 만든 것 같아요…."

노처녀의 얼굴이 붉어졌다가 다시 창백해졌다. 그러더니 떨리는 음성으로 대답하였다.

"너무나 슬프고 슬픈 사연이라, 결코 이야기하고 싶지 않아요. 나의 모든 불행이 이 반지에서 비롯되었어요. 내가 아주 젊었을 때의 일이건만, 지금도 그 생각을 하면 너무나 슬퍼서, 생각할 때마다 눈물이 나요."

모두들 그 사연을 듣고 싶어 하였다. 그러나 늙은 숙모는 좀처럼 응하려 하지 않았다. 모든 사람들이 다시 간곡히 청하자, 그녀가 마음을 바꾸어 이야기를 시작하였다.

*

지금은 대가 끊긴 쌍떼즈 가문에 대해, 내가 자주 이야기하는 것을 모두들 알고 있을 거예요. 나는 그 가문의 마지막 세 남자를 잘 알았어요. 세 남자 모두 같은 식으로 세상을 떠났지요. 이 머리카락이 마지막 남자의 것이에요. 그가 나로 인해 자살한 것은 그의 나이 열세 살 때였어요. 기이한 일이라고들 생각할 거예요. 그렇지 않아요?

오! 기이한 사람들이었어요. 이를테면 미친 사람들이었지요. 하지만 사랑으로 인해 미친, 매력적인 광인들이었어요. 모두들, 대를 이어, 격렬한 사랑에 빠졌지요. 사람들이 열광적인 행위나 광신적인 희생, 심지어 범행으로까지 이끌어가는, 충동적인 사랑에들 빠졌어요. 그들에게 있어 사랑이란, 특정 부류의 사람들에게서 발견되는 열성신앙과 같았어요. 트라피스트[4] 수도사가 된 사람들의 영혼이, 사교계나 쏘다니는 사람들의 영혼과 같을 수는 없지요.

"쌍떼즈 가문 사람답게 사랑하는군."

친지들은 그런 말을 자주 하였는데, 그 사람들을 직접 보면 그 말의 의미를 즉시 깨달을 수 있었지요. 그 가문 사람들은 용모 역시 모두 비슷했는데, 곱슬머리는 이마를 덮을 만큼 낮게 드리워져 있었고, 수염 또한 불에 지진 듯 심하게 부글거렸으며, 특히 커다란 눈에서 발산되는 안광은, 사람들의 내면 깊숙한 곳까지 파고들어 그들을 뒤흔들었어요.

나에게 이 유일한 유품을 남긴 사람의 조부님께서는, 숱한 여인들과 사랑에 빠져 함께 멀리 도망도 다니시고, 결투도 하시며, 파란만장한 젊은 시절을 보내시다가, 세 전후하여 당신 소작인의 딸을 열렬히 사랑하시게 되었어요. 나는 그 두 분을 내 눈으로 보았고, 또 가까이 지냈어요. 소작인의 따님은 금발에 안색이 창백했으며, 어조가 느리고 음성이 나긋나긋한데다, 그 시선은 마돈

나의 시선이라 할 만큼 부드러웠어요. 게다가 용모에 기품이 넘쳤어요. 늙으신 상전께서 그녀를 데려오셨는데, 이내 그녀에게 사로잡히시어, 단 한시도 그녀 곁을 떠나시지 못하게 되었어요. 같은 저택에 함께 사시던 따님이나 며느님도, 그것을 당연한 일로 여기셨지요. 사랑에 빠지는 것이 가문의 내력이었으니까요. 어떠한 사랑 이야기를 들어도, 그 두 여인은 전혀 놀라지 않았어요. 저지당한 사랑이나, 헤어진 연인들, 배신에 대한 복수 등에 관한 이야기를 들어도, 두 여인은 똑같이 연민을 표할 뿐이었어요. 이렇게 말하는 것이 고작이었어요.

"오! 그 지경에 이르기까지 얼마나 괴로워하였을까!"

그리고 더 이상 아무 말도 하지 않았어요. 두 여인은, 사랑으로 인해 빚어진 비극을 가엾어 할 뿐, 분개하는 일이 없었어요. 그 비극이 범죄적이라 해도 마찬가지였어요.

그런데 어느 해 가을, 사냥에 초대되었던 그라델이라는 젊은 이가, 소작인의 딸을 유혹하여 데리고 떠났지요.

쌍떼즈 씨는 아무 일도 없었다는 듯 태연했어요. 그러나 어느 날 아침, 사냥개 우리 안에서 목이 매달린 채 발견되었어요.

그분의 아드님 역시 같은 방법으로 세상을 떠나셨어요. 1841년, 빠리에 가셨다가, 어느 호텔에서 돌아가셨어요. 오페라에서 노래하던 어느 여자 가수에게 배신당하신 직후였지요.

그분에게는 열두 살 된 아이 하나와 부인이 계셨는데, 그 부인은 내 어머니와 자매지간이셨어요. 홀로 된 부인께서는, 어린 것을 데리고 베르띠용에 있는 우리 영지로 오셔서 우리와 함께 기거하셨지요. 그 당시 내 나이 열일곱이었어요.

쌍떼즈 가문의 그 어린 아이가 얼마나 기이하고 조숙했었던지, 상상하기 어려울 거예요. 그 혈통의 모든 애정기능과 열광이,

가문의 마지막 남자였던 그 아이에게 집결되어 있었다 할 만했지요. 그는 항상 몽상에 잠겨 있었어요. 그리고, 저택에서 숲으로 이어지는 느릅나무 가로수 길을 따라 홀로 산책하곤 하였어요. 나는 나의 방 창문에서 그 감상적인 소년을 바라보곤 하였어요. 두 손으로 뒷짐을 지고, 고개를 푹 숙인 채 걷다가, 가끔 우뚝 멈춰 서서, 눈을 들어 먼 곳을 바라보았어요. 나이에 어울리지 않는 무엇인가를 발견하고, 이해하며, 느끼는 것 같았어요.

저녁식사 후, 달빛이 밝은 날이면, 그가 자주 내게 제안하였어요.

"누이, 우리 몽상에 잠기러 갑시다…."

우리 두 사람은 즉시 정원으로 나갔어요. 나무가 없는 공터를 만나면, 그가 문득 걸음을 멈추곤 하였어요. 달밤이면 숲속의 공터를 장식하는 솜 덩어리, 즉 하얀 안개자락이 둥둥 떠다니고 있었어요. 그가 내 손을 꼭 쥐며 말하곤 하였어요.

"저것 좀 봐, 저것을 잘 보란 말이야. 하지만 누이는 내 말을 알아듣지 못하는 것 같아. 그런 느낌이 들어. 누이가 내 말을 이해하기만 하면, 우리 둘 모두 행복해질 거야. 그것을 이해하려면 그러나 사랑해야 해."

그런 말을 들을 때마다, 나는 그 철부지 소년을, 나를 죽도록 아끼고 좋아하던 그 소년을, 두 팔로 다정하게 감싸 안고 그의 볼에 나의 뺨을 비비곤 하였어요.

또 어떤 때는, 저녁식사를 마친 후, 우리 어머니의 무릎 위에 올라앉아 조르곤 하였어요.

"이모님 어서요, 사랑 이야기를 들려주세요."

그럴 때마다 어머니께서, 농담 삼아, 그 가문의 숱한 전설들을, 즉 조상님들의 열렬했던 사랑 이야기들을 들려주시곤 하였지요.

사실이건 꾸며낸 것이건, 전해 내려오는 사랑 이야기가 무수히 많았으니까요. 이야기에 등장하는 남자들은 모두 소문 자자했던 사랑 때문에 목숨을 잃었어요. 그들은 극도로 흥분하였고, 가문의 명성이 헛소문이 아님을 입증하였어요.

어린 소년은, 다정하기도 하고 난폭하기도 한 그 이야기들을 들으며 열광하였지요. 어떤 때는 손뼉을 치며 거듭 소리치곤 하였어요.

"나도, 나도 그분들보다 더 사랑할 줄 알아요!"

그 무렵, 그가 나에게 구애를 하기 시작하였어요. 수줍고 애정 깊은 구애였으나, 그의 하는 짓이 어찌나 재미있었던지, 집안사람들이 모두 웃어 넘겼지요. 아침마다 나는 그가 손수 꺾어 온 꽃을 받았고, 저녁이면 자기의 침실로 올라가기 전에 그가 내 손에 입을 맞추며 속삭이곤 하였어요.

"그대를 사랑하오!"

나에게 죄가 있었어요. 정말 나의 잘못이었어요. 그리하여 아직까지도 눈물을 흘리는 거예요. 또한 평생 그 일을 참회하며 처녀로 늙었어요. 아니, 그 소년의 미망인으로, 약혼만 했던 미망인으로 늙었어요. 나는 그 어린애다운 애정을 재미있어 했고, 심지어 그 애정을 자극하기도 하였어요. 나는 한 남자에게 하듯, 그의 앞에서 교태를 부리고, 그를 유혹하는가 하면, 상냥하게 굴다가는, 부정한 짓을 저지르는 여자들의 흉내를 냈어요. 결국 그 어린 것을 미쳐버리게 만든 것이지요. 나에게는 그저 장난일 뿐이었고, 그의 어머니나 내 어머니에게는 즐거운 파적거리일 뿐이었지요. 그의 나이 겨우 열두 살이었어요! 생각해 봐요! 그 어린 것의 정염을 누가 진실로 여기겠어요! 나는 그가 원하는 대로 그를 포옹해 주었고, 연서들을 써서 그에게 주기도 하였어요. 물론 우리들의 어머니들도 그 연서들을 읽으셨어요. 그는 연서를 받을 때마다 나에게 답장을 쓰곤 하였어요. 불같이 뜨거운 편지들이었고, 아직도 내가 그것들을 간직하고 있어요. 그는 자신이 성숙한 남자라고 생각하였기 때문에, 우리의 애정이 비밀 속에 감추어져 있었던 것으로 믿었어요. 우리 모두, 그가 쌍떼즈 가문의 혈통을 이어받았다는 사실을 잊었던 거예요!

그렇게 거의 한 해가 흘렀어요. 어느 날 저녁, 정원에서 그가 나의 무릎을 부여안고 털썩 주저앉더니, 미친 듯한 열정을 가누지 못하고 내 치맛자락에 입을 맞추며, 나에게 절규하듯 말하였어요.

"그대를 사랑해요. 사랑해요. 죽도록 사랑해요! 만약 그대가 나를 배신하면, 무슨 뜻인지 알지요, 만약 다른 남자 때문에 나를 버리면, 나 역시 아버지처럼 할 거예요…"

그러더니 소름이 끼칠 정도로 신비한 음성으로 덧붙여 말하였어요.

"아버지가 어떻게 하셨는지 그대도 잘 알지요!"

그리고, 내가 말문이 막혀 아무 말도 못하고 서 있는데, 그가 다시 일어서더니, 자기보다 키가 큰 나의 귀에다, 발끝으로 서서 소곤거렸어요.

"쥬느비에브!"

그 음성이 어찌나 부드럽고 귀여우며 다정한지, 나의 온몸이 머리끝부터 발끝까지 전율하였어요.

내가 더듬거리며 말하였어요.

"안으로 들어가자, 그만 들어가자!"

그는 더 이상 아무 말도 하지 않고 내 뒤를 따랐어요. 그러나 현관 앞 계단을 오르려는 순간, 그가 나를 불러 세우며 말하더군요.

"그대가 만약 나를 버리면, 나는 죽어버리겠어요."

그리하여 나도 일이 심상치 않음을 깨달았고, 그 이후로는 언행에 조심하였지요. 그러자 어느 날, 그가 나의 그러한 변화를 나무랐어요. 나는 타이르듯 그에게 말하였어요.

"네가 이제 농담을 하기에는 너무 나이가 들었고, 진지하게 사랑에 빠지기에는 너무 어리단다. 내가 기다릴게."

그렇게 함으로써 별 문제가 없을 줄로 알았어요.

그해 가을, 그를 기숙학교에 보냈어요. 다음해 여름, 그가 돌아왔을 때, 나에게는 이미 약혼자가 생겼어요. 그는 즉시 모든 것을 알아차렸고, 한 주일 동안 내내 어찌나 심각한 표정을 하고 있던지, 나 역시 무척 불안했어요.

그가 돌아온 지 아흐레 되는 날 아침, 잠에서 깨어 일어나려는 순간, 나는 방문 밑으로 누군가가 밀어 넣은 쪽지 하나를 발견하였어요. 그것을 급히 집어 펴보았지요.

"그대가 나를 버렸어, 내가 한 말의 뜻을 잘 알면서. 그대가 나에게 명령한 것은 나의 죽음이야. 나의 시신이 그대 아닌 다른 사람에 의해 발견되는 것을 원치 않아. 그러니, 지난해에, 내가 그대를 사랑한다고 말한 바로 그 자리에 와서, 공중을 쳐다봐."

나는 곧 미칠 것 같았어요. 서둘러 옷을 입고 달리기 시작하였어요. 그가 가리킨 장소까지, 기진해 쓰러질 정도로 급히 달려갔어요. 그의 작은 학생모자는 진흙 위에 나뒹굴어져 있었어요. 밤새도록 비가 내린 탓이었어요. 눈을 들어 쳐다보니, 무성한 나뭇잎 속에서 무엇인가가 흔들리고 있었어요. 바람이 유난히 거세었어요.

그 다음에는 내가 어떻게 행동하였는지, 나 자신도 잘 모르겠어요. 우선 비명을 지르며 기절하여 쓰러졌을 거예요. 그리고 아마 다시 일어나 저택으로 달려갔을 거예요. 내가 다시 정신을 차린 것은 나의 침상에서였는데, 어머니께서 머리맡에 앉아 계셨어요.

나는 그 모든 것이 끔찍한 착란상태에서 본 꿈이라고 생각하였어요. 내가 더듬거리며 입을 열었어요.

"그리고, 그 애는, 공트랑은?"

아무도 내 말에 대답을 하지 않았어요. 꿈이 아니고 사실이었어요.

나는 감히 그의 시신을 다시 볼 수가 없었어요. 대신에, 그의 금발을 조금 달라고 하였어요. 이것이… 이것이… 바로 그것이에요…

*

그렇게 말하며, 노처녀가 절망한 듯한 몸짓으로, 떨리는 손을 내밀었다.

그러면서 몇 번이고 코를 풀며 눈물을 닦더니 말을 이었다.

"그 이후, 나는 이유를 밝히지 않은 채 파혼을 선언하였어요…. 그리고 줄곧 미망인으로… 열세 살 먹은 아이의 미망인으로 살아왔어요."

이야기를 마치며 그녀는 고개를 푹 숙였고, 그렇게 한동안 깊은 생각에 잠긴 채 눈물을 흘렸다.

그리고, 각자 흩어져 침실로 가려는데, 어느 뚱뚱보 사냥꾼이 그 이야기에 마음이 산란해졌는지, 옆에 있던 사람의 귀에다 대고 소곤거렸다.
"그 정도로 감상적이니, 참으로 불행한 일이오!"

사랑

「어느 사냥꾼의 일기」중에서

… 신문의 잡보 기사에서, 사랑으로 인해 빚어진 비극 이야기를 읽었다. 남자가 여자를 죽인 다음 자살하였다고 한다. 즉, 그가 그녀를 사랑하였다는 것이다. 그 남자와 그 여자가 나에게 무슨 의미가 있는가? 나에게 중요한 것은 오직 그들의 사랑뿐이다. 또한 그 사랑이 나의 관심을 끄는 것은, 그것이 측은하거나 놀라워서도, 나를 감동시키거나 나로 하여금 몽상에 잠기도록 해서도 아니다. 다만 그것이 내 젊은 시절의 추억 하나를 되살려 놓았기 때문이다. 기이한 사냥의 추억인데, 그 사냥 도중에, 최초의 예수교도들이 보았다는 공중의 십자가들처럼,[1] 사랑 그 자체가 내게 모습을 드러낸 일이 있다.

나는 원시인의 모든 본능과 감각을 가지고 태어났다. 그것들이 문명인의 사고와 정서로 인해 완화되었을 뿐이다. 나는 사냥을 열광적으로 좋아한다. 짐승이 피를 흘려, 그 피가 짐승의 털이

나 내 손을 적시면, 내 가슴은 경련을 일으키며 곧 마비될 지경에 이른다.

그해 가을이 저물어갈 무렵, 추위가 급작스럽게 닥쳤고, 그리하여 내 사촌들 중 하나인 칼 드 로빌로부터, 늪지대에서 새벽에 함께 오리사냥을 하자는 제안을 받았다.

붉은 머리에, 힘이 좋고 수염 덥수룩한, 나이 마흔의 호방한 남자였던 내 사촌은, 착한 짐승 같은 시골 귀족이었는데, 성품이 쾌활했으며, 보잘것없는 것을 유쾌한 것으로 둔갑시키는 갈리아적 기지[2]를 갖추고 있었다. 그는 한 줄기 개울이 흐르는 넓은 계곡에, 농가를 일종의 성으로 꾸며놓고 그곳에서 살고 있었다. 계곡 좌우 동산은 숲으로 덮여 있었는데, 옛 영주들의 소유였던 오래된 숲으로, 엄청나게 큰 나무들이 아직도 남아 있었으며, 따라서 프랑스 전체를 통틀어, 오직 그곳에서만 희귀 조류 사냥감이 발견되곤 하였다. 그곳에서는 가끔 참수리를 잡기도 하였다. 또한 인총이 너무 늘어, 여간해서는 우리나라를 찾지 않는 철새들도, 수세기 된 그 숲에서만은 거의 예외 없이 잠시 쉬어가곤 하였다. 그 새들 역시, 그들에게 짧은 숙박을 허용하기 위하여 옛 모습 그대로 남아 있는, 그 숲의 작은 한 구석을 잘 알고 있으며 또한 고마워하고 있는 것 같았다.

계곡 안쪽에는 넓은 초지가 있는데, 실개천들이 그것을 적셔주고, 생울타리들이 여러 조각으로 갈라놓고 있었다. 더 멀리 아래쪽에는, 한 줄기로 흐르던 개울이 문득 흩어져, 넓은 늪지대를 이루고 있었다. 내가 본 것들 중 가장 훌륭한 사냥터인 그 늪지대는, 그것을 공원처럼 관리하고 있던 내 사촌의 가장 큰 관심의 대상이었다. 그 지대를 뒤덮고 있으며, 늪지의 생명을 존속시키고, 높은 파도처럼 일렁이며 윙윙 소리를 내는 광막한 갈대숲 사이

사랑 151

로, 좁은 길들을 내놓았는데, 그 길을 따라 납작한 조각배들이, 장대에 의지하여 소리 없이 오가고 있었다. 조각배들이 고여 있는 물 위로 미끄러져 나아가며 갈대들을 가볍게 스치면, 잽싼 물고기들이 수초 사이를 헤집고 달아나고, 머리 검고 뾰족한 물닭들이 잠수하여 급히 사라지곤 하였다.

 나는 상궤를 벗어났다고 할 만큼 열렬히 물을 좋아한다. 너무 거대하고 너무 출렁거려 도저히 소유할 수 없는 바다도 좋아하고, 귀엽되 내 앞을 지나 도망쳐 사라지는 개울도 좋아하지만, 수중 생명체들의 알려지지 않은 삶이 박동하고 있는 늪을 특히 좋아한다. 늪지대는 이 지상에 있는 또 하나의 온전한 세계이다. 자기 고유의 삶과, 그곳을 절대 떠나지 않는 거주자들, 오직 그곳만을 찾는 나그네, 고유의 음성, 고유의 잡음들, 특히 고유의 신비를 간직하고 있는 별개의 세계이다. 어떤 때는, 늪처럼 우리를 뒤흔들고 불안하게 하며 두려운 것도 없다. 물로 뒤덮인 그 낮은 평원 위를 감도는 공포감이 어디에서 기인하는 것일까? 갈대들의 희미한 웅얼거림, 기이한 도깨비불, 고요한 밤이면 늪지를 감싸는 깊은 침묵 때문일까? 혹은, 죽은 여인의 긴 치마처럼 갈대 위에 드리워진, 괴이한 형태의 안개 때문일까? 또한, 너무나 가볍고 부드러워 인지할 수조차 없으되, 어떤 때에는 인간이 만든 대포나 하늘의 천둥보다 더 무시무시한 물결의 찰랑거림, 늪지대를 꿈 속의 나라, 알 수 없고 위험한 비밀들을 감추고 있어 두려운 나라처럼 보이게 하는, 그 찰랑거리는 소리 때문일까? 아니다. 늪지대에서는 그것들 이외의 다른 것이 발산한다. 더 심오하고 더 엄숙한 신비, 아마 창조의 신비 그 자체일지도 모를 신비가, 늪지 위의 짙은 안개 속에 떠돈다! 고여 있고 진흙투성이인 물 속에서, 태양열 아래에 놓인 젖은 흙의 무거운 습기 속에서, 생명의 첫 씨앗이 꿈틀거리고 전율하며 태어나지 않았던가?

내가 사촌의 집에 도착한 것은 저녁이 되어서였다. 바위가 얼어 갈라질 만큼 날씨가 추웠다.

찬장이건, 벽이건, 천장이건, 새매, 왜가리, 부엉이, 쏙독새, 말똥가리, 난추니[3], 독수리, 참매 등, 날개를 펴서 박제한 새들로 뒤덮인 식당에서 식사를 하는 동안, 바다표범 모피로 지은 상의를 입고 있어 극지의 괴이한 짐승 모습을 한 내 사촌이, 그날 저녁 사냥을 위해 완료해 놓은 준비사항들을 내게 들려주었다.

우리는 새벽 세 시 반에 떠나기로 되어 있었다. 잠복 장소로 선택한 지점에 네 시 반경까지 도착하기 위함이었다. 동이 트기전의 그 무시무시한 바람을 피하기 위하여, 미리 사람을 시켜 그곳에 얼음 덩어리로 오두막 하나를 지어놓게 하였다. 그 무시무시한 바람이란, 톱처럼 살을 찢고, 칼날처럼 살을 에이며, 독성 강한 가시처럼 살을 찌르고, 집게처럼 살을 뒤틀며, 불처럼 살을 태우는 바람이었다.

내 사촌이 손을 부비며 내게 말하였다.

"이런 추위는 생전 처음이야. 저녁 여섯 시 기온이 영하 12도였어."

나도 식사가 끝나기 무섭게 내 침대 속으로 몸을 던졌다. 그리고 벽난로에서 활활 타오르던 불길을 바라보며 잠이 들었다.

새벽 세 시 정각에 사람들이 나를 깨웠다. 나는 양모피로 몸을 감쌌고, 내 사촌은 곰의 모피를 뒤집어썼다. 각자 뜨거운 커피 두 잔과 고급 브렌디 두 잔씩을 마신 다음, 관리인 한 사람과 함께 우리의 개 뺄롱종과 삐에로를 데리고 집을 나섰다.

밖으로 첫발을 내딛는 순간부터 뼈까지 얼어버리는 것 같았다. 추위에 대지마저 죽어버린 듯한 밤이었다. 대기가 얼어 단단해졌고, 그것과의 접촉이 통증을 유발하였다. 그것을 뒤흔들 만한 바람 한 가닥 없었다. 대기는 고착되어 요지부동이었다. 그것이 나무들과 다른 식물들을 깨물고, 꿰뚫고, 말려서 죽이고 있었다. 작은 새들마저 나뭇가지로부터 단단해진 흙 위로 떨어져, 조여 오는 냉기를 견디지 못하고, 언 흙처럼 단단해지고 있었다.

옆으로 한껏 기울고 창백해진 하현달은 허공에 걸려 기진맥진한 것 같은데, 달 역시 혹한에 마비되고 그렇게 얼어붙어, 너무나 쇠약해져서 떠날 기운을 잃고 높직한 곳에 머물러 있는 것 같았다. 달은 건조하고 구슬픈 빛을 온 세상으로 퍼뜨리고 있었다. 매월, 그 부활의 끝에 이르러, 우리에게 던지는 희미하고 창백한 빛이었다.

칼과 나는 등을 잔뜩 구부리고 두 손을 호주머니에 넣은 채, 총은 겨드랑이에 끼고 나란히 걸었다. 우리의 구두는, 얼음판 위에서 미끄러지지 않도록 모직물로 감싼지라, 아무 소리도 내지 않았다. 나는 우리의 개들이 하얀 연기처럼 내뿜는 입김을 바라볼 뿐이었다. 이윽고 늪지 변두리에 이르렀고, 우리들은 그 키 작은 나무들로 이루어진 듯한 숲을 뚫고 뻗어나간, 마른 갈대 오솔길로 들어섰다.

우리들의 팔꿈치가 리본 모양의 긴 갈대 잎들을 스치며, 우리가 지나간 뒤에 가벼운 소음을 남겼다. 그 순간, 늪지가 나의 내면에 태동시키는 강렬하고 기이한 감동이, 전례 없이 나를 사로잡았다. 늪의 백성인 마른 갈대를 헤치고, 늪지 위로 우리가 걷고 있으니, 그 늪지도 추위에 얼어 죽은 것 같았다.

문득, 오솔길의 어느 모퉁이에 이르렀을 때, 우리들을 위해 지어놓은 바람막이 얼음 오두막집이 보였다. 나는 그 속으로 들어갔다. 그리고 떠돌이 새들이 깨어나려면, 족히 한 시간은 기다려야 했기 때문에, 모포로 온몸을 둘둘 감아 몸을 덥히려 애를 썼다.

그렇게 누워, 나는 형태가 괴이하게 변한 달을 바라보기 시작하였다. 극지(極地) 주택의 희미하게 투명한 벽을 통해 보이는 달에는, 뿔 넷이 돋아나 있었다.

하지만 얼어붙은 늪과 오두막의 벽, 그리고 창공으로부터 내려오는 한기가 어찌나 내 몸을 파고드는지, 나는 얼마 아니 되어 기침을 하기 시작하였다.

나의 사촌 칼은 그러한 나를 보고 불안감에 사로잡혔다.

"오늘 사냥이 신통치 못하더라도 할 수 없지. 하지만 자네가 감기에 걸리는 것은 원치 않네. 모닥불을 놓아야겠어."

그렇게 말하더니, 즉시 관리인에게 갈대를 꺾어오라고 지시하였다.

연기가 빠져나갈 수 있도록, 얼음 오두막 천장 한가운데를 뚫은 다음, 오두막 중앙에 갈대 한 무더기를 쌓았다. 붉은 불꽃이 맑은 수정벽을 따라 치솟자, 벽돌이 천천히, 아주 조금씩 녹기 시작하였는데, 마치 그 얼음벽이 담을 흘리는 것 같았다. 밖에 있던 칼이 나에게 소리쳤다.

"이리 와서 좀 봐!"

내가 즉시 나갔다. 그리고 놀라 기절할 뻔하였다. 우리들의 원추형 오두막은, 속에 불을 간직한 괴이한 금강석 같은데, 늪지의 얼어붙은 물 위로 불쑥 솟아오른 듯이 보였다. 그리고 그 속에 이상야릇한 형체 둘이 선명히 보였는데, 그것들은 불에 몸을 녹이고 있던 우리 개들의 모습이었다.

문득, 기이하며 고립된 듯하고 방황하는 듯한 울부짖음 한 가닥이, 우리들의 머리 위를 지나갔다. 우리가 놓은 모닥불의 불빛이 새들을 깨운 것이다.

겨울날, 지평선에 첫 여명이 나타나기 전, 보이지는 않되 어두운 대기 속으로 그토록 신속하게, 그토록 멀리 내닫는, 생명의 첫 아우성처럼 감동적인 것은 없다. 새벽녘의 그 얼음장 같이 차가운 시각에는, 한 마리 짐승의 깃털에 실려 멀리 도망치는 그 울부짖음이, 이 세상 영혼의 한숨소리처럼 들린다!

칼이 우리들에게 말하였다.

"이제 불을 끄지. 동이 트고 있어."

정말 하늘이 창백해지기 시작하였다. 그리고 오리떼들은 창공에 긴 반점을 그리고 있었는데, 그 반점은 빠르게 움직이다 신속하게 지워졌다.

아직 어두운 대기에 섬광 하나가 번쩍하였다. 칼이 총을 쏜 것이다. 이내 개 두 마리가 동시에 내달았다.

그때부터, 일 분이 멀다하고 그와 나는 번갈아가며, 날아다니는 무리의 그림자가 갈대숲 위로 나타날 때마다, 서둘러 방아쇠를 당겼다. 그리고 삐에로와 뻴롱종은 헉헉거리면서도 즐거운 듯, 유혈 낭자한 짐승들을 우리에게로 가져왔으며, 그 짐승들 중 어떤 것의 눈은 아직도 우리들을 바라보고 있었다.

날이 밝았다. 맑고 하늘이 푸른 날이었다. 골짜기 끝에 태양이 모습을 드러내고 있었으며, 우리들도 돌아갈 생각을 하고 있었다. 비로 그 순간, 새 두 마리가, 목을 곧게 앞으로 빼고 날개를 활짝 편 채, 문득 우리들 머리 위로 미끄러지듯 날아갔다. 내가 총을 발사하였다. 한 마리가 내 발 가까이에 떨어졌다. 배 부분이 은색인 발구지[4]였다.

그러자 내 머리 위 허공에서 새의 울부짖는 소리가 들려왔다. 그 소리는 짧게 반복되었고, 또한 애절했다. 살아남은 그 작은 짐승은, 내가 손에 들고 있는 자기의 죽은 짝을 바라보며, 우리들 머리 위 창공을 선회하기 시작하였다.

칼은 무릎을 꿇고 총을 어깨에 기대어 세운 채, 그 짐승이 충분히 다가오기를, 이글거리는 눈으로 기다리고 있었다. 그러면서 나에게 말하였다.

"자네가 암컷을 죽였어. 이제 수컷은 떠나지 않을 거야."

수컷은 정말 떠나지 않았다. 그리고 우리들 주위를 끊임없이 선회하며 슬피 울었다. 어떤 괴로움의 신음소리도, 허공에서 문득 홀로 된 그 짐승의 절망적인 부름, 그 구슬픈 나무람만큼은 나의 가슴을 그토록 갈가리 찢은 일이 없다. 그를 향하고 있는 총구를 피하려는 듯, 짐승은 가끔 도망을 치는 듯 보였다. 창공을 가로질러 혼자서라도 떠날 채비를 하는 것 같기도 하였다. 하지만 차마 그리 하지 못하고, 암컷을 찾으러 이내 다시 돌아오곤 하였다.

"그것을 땅바닥에 던져놓게. 녀석이 곧 다가올 거야."

칼이 내게 말하였다.

위험도 개의치 않고, 내가 죽인 짐승에 대한 짐승의 사랑 때문에 미쳐서, 녀석이 정말 다가왔다.

칼이 총을 발사하였다. 그 새를 허공에 잡아매어두었던 줄을 우리가 끊은 것과 다름없었다. 검은 것 하나가 떨어지는 것이 보였다. 갈대밭 속으로 무엇이 추락하는 소리가 들렸다. 그리고 삐에로가 그것을 나에게 가져왔다.

이미 차갑게 식은 그 둘을, 나는 같은 사냥 망태기에 넣어주었다. 그리고 바로 그날, 빠리로 돌아갔다.

무덤

1883년 7월 17일 새벽 두 시 반, 베지에[1]의 공동묘지 끝자락에 지은 작은 건물에 살고 있는 묘지 경비원은, 부엌에 가두어 둔 개가 자지러지게 짖는 바람에 잠에서 깨어났다.

그가 즉시 부엌으로 내려가 보니, 개는 출입문 밑에 코를 대고 킁킁 냄새를 맡으며 미친 듯이 짖어댔다. 낯선 사람이 집 주위를 어슬렁거리기라도 하는 것 같았다. 경비원 뱅쌍은 총을 집어든 다음 조심스럽게 밖으로 나갔다.

그의 개가 본네 장군 통로 쪽으로 내닫더니, 또무와조 부인의 묘비 근처에서 우뚝 멈춰 섰다.[2]

경비원이 살금살금 다가가니, 말랑베르 통로 근처에서 작은 불빛이 반짝이고 있었다. 그는 묘비들 사이로 몸을 숨기고, 끔찍한 모독행위를 목격하게 되었다. 돌무더기 위에 놓여 있는 작고 희미한 초롱 하나가, 그 흉측한 광경을 밝혀주고 있었다.

뱅쌍 경비원이 그 불쌍한 녀석에게 달려들어 그를 쓰러트린 다음, 그의 두 손을 결박하여 인근 파출소로 끌고 갔다.

범인은 그 도시에 사는 젊은 변호사였는데, 부유하고 신망 높던 꾸르바따이유라는 사람이었다.

그가 재판정에 섰다. 검찰관이 흉측한 기소내용을 다시 한 번 환기시켜 방청석을 자극하였다.

청중들이 분개하며 몸을 떨었다. 재판장이 자리에 앉자 고함이 터져 나왔다.

"사형! 사형에 처해!"

재판장은 소동을 가라앉히느라고 진땀을 뺐다.

드디어 그가 엄숙하게 말하였다.

"피고는 변론을 하시겠습니까?"

별도로 변호사를 선임하지 않은 꾸르바따이유가 자리에서 일어섰다. 키가 크고 갈색 머리에 잘생긴 젊은이였는데, 총명한 얼굴에 힘이 넘쳤고 눈빛이 과감하였다.

청중들 사이에서 야유하는 휘파람 소리가 들려왔다.

그는 조금도 동요되지 않았다. 그가 변론을 시작하는데, 처음에는 조금 나지막하고 선명치 않던 음성이, 점점 조금씩 단호해졌다.

*

재판장님,

배심원 여러분,

제가 드릴 말씀은 아주 간단합니다.

제가 훼손한 무덤 속의 여인은 저의 연인이었습니다. 저는 그녀를 사랑하였습니다.

그녀를 사랑하였으되, 그것은 관능적인 사랑도, 영혼과 심정의 소박한 애정도 아니었습니다. 그것은 절대적이고 완전한 사랑, 즉 넋을 빼앗긴 정염이었습니다. 그 사랑의 경위를 말씀드리겠습니다. 그녀를 처음 만났을 때, 그녀를 보는 순간 저는 기이한 느낌에 사로잡혔습니다. 그것은 놀라움도 찬탄도 아니었습니다. 흔히들 벼락이라고 지칭하는 그러한 것도 아니었습니다. 그것은, 마치 누가 저를 따스한 욕조에 담근 듯, 몸짓 하나하나가 저를 유혹하였고, 그녀의 음성이 저의 넋을 빼앗았으며, 그녀를 바라보기만 하여도 저의 기쁨이 무한히 증대되었습니다. 또한 이미 오래 전부터 제가 그녀를 알고 있었던 것 같았으며, 그녀를 전에 본 적이 있었던 것 같았습니다. 그녀 속에, 무엇인지 모를 저의 한 부분이 있었던 것 같았고, 그녀의 영혼 속에, 제 영혼의 일부가 있었던 것 같았습니다. 그녀는 제 영혼의 간절한 부름에 대한 응답처럼 제 앞에 나타났습니다. 우리가 평생을 두고 희망이라는 신을 향해 던지는 그 막연하고 지속적인 부름 말씀입니다. 그녀와 조금 친숙해졌을 무렵에는, 그녀를 만날 생각만 하여도, 그윽하고 신비한 동요가 저를 뒤흔들었습니다. 그녀의 손과 제 손이 닿는 순간, 전에는 상상조차 할 수 없었던 환희에 사로잡혔습니다. 그녀의 미소는 저의 눈에 미친 듯한 희열을 부어줄 뿐만 아니라, 끝없이 달리고, 춤추고, 땅바닥에 뒹굴고 싶은 충동을 저의 내면에 일으켜놓곤 하였습니다.

그리하여 결국 그녀는 저의 연인이 되었습니다.

연인 이상이었습니다. 그녀가 곧 저의 생명 그 자체였습니다. 저는 이 지상에서 더 이상 아무것도 기대하지 않고, 아무것도 원하지 않게 되었습니다. 일체의 욕구가 사라졌습니다.

그런데 어느 날 저녁, 우리 두 사람이 강변을 따라 조금 멀리 산책을 나갔다가, 뜻하지 않게 비를 만났습니다. 그녀가 감기에 걸렸습니다.

다음 날 폐렴증세가 나타났습니다. 일주일 후 그녀는 숨을 거두었습니다. 그녀가 임종하는 몇 시간 동안, 저는 놀라고 당황하여, 생각의 갈피조차 잡을 수 없었습니다. 그리고 숨을 거둔 직후에는, 급작스러운 절망감에 넋을 잃어, 아무 생각도 할 수 없었습니다. 저는 그저 울기만 하였습니다. 염습과 매장이라는 그 소름 끼치는 절차가 치러지는 동안, 그 날카롭고 노도 같은 슬픔은 아직 미친 놈의 슬픔, 육체적이고 감각적인 슬픔일 뿐이었습니다. 하지만 그녀가 집을 떠나 땅 속에 묻혔을 때, 정신이 문득 맑아지며, 심정적 괴로움이 꼬리를 물고 저를 엄습하였습니다. 그 괴로움이 어찌나 심한지, 그녀가 저에게 쏟던 사랑이 그만큼 더 귀하게 여겨졌습니다. 그 순간, 그녀를 다시는 볼 수 없다는 생각이 저의 내면에 자리를 잡았습니다.

누구든 온종일 그 생각만 하다 보면, 결국 발광할 수밖에 없습니다! 그렇지 않습니까? 생각해 보십시오. 당신이 열렬히 사랑하는 사람이 있습니다. 유일한 존재입니다. 온 세상을 뒤져도 그 사람과 같은 제 이의 존재는 없으니까요. 그 사람이 자신을 당신에게 바쳤고, 당신과 함께 흔히들 사랑이라고 명명하는 신비한 인연을 형성하였습니다. 그의 눈이 당신에게는 우주보다 더 광대한 듯하고, 다정함이 미소 짓는 눈은 온 세상과도 바꿀 수 없습니다. 그 사람이 당신을 사랑합니다. 그 사람이 당신에게 말할 때마다, 그 음성이 거대한 물결 같은 행복을 당신에게 부어줍니다. 그런데, 문득 그 사람이 사라집니다! 생각해 보십시오! 잠시 당신 곁을 떠나는 것이 아니라 영영 사라집니다. 그 사람이 죽은 것입니다. '죽음'이라는 그 말을 진정 이해하십니까? 다시는, 다시는, 다시는, 그 어느 곳에도, 그 사람이 더 이상 존재하지 않을 것이

무덤

라는 뜻입니다. 그의 눈이 다시는 더 이상 아무것도 바라보지 못할 것입니다. 인간의 음성이 아무리 많다 하여도, 그 음성이, 그의 것과 같은 음성이 다시 나타나, 그 사람이 하던 말을 똑같이 하는 일은 영영 없을 것입니다.

그 사람의 얼굴과 같은 얼굴이 결코 다시 태어나지 않을 것입니다. 결코 다시는 태어나지 않습니다! 사람들은 조각상의 주형(鑄型)을 보관합니다. 그러나 그 사람의 몸과 얼굴은 이 지상에 영영 다시 나타나지 않을 것입니다. 물론 차후로도 수천의, 수백만의, 수십억의, 아니 그보다 훨씬 더 많은 여인들이 태어날 것입니다. 하지만 그 무수한 미래의 여인들 중에 그녀는 없을 것입니다. 도대체 그럴 수 있습니까?

그 사실을 생각하면 미칠 수밖에 없습니다. 그녀는 겨우 이십 년 존재한 후 영영 사라졌습니다. 영원히! 영원히!

그녀는 사유했고 미소 지었으며 저를 사랑하였습니다. 그것이 전부입니다. 가을이 되어 죽어가는 파리들도, 그 생성과 소멸에 있어서는 우리들과 같습니다. 아무것도 남지 않습니다. 저는 그녀의 몸뚱이도, 그토록 싱싱하고, 따스하고, 그토록 부드럽고, 그토록 희고, 그토록 아름답던 그녀의 몸뚱이도, 땅 밑 관속에서 썩어 사라질 것이라고 생각하였습니다. 하지만 그녀의 영혼과 생각과 사랑은 어디로 갔을지, 도무지 알 수가 없었습니다. 그녀를 다시는 볼 수 없다! 그녀를 다시는 볼 수 없다! 부패하여 분해되었을, 그러나 알아볼 수도 있을지 모를 그 몸뚱이에 대한 생각이 저의 뇌리를 떠나지 않았습니다. 그리하여 그 몸뚱이를 다시 한 번 더 바라보고 싶었습니다!

저는 삽과 망치와 초롱불을 들고 집을 나섰습니다. 그리고 공동묘지의 담을 넘었습니다. 그녀의 묘를 찾아냈습니다. 아직 묘

혈을 완전히 밀폐하지 않은 상태였습니다.

관이 드러날 때까지 흙을 파헤쳤습니다. 관의 널빤지 하나를 떼어냈습니다. 부패물의 더러운 기운, 고약한 냄새가 저의 얼굴을 후려쳤습니다. 오! 그녀의 침대, 붓꽃 뿌리 향기[3] 감돌던 그녀의 침대는 어디로 갔는가!

그러나 저는 관을 열었습니다. 그리고 초롱불을 관 속으로 넣으며 그녀를 바라보았습니다. 그녀의 얼굴은 푸르스름하고 부어올라 무시무시했습니다! 입에서는 검은 액체가 흘러나오고 있었습니다.

그녀였습니다! 분명 그녀였습니다! 끔찍한 혐오감이 저를 사로잡았습니다. 하지만 그 기괴하게 변한 얼굴을 포옹하기 위하여, 팔을 뻗어 머리채를 잡았습니다!

바로 그 순간 저를 체포하였습니다.

그날 밤 저는, 뜨거운 애무 후에 여인의 향기를 간수하듯, 그 썩는 냄새, 즉 제 연인의 냄새를 밤새도록 고이 간직하였습니다.

이제 이 몸을 여러분의 처결에 맡깁니다.

*

기이한 침묵이 재판정을 짓누르고 있는 것 같았다. 모두들 다른 무엇인가를 기다리는 것 같았다. 배심원들이 협의를 위해 별실로 물러갔다.

잠시 후 그들이 돌아왔을 때, 피고인은 아무 근심도, 아무 생각도 없는 기색이었다.

재판장이 틀에 박힌 표현으로 그의 무죄를 선고하였다.

피고인은 아무 반응도 보이지 않았다.

관중이 박수를 쳤다.

베르뜨

　나의 연로하신 친구(자신보다 훨씬 연상의 친구를 두는 경우도 있다), 의사이신 본네 씨가, 리용(Riom)에 있는 자기 집에 와서 며칠 쉬어가라고, 여러 차례 나를 초청하였다. 나 또한 오베르뉴 지방에는 가 본 적이 없는 터라, 1876년 여름 중반에 그를 보러 가기로 결정하였다.
　나는 아침 기차로 도착하였다. 역 승강장에서 내가 본 최초의 얼굴은 그 의사의 얼굴이었다. 그는 회색 옷을 입고, 부드러운 펠트 모자를 쓰고 있었다. 검은색 모자의 가장자리는 상당히 넓었고, 높은 모자는 위로 올라가면서 벽난로의 굴뚝처럼 차츰 좁아져, 숯장이들이 쓰는 진정한 오베르뉴풍의 모자였다.[1] 그렇게 차려 입으니, 의사는 늙은 젊은이 같았다. 즉, 밝은 회색 옷에 감싸인 몸뚱이는 아직 날씬한데, 커다란 머리통에는 백발이 성성하였다.
　그는 기쁨을 감추지 못하며 나를 포옹하였다. 오랫동안 기다리던 친구들이 드디어 나타나면, 시골사람들이 드러내는 그러한 기쁨이었다. 그러고 나서 두 손을 뻗어 주위를 가리키며 자랑스럽게 소리쳤다.

"자, 여기가 오베르뉴라오!"

하지만 내 눈에 보이는 것이라곤 한 줄기 산맥뿐이었고, 상단이 잘려나간 원추 모양의 봉우리들은 화산의 분화구들인 것 같았다.

그러고는, 손가락으로 역사 정면에 쓰여 있는 역의 명칭을 가리키며 말하였다.

"리용, 사법의 고장이며, 모두들 그것을 매우 자랑스러워하지만,[2] 의사들의 고장이라 해야 할 것 같소."

내가 물었다. "그것은 무슨 이유에서입니까?"

그가 웃으며 대답하였다.

"왜냐고요? 저 명칭을 뒤집어 봐요. 'mori', 즉 '죽음'이라는 단어를 얻게 될 거요…. 내가 이 고장에 자리를 잡은 것은 그 때문이라오."[3]

그리고 자신의 그 농담에 몹시 흡족한 듯, 자신의 손을 부비며 나를 데리고 역을 떠났다. 커피를 탄 우유 한 잔을 급히 마신 후, 고색창연한 시가지 방문길에 나섰다. 약국 건물과 다른 이름난 건물들을 구경하였는데, 건물 정면은 석재 조각품들로 장식하였고, 모두 검게 때가 끼었지만, 골동품처럼 아름다웠다. 그곳 식육업자들이 수호신으로 받드는 성모상[4]도 구경하였다. 그 성모상에 관한 재미있는 이야기도 들었지만, 그 이야기는 다른 기회에 하고자 한다. 의사 본네 씨가 문득 나에게 말하였다.

"5분만 양해해 주시면 환자 한 사람을 잠시만 보고 오겠소. 그런 다음, 점심식사 전에 샤뗄귀용 동산에 모시고 올라가, 시내 전경과 쀠-드-돔의 연봉(蓮峯)을 구경하시도록 해드리리다. 인도에

서서 나를 기다리시오, 올라갔다가 즉시 내려오리다."

어느 저택 앞에서 그가 나를 홀로 남겨놓았다. 침침하고, 창문들이 닫혀 있으며, 아무 소리도 들리지 않을 뿐만 아니라, 음산하기까지 한, 전형적인 시골 저택이었다. 특히 의사가 들어간 그 저택은 유난히 음산해 보였는데, 잠시 후 그 원인을 곧 알게 되었다. 건물 이 층의 모든 창들은, 통나무로 짠 덧창으로 하반부가 가리워져 있었다. 오직 윗부분만 노출되어 있었는데, 그 거대한 석제함 속에 갇혀 있는 사람들이, 거리 풍경을 바라보지 못하도록 하기 위함인 것 같았다.

의사가 다시 돌아왔을 때, 내가 관찰한 바를 이야기하였다. 그가 대답하였다.

"잘못 보시지 않았소. 저 속에 갇혀 있는 가엾은 사람은, 밖에서 일어나는 일을 절대 보아서는 아니 된다오. 그 사람은 미친 여자, 아니 백치, 아니 그저 단순한 여자인데, 당신네 노르망디 사람들이 '니엔떼'라고 부를 그러한 사람이오.[5] 아! 들어보시구려, 참으로 서글픈 이야기예요. 또한 특이한 병례(病例)이기도 하지요. 그 이야기를 해 드릴까요?"

내가 응낙하였고, 그리하여 의사가 이야기를 계속하였다.

*

사연의 전모는 이러해요. 지금으로부터 20년 전, 이 저택의 주인 내외 사이에 아이가 하나 태어났는데, 아이는 딸이었고, 여느 아이들과 다름이 없었지요.

그러나 얼마 후, 나는, 어린것의 신체적 발육은 감탄할 만큼 원활히 진행되는 반면, 지능이 꼼짝도 하지 않고 있음을 감지하였어요. 아이는 일찍 걸음마를 시작하였으나, 도무지 말을 하려 하지 않더군요. 처음에는, 그녀가 선천성 귀머거리라고 생각하였지요. 하지만 얼마 아니 되어, 그녀의 청력이 완벽하건만 아무것도 이해하지 못한다는 사실을 확인하였어요. 요란한 소음에 몸을 떨며 몹시 두려워하면서도, 그 소음의 원인을 전혀 눈치채지 못하더군요.

그녀는 무럭무럭 자라 눈부시게 아름다워졌어요. 그러나 말을 못하였어요. 지능의 공백에 기인한 현상이지요. 나는 온갖 수단을 동원하여, 그 머리 속에 어렴풋하나마 생각의 실마리를 넣어주려 노력하였어요. 그러나 허사였어요. 자기에게 젖을 주는 사람은 알아보는 것 같기도 했어요. 그러나 젖을 뗀 이후에는 엄마를 알아보지 못하였어요. 모든 아이들의 입에서 최초로 나오며, 전선에서 죽어가는 병사들이 마지막으로 웅얼거리는 말, 즉 '엄마!'라는 말조차 단 한 번도 해보지 못하였지요. 가끔 옹알이를 하거나 웅얼거리는 것이 고작이었어요.

날씨가 맑으면 끊임없이 가벼운 소리를 질러대는데, 새들의 지저귐 같았어요. 그러나 비가 오면 쉬지 않고 울며, 음산하고 무시무시한 비명을 질렀어요. 누가 죽었을 때 울부짖는 개의 신음소리 같았지요.

그녀는 새끼 짐승들처럼 풀밭에 뒹굴기를 좋아하였고, 뛰어다닐 때는 미친 아이 같았으며, 아침에 햇살이 자기의 방에 비치면 손뼉을 치곤 하였어요. 그녀의 방 창문을 열어주면, 침대에서 몸부림을 치며 손뼉을 쳐댔는데, 어서 옷을 입혀달라는 뜻이었지요.

그뿐만 아니라 사람들을 분별할 줄 모르는 것 같았어요. 자기의 어머니와 하녀, 자기의 아버지와 나, 마부와 요리사 등을 구분하지 못하였지요.

처지가 몹시 가엾게 된 그녀의 양친을 내가 매우 좋아하던 터였고, 그래서 날마다 그들을 보러 갔지요. 나는 그 댁에서 자주 저녁식사를 하였어요. 그래서 베르뜨가(아이의 이름을 그렇게 지어주었어요) 음식의 종류는 구별할 줄 안다는 사실을 알게 되었어요.

그 무렵 아이의 나이 열두 살이었어요. 하지만 체구나 몸매는 열여덟 살 된 처녀 같았지요. 키는 나보다도 컸어요.

저에게 한 가지 방안이 떠올랐어요. 즉, 그녀의 식욕을 촉진시켜, 식욕이라는 그 욕구를 통해 분별 습관을 길러주어야겠다는 것이었어요. 그런 다음, 맛의 차이 즉 맛들의 유형을 분간하는 습성을 통해, 사유까지는 아닐지라도, 최소한 본능적 분별의지를 강화시켜줄 생각이었지요. 그것이 사유의 질료적 노작은 되리라 생각한 것이지요.

그런 다음, 그녀의 집착대상들 중 도움이 될 만한 것들을 선별하고, 그것들을 이용하여 그녀의 육체가 지능에 일종의 충격을 가하게 하면, 뇌의 기능이 부지불식간에 증대될 것이라 생각하였어요.

그리하여, 어느 날 그녀 앞에 접시 둘을 놓아보았지요. 하나는 스프를 담은 접시였고, 다른 하나는 설탕을 많이 넣은 바닐라 크림을 담은 것이었어요. 그런 다음 그것들을 번갈아가며 먹여보았지요. 그런 다음 그녀가 선택하도록 내버려두었어요. 그녀는 크림접시를 택하더군요.

그런데 얼마 아니 되어, 내가 그녀를 탐식가로 만들어버렸어요. 식탐증이 어찌나 심한지, 그녀의 뇌리에는 오직 먹을 생각, 아니 먹으려는 욕망밖에 없는 것 같았어요. 그녀는 음식을 완벽하게 분별할 줄 알았고, 좋아하는 음식을 게걸스럽게 낚아채곤 하였지요. 뿐만 아니라 그것을 빼앗으면 울기도 하더이다.

그리하여 나는, 그녀가 종소리를 들으면, 스스로 식당으로 오도록 가르칠 생각을 하였지요. 오랜 시간이 걸렸지만 성공하였어요. 그녀의 판단력이 비록 희미했지만, 소리와 음식의 맛 사이에 상관관계가 형성된 것은 분명했어요. 다시 말해, 두 감각 사이에 관계가 성립되어, 하나가 다른 하나의 신호 역할을 하게 된 것이지요. 결국 생각의 연계현상이 이루어진 것이지요. 물론, 두 유기질적 기능간의 그러한 본능적 유대를, '생각'이라 지칭할 수 있을지는 모르겠어요.

내가 실험을 한 단계 더 진척시켰지요. 즉, 벽시계의 문자판을 보고 식사시간을 분별해 내도록 훈련시키는 것이었지요. 몹시 힘든 일이었지요!

우선, 그녀의 관심을 시계침으로 돌리는 것이 한동안은 불가능해 보였어요. 하지만, 벽시계의 타종소리에 그녀의 관심을 유도하는 데 성공하였어요. 방법은 간단했어요. 평소 식사 시간을 알리던 초인종을 사용하는 대신, 벽시계가 정오를 알리는 타종을 시작하면 식구들이 일제히 식당으로 이동하였어요.

그녀에게 타종의 횟수를 헤아리는 훈련도 시켜보려 하였지만, 헛수고로 그쳤어요. 벽시계의 타종소리만 들리면, 그녀는 서둘러 문으로 달려가곤 하였지요. 그러더니, 모든 시계소리가 식사와 관련된 것은 아니라는 사실을, 조금씩 깨닫는 것 같더이다. 그리고 소리가 들릴 때마다, 그녀의 시선이 시계의 문자판에 머물곤 하더군요.

그것을 보고 내가, 정오와 저녁 여섯 시가 되면, 즉 그녀가 기다리는 시각이 되면, 손가락으로 시계의 문자판 위에 있는 '6'이라는 숫자와 '12'라는 숫자를 가리켰지요. 그러자 얼마 아니 되어, 그녀가 시계바늘의 움직임을 유심히 살핀다는 사실을 간파하였고, 그녀가 보는 앞에서 시곗바늘을 자주 돌려보기도 하였지요.

드디어 그녀가 이해하더군요! 아니, 감각적으로 알아보았다고 해야겠지요. 그녀에게 시간 지각능력을, 아니 감각능력을, 부여하는 데 성공한 것이지요. 이를테면, 매일 같은 시각에 먹이를 줌으로써, 잉어들에게 시간 감각능력을 길러주는 것과 같았어요.

그러한 능력을 얻고 나자, 그녀의 관심은 집안에 있던 모든 시계에게로 집중되었어요. 그녀는 시계들을 바라보고, 그것들의 소리에 귀를 기울이며, 정해진 시각들을 기다리는 것으로 시간을 보냈어요. 그러다 보니 기이하고 우스운 일도 생겼지요. 그녀의 침대 머리맡에 걸려 있던, 루이 16세 시절풍의 예쁜 시계가, 타종장치에 고장을 일으켰는데, 그녀가 그 사실을 간파한 것이에요. 그녀는 20분 전부터 시계바늘에 시선을 고정한 채, 열시를 알리는 타종소리를 기다리고 있었지요. 시계바늘이 그 숫자 위를 지나는데도 타종소리가 들리지 않자, 그녀는 아연실색하였어요. 대참변을 목도하는 순간 우리들을 뒤흔드는 격렬한 감정과 유사한 것이 그녀를 동요시킨 듯, 그녀는 꼼짝도 못하고 주저앉았어요. 그러고는 무슨 일이 일어나려는지 보려는 듯, 열한 시까지 그 조그만 기계 앞에 머문 채, 기이한 인내심을 보이더군요. 물론 열한 시가 되어도 그녀는 아무 소리도 듣지 못하였어요. 그러자, 배신당하고 실망한 사람의 미친 듯한 노여움에 문득 사로잡혔음인지, 무시무시한 신비 앞에서 질겁한 사람의 급작스러운 공포감 때문인지, 혹은 장애물을 만난 열렬한 사랑의 불 같은 조바심 때문인지는 모르되, 그녀가 벽난로의 집게를 선뜻 집어 들더니, 그것으로 시계를 후려쳐, 순식간에 산산조각 내 버렸어요.

따라서 그녀의 뇌가 계산을 하는 등, 어떤 작용을 하고 있었음엔 틀림없어요. 물론 모호하게, 또 지극히 제한된 범위 내에서 작용한 것이지요. 그녀가 시각을 알아보듯 사람들을 분별토록 해주는 데는 성공하지 못하였으니까요. 그녀에게 지능 작용을 유발시키기 위해서는 또 다른 열정, 질료적 열정의 도움이 필요했어요. 우리는 얼마 아니 되어 또 다른 실험결과를 얻었지요. 애석하게도 끔찍한 결과였어요!

그녀는 눈부시게 아름다워졌어요. 진정 우수한 혈통에서 태어난 전형적인 아름다움이었지요. 찬연한 아름다움을 갖춘 백치 베누스라고 할 수 있을 듯해요.

그녀의 나이 열여섯이 되었어요. 나는 일찍이 그토록 완벽한 몸매와, 그토록 유연하고 정연한 용모는 본 적이 없어요. 내가 베누스라고 했지요. 진정 베누스였어요. 금발에 포동포동한 살집, 넘치는 생기, 맑고 텅 빈 커다란 눈, 게다가 아마꽃처럼 푸른 눈, 통통한 입술에 넓게 찢어진 입, 게걸스럽고 육감적이어서 입맞춤에 적격인 입 등을 갖춘 베누스였어요.

그런데 어느 날 아침, 그녀의 아버지가 기이한 표정으로 우리집 안으로 들어서더니, 내 인사에 대답도 제대로 하지 않고 앉으며 이야기를 꺼내더군요.

"선생님과 중대한 일을 상의하러 왔습니다… 저… 베르뜨를 혼인시키는 것이 어떨까요?"

내가 놀라 펄쩍 뛰며 소리쳤지요.

"베르뜨를 혼인시키겠다고요…? 절대 불가능한 일입니다!"

그가 계속하였어요.

"그렇습니다…. 저도 잘 압니다…. 그러나 생각해 보십시오…. 의사 선생님… 실은… 혹시… 희망입니다…. 베르뜨에게 아이가 생기면… 그것이 하나의 큰 충격임과 동시에 커다란 행복이 되어… 임신과 출산 등을 거치는 동안 그녀의 지능이 깨어날지 누가 압니까?"

나는 몹시 곤혹스러웠어요. 그의 말이 옳기도 했어요. 그 새로운 것이, 즉 짐승들이나 여인들의 가슴 속에서 박동하는 그 찬탄할 만한 모성이, 암탉으로 하여금 새끼들을 보호하기 위하여 개의 사나운 주둥이 앞에 서슴지 않고 몸을 던지게 하는 그 본능이, 그녀의 마비된 뇌수에 변화와 격동을 가져와, 요지부동의 사유기능을 되살려놓을 수도 있을 것 같았어요.

또한 그 순간, 내가 직접 겪은 일이 생각났어요. 몇 년 전에, 나는 조그만 사냥개 암컷 하나를 기르고 있었는데, 그 개가 너무나 멍청하여 아무짝에도 쓸모가 없었어요. 그런데 그 개가 새끼를 낳더니, 날이 갈수록 변하여, 영리하다고는 할 수 없어도, 다른 많은 개들과 비슷한 수준에는 이르더군요.

그러한 가능성을 언뜻 발견하는 순간, 베르뜨를 혼인시키고 싶은 욕망이 문득 꿈틀거렸어요. 물론 그녀나 그녀의 가엾은 부모에 대한 우정보다는, 과학적 호기심이 더 크게 작용했을 거예요. 결과가 어떻게 될까? 그것이 참으로 미묘한 문제였어요!

내가 베르뜨의 부친에게 천천히 말하였어요.

"옳은 말씀일지도 모르겠습니다…. 시도해 볼 만한 일입니다…. 시도해 보시지요…. 하지만… 하지만… 그러한 혼인에 동의할 남자를 찾기가 어려울 듯합니다."

그가 나지막하게 말하였어요.

"보아둔 사람이 있습니다."

나는 어이가 없었어요. 그래서 조심스럽게 물었지요.
"합당한 사람인가요? 제 말씀은… 선생의 신분에 어울리는 사람입니까?"
"조금도 손색이 없습니다."
"아! 그 사람의 이름을 여쭈어보아도 되겠습니까?"
"그 사람 이야기를 말씀드리고 선생님의 조언을 듣고자 온 것입니다. 상대는 가스똥 뒤 부와 드 뤼쎌입니다!"
나는 자칫 '불쌍한 녀석!'이라고 소리칠 뻔했어요. 하지만 입을 꾹 다물었어요. 잠시 침묵이 흐른 후 내가 또박또박한 어조로 말하였어요.
"예, 아주 좋습니다. 제가 보기에는 손색이 없는 사람입니다."
그 가엾은 사람이 내 손을 꼭 잡으며 말하였어요.
"다음 달에 그들을 혼인시킬 생각입니다."

가스똥 뒤 부와 드 뤼쎌은 지체 높은 가문에서 태어난 말썽꾸러기였는데, 부친의 유산을 탕진하고 온갖 조야한 방법으로 빚을 잔뜩 짊어진 터라, 무슨 수단이든 가리지 않고 돈을 수중에 넣고 싶어 하던 자였지요.

그가 드디어 돈 벌 방도를 찾은 것이지요.

잘생기고 건강한 녀석이었지만 건달이었어요. 혐오스러운 시골 건달이었지요. 하지만 우리가 찾는 신랑감으로는 손색이 없었어요. 후에 한 밑천 주어 떨쳐버리면 그만이니까요.

녀석이 신부의 집에 와서 환심을 사려 애를 쓰며, 아름다운 백치 아가씨 앞에서 공작새처럼 잔뜩 멋을 부리기도 하였어요. 아가씨가 맘에 들었던 모양이에요. 꽃을 들고 오는가 하면, 그녀의 손에 입을 맞추고, 그녀의 발치에 앉아 애정 어린 눈길로 그녀를 바라보기도 하였어요. 하지만 그녀는 그러한 호의에 아무 관심도 보이지 않았으며, 그와 다른 사람들을 구별하지도 못했어요.

드디어 혼례를 치뤘어요.

나의 호기심이 얼마나 날카로웠을지 이해하실 거예요.

혼례식 다음 날 베르뜨를 보러 갔어요. 그녀의 내면에 어떤 동요가 있었는지, 그녀의 얼굴을 관찰하기 위해서였어요. 그녀는 여느 다른 날과 조금도 다름이 없었어요. 오직 시계와 식사에만 열중해 있더군요. 반면 신랑은 그녀에게 홀딱 반해 있었어요. 그래서 어린 고양이에게 하듯 교태도 부리고 가벼운 장난을 치며, 자기 처를 즐겁게 해주고 애정을 자극하려 애를 쓰고 있었어요. 하지만 아무 소용이 없었어요.

그리하여 나는 그 신혼부부를 더욱 자주 방문하였어요. 그러던 중, 얼마 아니 되어, 신부가 남편을 알아볼 뿐만 아니라, 그때까지는 오직 단 음식에게로만 던지던 게걸스러운 시선을, 남편에게도 던진다는 사실을 간파하였어요.

그녀는 남편의 거동을 놓치지 않고 주시할 뿐만 아니라, 층계나 옆방에서 들려오는 그의 발자국 소리를 분별하였고, 그가 방으로 들어서면 손뼉을 쳐댔습니다. 또한 그 순간, 문득 변모된 그녀의 얼굴은 깊은 행복과 욕망의 불꽃으로 환하게 빛났습니다.

그녀는 그를 온몸으로 사랑하였어요. 온 영혼으로, 그 성치 못한 가엾은 영혼을 몽땅 바쳐, 그리고 온 가슴으로, 고마워하는 짐승의 가엾은 가슴을 몽땅 바쳐, 그를 사랑하였어요.

그녀의 사랑은 순박한 정염의 아름답고 천진스러운 영상 그 자체였지요. 관능적인, 그러나 정숙한 정염, 자연이 모든 생명체에 부여한 최초 형태의 정염, 인간이 감정의 온갖 미묘한 차이를 내세워 까다롭게 변질시키고 왜곡시키기 이전의 정염이었어요.

그러나 남편은, 그 열렬하되 말 없는 아름다운 여인에 대해, 얼마 아니 가서 싫증을 내게 되었어요. 그가 낮에 그녀 곁에 머무는 것은 몇 시간에 불과했어요. 그녀에게 밤 시간만 바치면 족하다고 생각한 것이지요.

그녀가 괴로워하기 시작하였어요.

그녀는 아침부터 저녁까지, 오직 벽시계만을 바라보며, 그를 기다렸어요. 이제는 음식에조차 관심을 보이지 않았어요. 남편이 항상, 집에 일찍 돌아오지 않으려고, 끌레르몽이나 샤멜귀용, 루와야 등지를 전전하며 밖에서 식사를 하였기 때문이지요.

그녀의 몸이 점점 야위어졌어요.

다른 모든 생각과 욕망, 기다림, 막연한 희망 등이 그녀의 뇌리에서 몽땅 사라졌어요. 그리하여 남편이 집에 없는 시간들이, 그녀에게는 혹독한 고통의 시간으로 변했지요. 남편은 루와야에 있는 카지노에서 다른 여인들과 밤을 지새운 후, 다음날 동이 틀 무렵에야 집으로 돌아왔어요.

그녀는 남편이 돌아오기 전에는 침상에도 오르지 않았어요. 의자에 꼼짝도 하지 않고 앉아서, 시각들이 새겨져 있는 도자기 문자판 위에서 천천히 규칙적으로 돌고 있는, 가느다란 구리바늘들만 끝없이 바라보았어요.

그의 말발굽 소리가 멀리서 들려오면, 그녀가 의자에서 벌떡 일어서곤 하였지요. 그리고 남편이 방으로 들어서면, 유령 같은 몸짓으로, 자기의 손가락을 쳐들어 시계를 가리켰어요. '얼마나 늦었는지 좀 보아요!' 그렇게 말하는 것 같았어요. 그리하여 남편이, 연정과 질투에 사로잡힌 그 백치 여인을 두려워하기 시작하였어요. 모든 짐승 같은 자들처럼 그 역시 화를 냈어요. 그리고 어느 날 밤, 그자가 드디어 그녀에게 매질을 하였어요.

나를 부르러 사람이 달려왔어요. 고통 때문인지, 노여움 때문인지, 정염 때문인지, 원인은 명확히 알 길 없었으나, 그녀는 끔찍한 발작 증세를 보이며, 울부짖고 또 몸부림치고 있었어요. 그 퇴화한 뇌수 속에서 일어나는 일을 무슨 수로 짐작하겠어요?

나는 그녀에게 모르핀을 주사하여 그녀를 안정시켰어요. 그리고 남편이 그녀 앞에 나타나지 못하도록 하였어요. 결혼이 그녀의 죽음으로 귀결될 것이 뻔했기 때문이지요.

그러자 그녀가 아예 미쳐버렸어요!

그래요. 그 백치가 이번에는 미친 여인으로 변한 거예요. 언제나 남편 생각뿐, 그만을 기다리는 거예요. 온종일 그리고 밤새도록, 깨어 있으나 잠들어 있으나, 지금도, 끊임없이 그를 기다리고 있어요. 그녀가 한없이 수척해지고, 그녀의 고집스러운 시선이 더 이상 시계의 문자판을 떠나지 않는지라, 그녀의 집에 있는 모든 시계를 치워버렸어요. 그녀가 시간을 헤아릴 수 있는 가능성을 그렇게 차단시켰어요. 또한, 지난 날 남편이 어느 순간에 돌아왔는지, 어렴풋한 기억을 끝없이 더듬으며 애쓰는 일이 없도록 하기 위함이었지요. 그렇게 세월이 흐르면, 그녀 속에 있는 추억이 모두 소멸되고, 내가 그토록 힘들여 점화해 놓은 사념의 희미한 빛이 꺼져버릴 것으로 기대해요.

그리고 며칠 전, 작은 실험을 시도하였어요. 나의 회중시계를 그녀에게 주었지요. 그것을 받아 들고 잠시 유심히 살폈어요. 그러더니 무시무시한 소리로 고함을 쳐대기 시작하였어요. 그 작은 기계를 보자, 소멸되기 시작한 기억이 되살아났던 것 같아요.

그녀가 이제는 보기에 딱할 만큼 수척해졌어요.

눈은 움푹 들어갔는데, 형형한 빛을 발산해요. 또한 우리 속에 갇힌 야수처럼 끊임없이 오락가락해요.
 그리하여 창문에 철책을 두르고, 높은 덧창을 설치토록 하였으며, 또 남편이 집 앞 길로 지나가더라도 그녀가 바라보지 못하도록, 방 안에 있는 의자들을 모두 바닥에 고정시키라고 하였지요!
 오! 가엾은 부모님들! 그들의 삶이 얼마나 고통스러울까!

*

 우리들은 동산 위에 도달해 있었다. 의사가 나를 돌아보며 말하였다.
 "여기에서 리용을 한번 바라보시구려."
 칙칙한 도시는 고대 도시의 모습이었다. 도시 뒤쪽으로는 푸른 평지가 끝없이 펼쳐져 있었다. 군데군데 숲이 보이고, 마을들과 또 다른 도시들이 흩어져 있는데, 그 모든 것들 위로 푸르스름한 수증기가 드리워져 있어, 지평선이 더욱 아름다웠다. 나의 오른쪽 멀리 커다란 산들이 길게 뻗쳐 있었는데, 그 일련의 봉우리들 중, 어떤 것들은 둥글고, 어떤 것들은 칼등처럼 선명히 잘려 있었다. 의사가 각 봉우리들과 인근 고장들의 이름을 열거하며, 그것들의 유래를 이야기하기 시작하였다.
 하지만 나는 그의 이야기를 하나도 귀담아 듣지 않았다. 나는 오직 그 미친 여인 생각뿐이었고, 그녀의 모습만이 눈 앞에서 어른거렸다. 그녀가 그 광막한 고장의 하늘을 음산한 정령처럼 선회하고 있는 것 같았다.
 내가 불쑥 물었다.
 "남편은 어찌 되었습니까?"

나의 친구는 조금 놀란 듯, 잠시 머뭇거리다 대답하였다.

"그에게 지급되는 별거 수당을 가지고 루와야에서 살고 있지요. 아주 행복한 듯, 흥청거리며 지내지요."

우리 두 사람은 문득 구슬퍼져서, 말없이 천천히 돌아오고 있었다. 그런데 어느 순간, 혈통 좋은 경주마가 끄는 이륜마차 한 대가, 우리들 뒤쪽에서 달려와 우리들 곁을 신속하게 지나갔다. 의사가 내 팔을 잡으며 말하였다.

"저 사람이에요."

하지만 내가 본 것은, 넓은 어깨 위 한쪽 귀바퀴 위에 비스듬히 얹혀, 먼지구름 속으로 달아나는 회색 모자 하나뿐이었다.

밀회

모자를 머리 위에 얹어 놓고, 외투를 등에 걸친 다음, 검은색 베일 하나로는 코를 감싸고, 비난받아 마땅할 삯마차에 오른 다음 그 위에 한 겹 더 두를 다른 베일 하나는 주머니에 넣어둔 채, 그녀가 밀회 장소로 가기 위하여 집을 나서야 할지 선뜻 결단을 내리지 못하여, 침실에 앉아, 양산 끝으로 자기가 신고 있던 반장화 코를 툭툭 치고 있었다.

하지만 두 해 전부터, 매우 사교적인 증권 중개인인 자기의 남편이 주식거래에 열중하는 그 시각이면, 자기의 정인(情人)인 그 용모 수려한 마르뜰레 자작을 그의 독신자 숙소에서 만나기 위하여, 그녀가 얼마나 여러 차례 그러한 차림을 하였던가!

그녀의 뒤에 걸려 있는 벽시계는 부지런히 매순간을 가리켰고, 창문들 사이 벽에 잇대어 있는 작은 장미목 탁자 위에서는 반쯤 읽은 책 한 권이 하품을 하고 있었으며, 벽난로 위에 놓인 두 귀여운 작센 지방산 화병에 잠긴 작은 꽃다발에서 발산되는 강한 제비꽃 향기가, 살짝 열린 화장실 출입문 틈으로 음험하게 침투한 은은한 마편초 향기와 뒤섞이고 있었다.

  벽시계가 시각을 알렸고—세 시였다—그 소리에 그녀가 벌떡 일어섰다. 그녀가 고개를 돌려 시계의 문자판을 바라본 다음 미소를 지으면서 생각하였다. '그가 벌써 나를 기다리고 있겠지. 그리고 신경질을 부릴 거야.' 그런 다음 침실에서 나와, 심부름꾼 시종에게 늦어도 한 시간 이내에 돌아오겠노라 말하고—거짓말이었다—층계를 따라 내려가 거리로 나서, 정처없이 걸었다.

  5월 하순이었다. 즉, 전원 지역의 봄철이 빠리를 포위한 다음 지붕들을 타고 넘어와 도시를 점령하면서 벽들을 통해 집들을 범하고, 도시 전체가 피어나게 하고, 건물들 정면 석재와 인도의 아스팔트와 차도들의 포석 위에 명랑함을 마구 뿌리고, 그것이 마치 초록색 짙어지는 하나의 숲인 양 도시를 수액 속에 잠기게 하여 도취시키는 것처럼 보이는, 그러한 계절이었다.

  아강 부인은, 조금 걷다가 지나가는 삯마차를 부를 생각으로, 여느때처럼 오른쪽으로 방향을 잡아 프로방스 로를 따라 몇 걸음 옮겼으나, 대기의 부드러움이, 즉 어떤 날 우리의 목구멍으로 들어오는 그 특이한 여름날의 감동이, 어찌나 급작스럽게 그녀의 몸으로 파고들던지, 생각을 바꾸어, 무엇 때문인지는 모르되 트리니떼 교회당[1] 옆 작은 구석 공원의 나무들을 보고 싶은 욕구에 막연히 이끌려, 쇼쎄-당땡 로를 따라 걷기 시작하였다. 그러면서 생각하였다. '쳇! 10분 더 기다리라고 하지!' 그러한 생각이 다시 그녀를 명랑하게 만들었으며, 행인들 속에 섞여 천천히 걸으며 그런 생각을 하니, 몹시 조바심하다가 시계를 쳐다보고, 창문을 열고, 출입문 여닫는 소리에 귀를 기울이고, 잠시 앉았다가 다시 일어서고, 밀회가 있는 날에는 그녀가 금지시켰던지라 감히 담배는 피우지 못하고 절망한 시선을 담배갑 위로 던지고 있는 그의

밀회 181

모습이 보이는 것 같았다.

그녀는, 행인들의 얼굴들과 상점들 그리고 우연히 마주친 모든 것들에 넋을 빼앗긴 채, 점점 더 느린 걸음으로 느긋이 이동하였고, 밀회 장소에 도착하는 것이 어찌나 시들했던지, 상점들의 진열창 앞을 지날 때마다 그곳에서 걸음을 멈출 구실을 찾곤 하였다.

이길 끝에 있는 교회당 앞 작은 구석 공원의 푸른 초목이 그녀를 어찌나 강력하게 유혹하였던지, 그녀가 광장을 건너, 아이들을 가둬둔 우리 같은 그 정원으로 들어가, 온갖 리본으로 치장하고 알록달록하게 꽃처럼 피어난 유모들 속에 섞여, 좁은 잔디밭 주위를 두어 번 돌았다. 그런 다음 의자 하나를 골라 그 위에 앉았고, 종각에 매달린 달처럼 동그란 시계의 문자판 쪽으로 눈을 쳐들어, 시계침 움직이는 것을 물끄러미 바라보았다.

바로 그 순간 세 시 반을 알리는 종소리가 들렸고, 그 차임벨 소리에 그녀의 심장이 기쁨으로 요동쳤다. 반시간을 벌었고, 미로메닐 로에 도달하려면 15분이 소요될 것이며, 어슬렁거리면서 몇 분만 더 보내면,—한 시간! 밀회 시간에서 한 시간이 축날 것이다! 밀회 시간은 겨우 40분쯤 될 것이고, 그러면 밀회가 다시 한 번 끝날 것이다.

맙소사! 그곳에 가는 것이 얼마나 지겨웠던가! 치통 앓는 환자가 치과의사의 진료실로 들어가며 그러듯, 그녀는 두 해 전부터 매주 평균 한 번 갖던 그 모든 밀회의 견딜 수 없는 추억을 심중에 간직하고 있었으며, 따라서 곧 갖게 될 또 다른 밀회에 대한 생각이 그녀를 머리끝부터 발끝까지 괴로움으로 경련시켰다. 물론 치과의사의 치료를 받을 때처럼 고통스러운 것은 아니었으되, 그것이 어찌나 지겨웠던지, 어찌나 귀찮았던지, 어찌나 지루했던지, 어찌나 괴로웠던지, 그것 이외의 모든 것이, 심지어 어떤 수술이라도, 그녀에게는 더 나을 것 같아 보였다. 하지만 그녀는 그곳으로 가고 있었다. 아주 천천히, 마지못해 옮겨 놓는 걸음으로, 멈칫거리면서, 아무데서나 벤치 위에 앉기도 하고, 어슬렁거리면서 가고 있었다. 오! 이번에도 약속을 어기고 싶건만, 지난 달에 두 번이나 연속적으로 그 가엾은 자작으로 하여금 헛되이 기다리게 하였던지라, 감히 그토록 일찍 다시 같은 짓을 저지르지는 못하겠다! 왜 그곳으로 다시 돌아가는 것일까? 아! 왜? 그녀가 일찍이 그러한 습관을 얻었으며, 또한 그 불쌍한 마르뜰레가 그 까닭을 묻는다 해도 그에게 제시할 하등의 이유가 없었기 때문이다![2] 그녀가 왜 시작하였을까? 왜? 그녀 자신도 더 이상 그 까닭을 알 수 없었다. 그를 사랑하였던 것일까? 그럴 수도 있었다! 아주 열렬히가 아니라 조금, 그렇건만 그토록 오랫동안! 그는 멋있었고, 인기 있었고, 우아했고, 친절했던지라, 첫 눈에, 사교계 여인의 완벽한 정인을 표상하기에 추호의 모자람도 없었다. 구애가 석 달 동안 계속되었고―평상적인 기간이었고, 흠절 없는 투쟁이었으며, 충분한 저항이었다―그런 다음 그녀가 승낙하였는데, 미로메닐 로의 중이층에 있는 그 비좁은 독신자 거처에서 이루어진, 그리고 그토록 무수히 반복될 수밖에 없게 된, 그 첫 밀회를 허락하면서 그녀가 겪은 감동과, 경련과, 끔찍하면서 동시에 매혹적인 두려움이 어떠했던가! 그녀의 심정은 어떠했을까? 유혹당하고 제압되어 정복당한 여인의 작은 심장이, 그 소름 끼치는 집의 출입문을 처음으로 통과하면서 무엇을 느꼈을까? 그녀가 그 기억을 더 이상 간직하고 있지 않은 것이 사실이었다! 그것을 이미 망각하였다! 누구든, 어떤 사실이나 날짜나 물건은 기억하되, 매우 가벼웠기 때문에 신속히 날아가 버린 어떤 감동을, 두 해 후에도 기억하는 경우는 별로 없다. 오! 그러나 다른 것들은, 예를 들어 묵주처럼 이어지던 밀회들이나, 하도 힘들고 단조로우며 천편일률적이어서 잠시 후 다시 시작될 것을 생각만 하여도 메스꺼움이 입술까지 올라오게 하는 의식들로 점철된 그 사랑의 십자가 행로 등은, 그녀가 결코 잊지 않았다.

맙소사! 그곳으로 가기 위하여 불러야 했던 삯마차들은, 일상적인 외출을 위하여 사용하는 다른 삯마차들과 같지 않았다! 틀림없이 마부들은 낌새를 챘을 것이다. 그녀는 그들이 자신을 바라보는 태도만 보고도 그 사실을 감지하였으니, 빠리 마부들의 그 눈은 정말 무시무시하다! 밤중에 어느 평범한 길에서 태워 기차역까지 데려다준 범죄자들을, 그 날 낮 동안에도 숱한 손님들을 모셨건만, 여러 해 후 언제든 그들이 재판정에서 즉각 알아본다는 사실을 생각하면, 또한 그들이 다음과 같이 단언할 수 있을 만큼—"제가 지난 해 7월 11일 밤, 마르띠르 로에서 태워, 12시 40분 경 리용 역에 내려준 그 사람이 틀림없습니다!"—그들의 기억력이 정확하다는 것을 생각하면, 하나의 젊은 여인이, 그들 중 아무에게나 자신의 명예를 내맡기면서 밀회 장소에 가는 위험을 감수할 경우, 두려움의 전율을 느끼지 않겠는가! 두 해 전부터 그녀는 그렇게 미로메닐 로에 가기 위하여, 주당 1회씩으로 계산하여도, 그들을 최소한 100번 내지 120번 고용하였다. 중대한 순간에 그녀에게 불리한 진술을 할 수 있을 증언자들을 그만큼 확보해 둔 셈이었다.

삯마차에 오르기 무섭게 그녀는 주머니에서 두껍고 검은 다른 베일을 꺼내어 자신의 눈을 가리곤 하였다. 그것이 얼굴을 감추어 주었으나, 그녀의 드레스나 모자나 양산 등 나머지 다른 것들이 사람들의 시선을 이미 끌지 않았겠는가? 오! 그 미로메닐 로에서 감당하던 고초가 얼마나 컸던가! 그녀의 눈에는 그곳의 모든 행인들과 하인들이, 즉 모든 사람들이 낯설지 않은 것 같았다. 마차가 멈추기 무섭게 그녀는 급히 뛰어내렸고, 항상 자기의 사무실 문 앞에 서 있던 수위 앞을 달음박질하듯 지나가곤 하였다. 바로 그가 모든 것을 알고 있을, 그녀의 주소와 이름과 남편의 직업 등 모든 것을 알고 있을 사람들 중 하나였으니, 그 수위들이 곧 가장 예리한 경찰관들이기 때문이다! 두 해 전부터 그녀가 그를 매수하고 싶어, 언제곤 기회를 살펴, 그의 앞을 지나면서 100프랑 지폐 한 장을 그에게 던져주고자 하였다. 하지만 단 한 번도, 돌돌 말은 그 쪽지 하나를 그의 발치로 감히 던지지 못하였다! 두려웠기 때문이다. —무엇이?—그녀 자신도 그것이 무엇인지 몰랐다!—그가 무슨 영문인지 모르고 자기를 불러 세우지 않을까 두려웠을까? 빚어질 소란이 두려웠을까? 층계 입구에 사람들이 몰려들까 두려웠을까? 그리하여 자기가 체포될까 두려워하였을까? 자작의 거처 출입문에 도달하기 위해서는 층계의 반만 오르면 그만이었으되, 그녀에게는 그것이 쌩-쟈끄 탑[3]만큼이나 높아 보였다! 현관에 들어설 때마다 그녀는 덫에 걸려든 느낌을 받았고, 앞쪽에서건 뒤에서건 작은 소음만 들려도 그녀의 숨이 턱턱 막혔다. 그녀의 퇴로를 막던 수위와 길 때문에 물러설 수도 없었고, 따라서 그 순간 어떤 사람이 내려오면, 감히 마르뜰레가 사는 거처의 초인종을 누르지 못한 채, 마치 다른 곳에 가는 것처럼 그 출입문 앞을 지나치곤 하였다! 그리고 무작정 올라가곤 하였다! 아마 40층까지라도 올라갔을 것이다! 그러다가 계단 곳이 조용해지면, 그 중이층을 알아보지 못할까 몹시 초조해하면서 다시 서둘러 내려오곤 하였다!

비단으로 안을 댄, 매우 멋을 부렸으되 조금 우스꽝스런 벨벳

정장 차림으로 그가 항상 기다리곤 하였는데, 그녀를 맞는 그의 태도는 두 해 전과, 심지어 동작 하나까지, 조금도 다르지 않았다!

그가 출입문을 다시 닫은 다음 즉시 이렇게 말하곤 하였다. "나의 소중한 이여, 나의 사랑스러운 벗님이여, 내가 당신의 손에 입맞추게 해 주시오!" 그런 다음, 겨울철이건 여름철이건 항상 덧창 닫혀 있고 불이 켜진 침실로 그녀를 따라 들어가, 의심할 나위 없이 멋을 부리느라고, 그녀를 찬미하는 기색으로 발끝부터 머리끝까지 바라보면서 그녀 앞에 무릎을 꿇곤 하였다. 초기에는 그러한 행동이 매우 사랑스러웠고 따라서 큰 성공을 거두었다! 하지만 이제 그녀의 눈에는, 들로네[4] 씨가 어느 성공한 작품의 제5막을 일백 이십 번째 공연하는 것쯤으로 보였다. 따라서 그러한 연기에 변화를 줌이 마땅했다.

게다가 그 다음에는, 오! 맙소사! 그 다음에는! 더욱 괴로웠다! 그 가엾은 남자가 자기의 연기에 변화를 주지 않았음은 물론이다! 심성 착하지만 진부한 남자였다…!

침실 하녀의 도움 없이 옷을 벗는 것이 얼마나 어려웠던가! 모처럼 한 번이라면 모르려니와, 그것이 매주 반복될 경우 혐오스러울 수밖에 없다! 아니다, 결코 아니다, 남자가 한 여인에게 그 따위 고역을 요구해서는 아니 될 것이다! 하지만 옷을 벗는 것이 비록 어렵다 할지라도, 반면 옷을 다시 입는 일은 거의 불가능에 가까워, 외마디소리가 터져 나올 지경으로 짜증스럽고, 어색한 기색으로 그녀 주위를 맴돌면서 '도와 드릴까요?'라는 말을 하는 남자의 따귀를 후려치고 싶을 만큼 화가 치민다.—그녀를 돕겠다고? 그래! 무슨 일을? 무엇을 할 수 있단 말인가? 그가 장식핀 하나를 손가락들 사이에 들고 있는 꼴만 보아도 뻔했다.

그녀가 그에게 혐오감을 품기 시작하였던 것은 아마 그러한 순간이었을 것이다. "제가 도와드리기를 원하십니까?" 그가 그렇게 물었을 때, 그녀가 아마 그를 죽일 수도 있었을 것이다. 또한, 두 해 전부터 자신에게 침실 하녀 도움 없이 120차례나 다시 옷을 입으라고 강요한 남자를, 한 여인이 극도로 증오하게 되지 않는다는 것이 가능한 일이겠는가?

물론 그처럼 서툴고 우둔하며 단조로운 남자들은 흔치 않았다. "제가 도와드리기를 원하십니까?" 귀여운 그랭발 남작이었다면 그토록 멍청한 기색으로 그렇게 묻지 않았을 것이다. 그토록 발랄하고 익살스러우며 기지 넘치는 그였다면 그녀를 도왔을 것이다. 차이는 바로 그러한 점이었다! 그는 외교관이었던지라 이 세상 모든 곳을 쏘다녔고, 이 지상의 온갖 전통에 따라 의상을 갖춘 숱한 여인들의 옷을 벗겼다가 다시 입혔을 것이다…!

교회당의 벽시계가 45분을 알렸다. 그녀가 벌떡 일어선 다음 시계를 바라보았고, 홀로 중얼거리면서 미소를 짓기 시작하였다. "오! 그가 몹시 동요되었겠어!" 그런 다음 걸음을 재촉하여 다시 걷기 시작하였고, 작은 구석 공원을 빠져나왔다.

광장으로 나와 채 열 걸음도 옮기지 않았을 때, 신사 하나가 그녀의 정면에 나타나더니 상체를 깊숙이 숙여 인사를 하였다.

"어머나, 당신, 남작 아니세요?" 그녀가 놀라면서 말하였다. 조금 전 뇌리에 떠올렸던 그 사람이었다.

"그렇습니다, 부인."

그러면서 그녀의 건강에 대해 묻고, 이런저런 이야기를 몇 마디 한 다음 이렇게 말하였다.

"오직 부인만이—저와 친분이 있는 부인들 중에서 그렇다는 말씀입니다, 이해하시겠죠?—아직, 제가 일본에서 가져온 수집품들을 보러 오시지 않았습니다."

"하지만 저의 사랑스러운 남작님, 여인의 몸으로 독신 남자의 집을 그렇게 선뜻 방문할 수는 없잖아요?"

"그 무슨 말씀입니까! 희귀한 수집품들을 보러 가는 데, 그러한 생각은 잘못입니다!"

"어떠한 경우라도 여인이 홀로 갈 수는 없어요."

"왜 그럴 수 없단 말씀입니까? 하지만 저는 오직 저의 갤러리만을 보러 홀로 온 숱한 여인들을 접대하였습니다. 저는 매일 그러한 여인들을 맞습니다. 제가 그녀들을 하나하나 거명하기를 원하십니까?―아닙니다―그러지 않겠습니다. 지탄 받을 일 때문이 아니었더라도 사려 깊게 처신해야 하니까요. 원칙적으로는, 진지하고 상류사회에서 명성을 누리고 있는 남자의 집에 드나드는 것이, 오직 고백할 수 없는 이유 때문에 그곳에 가는 경우에만 부적절합니다!"

"사실, 지금 하시는 말씀은 상당히 사리에 맞아요."

"그러니 저의 수집품들을 보러 오십시오."

"언제요?"

"물론 지금 당장."

"불가능해요, 제가 몹시 바빠요."

"그런 말씀 마십시오. 부인께서 저 작은 구석 공원에 앉아 계신지 반시간이나 되었습니다."

"저를 엿보셨어요?"

"부인을 바라보았을 뿐입니다."

"정말이지 제가 몹시 바빠요."

"그러시지 않다고 확신합니다. 별로 바쁘시지 않음을 시인하십시오."

아강 부인이 웃기 시작하더니 고백하였다.

"아니에요… 아니에요…. 별로 바쁘지 않아요…."

삯마차 한 대가 그들을 스치듯 가까이 지나가고 있었다. 젊은 남작이 소리쳤다. "마부!" 그러자 마차가 정지하였다. 남작이 출입문을 열면서 말하였다.

"타십시오, 부인."

"하지만, 남작, 안 돼요, 그럴 수 없어요, 오늘은 불가능해요."

"부인, 신중한 거조가 아닙니다, 어서 타십시오! 사람들이 벌써 우리들을 주시하기 시작하니, 계속 이러시면 구경꾼들이 몰려들 것이고, 제가 부인을 납치하는 것이라 생각하여 우리 두 사람이 경찰에 넘겨질 것입니다. 제발 어서 타십시오!"

그녀가 질겁하여 얼이 빠진 상태로 마차에 올랐다. 그러자 남작이 그녀 옆에 앉은 다음 마부에게 말하였다. "프로방스 로…."

하지만 그녀가 별안간 소스라치듯 말하였다.

"오! 맙소사, 매우 급한 속달 편지 하나를 깜빡 잊었어요. 그러니 우선 저를 가장 가까운 우체국으로 데려다 주시겠어요?"

삯마차가 조금 더 가다가 샤또덩 로에서 멈추었고, 그녀가 남작에게 말하였다.

"저에게 50쌍띰짜리 우편엽서 한 장 가져다주시겠어요? 제가 내일 마르뜰레를 만찬에 초대하겠다고 남편에게 약속하였는데, 까맣게 잊고 있었어요."

남작이 하늘색 우편엽서를 가지고 오자, 그녀가 연필로 다음과 같이 썼다.

나의 다정한 벗님, 저의 몸이 몹시 불편해요. 끔찍한 두통 때문에 침상에 누워 있어요. 외출이 불가능해요. 내일 저녁에 식사하러 오세요. 그렇게 용서를 빌겠어요.

쟌느.

그녀가 풀을 적셔 엽서를 정성스럽게 봉한 다음 주소를 썼다. 〈마르뜰레 자작, 미로메닐 로 240번지〉 그러더니 엽서를 남작에게 다시 주며 말하였다.
"이제 이것을 속달우편함에 던져 넣어주시겠어요?"

어떤 이혼

샤쎌 부인의 변호사가 변론을 시작하였다.

재판장님,
판사님들,

제가 여러분 앞에서 변론을 맡게 된 사건은 사법보다 오히려 의학의 영역에 속하며, 법률적 사건을 구성한다기보다는 병리현상에 기인한 사건으로 봄이 타당할 것입니다. 그 진상은 언뜻 보기에 아주 단순합니다.

매우 부유하며, 열렬하고 고아한 영혼의 소유자이며, 심정 너그러운 어느 젊은이가, 아름다울 뿐만 아니라 그 아름다움에 못지않게 사랑스럽고, 우아하고, 매력적이고, 착하고, 다정한 처녀에게 연정을 품어, 결국 그녀와 혼인을 합니다. 혼인 후 얼마 동안은, 그녀에게 자상함과 애정 넘치는 남편의 거조를 보입니다. 그러다가 부인을 소홀히 대하고, 학대하며, 그녀에 대해 극복할 수 없는 거부감과 억제할 수 없는 혐오감을 느낍니다. 심지어 어느 날, 그녀에게 매질을 가합니다. 그러면서도, 그 이유는 물론 구실마저 밝히지 않습니다.

아무도 이해할 수 없는 그 기괴한 행태를 여러분께 상세히 묘사하지는 않겠습니다. 그 두 사람이 함께 영위하는 고약한 삶과, 특히 젊은 여인이 당하는 끔찍한 괴로움을, 새삼 여러분 앞에 늘어놓지는 않겠습니다.

그 가엾은 남자, 그 가엾은 미치광이가 날마다 적어놓은 일기 몇 단락을 여러분께 읽어드림으로써, 사실은 충분히 입증할 수 있으리라 사료됩니다. 왜냐하면, 여러분, 우리들은 지금 한 미치광이와 마주앉아 있기 때문입니다. 또한 이번 사건은, 바이에른 왕국을 플라톤적으로 통치하시다가 근자에 타계하신, 그 기괴하고 가엾은 군주의 발작증세를 여러 측면에서 상기시킨다는 점에서, 그만큼 더 기이하고 관심을 증대시키는 사건입니다.[1] 저는 그러한 현상을 시적 광증이라 명명하고 싶습니다.

여러분들 역시, 그 특이한 군주에 대해 들으신 바를 기억하실 것입니다. 그는 왕국 내에서 풍광이 가장 빼어난 곳에, 요정의 나라에나 있을 법한 성을 짓게 하였습니다. 그곳 풍경의 아름다움만으로는 만족할 수 없어, 그는 이미 현실 같지 않은 그 성에, 시각적 변화, 숲 그림, 나뭇잎들이 모두 보석인 옛날 얘기 속의 나라 등, 극장의 무대장치 기술을 이용하여, 인조 지평선을 만들어 놓았습니다. 그는 알프스의 준령들과 만년설, 러시아의 대초원, 태양 아래 타버린 사막도 빼놓지 않았습니다. 또한 밤이면, 달빛을 받은 호수 밑에서, 환상적인 전등 빛이 호수를 밝히기도 하였습니다. 호수에서는 백조들이 유유히 떠다니고, 곤돌라들이 미끄러지듯 움직이는데, 한편에서는 세계에서 가장 뛰어난 연주가

들로 구성된 오케스트라가, 아름다운 노래로 미치광이 군주를 도취경으로 몰아넣고 있었습니다.

그 군주는 정결했고, 또한 숫총각의 동정을 간직하고 있었습니다. 그는 오직 자기의 꿈만을 사랑하였습니다. 신성한 꿈이었습니다.

어느 날 저녁, 그는 작은 배에 젊고 아름다운 여인을 태웠습니다. 그녀는 명성 높은 예술가였고, 그가 그녀에게 노래 한 곡을 청하였습니다. 그녀는 아름다운 풍경과 대기의 포근한 부드러움, 꽃향기, 젊고 수려한 군주의 황홀경에 잠긴 모습 등에 도취되어 노래를 불렀습니다.

그녀는 연정에 사로잡힌 여인들처럼 노래를 불렀습니다. 그러더니 격정에 사로잡혀, 온몸을 파르르 떨며 군주의 품으로 쓰러졌고, 군주의 입술을 갈망하였습니다.

하지만 군주는 그녀를 호수로 던진 다음, 누가 그녀를 구해내든 말든 관심조차 보이지 않고, 호수의 둑으로 배를 저어갔습니다.

고매하신 재판관 여러분, 우리들은 오늘 그와 유사한 사건을 앞에 놓고 있습니다. 이제 저는, 그의 책상 서랍에서 우연히 발견된 일기 몇 구절을 여러 분들께 읽어드리는 것으로, 저의 진술을 대신할까 합니다⋯.

*

모든 것이 서글프고 추하며, 언제나 그게 그것이고, 언제나 밉살스럽구나! 나는 더 아름답고, 더 고아하며, 더 다양한 세계를 그토록 꿈꾸건만! 그들의 신이 정말 존재한다면, 혹은 그런데도 그 신이 이곳 아닌 다른 곳에 다른 것들을 창조해 놓지 않았다면, 그 신의 상상력은 초라하기 짝이 없구나!

　언제나 보잘것없는 숲들, 그게 그것인 강들, 평원들! 모든 것이 비슷하고 단조롭구나! 그리고 인간이라는 것은! 인간이라고? 사납고, 오만하고, 메스껍고… 얼마나 소름끼치는 동물인가…!

*

　사랑해야 한다. 사랑하는 것을 보지도 말고 미친 듯이 사랑해야 한다. 본다는 것은 곧 이해한다는 뜻이며, 이해한다는 것은 경멸함을 의미하기 때문이다. 술에 취하여 결국에는 자기가 무엇을 마시는지조차 모르듯, 그렇게 여인에 취하여 사랑해야 한다. 그리고, 숨 돌릴 겨를 없이, 밤이나 낮이나, 마시고 또 마실 일이다…!

*

　드디어 발견하였다. 발견한 것 같다. 그녀에게는 이상적인 그 무엇이 있다. 이 세상의 것이 아닌 듯하며, 그것이 나의 꿈에 날개를 달아준다. 아! 나의 꿈, 그것이 나에게 뭇 존재를 실제의 모습과 다르게 보여준다. 그녀는 금발이다. 엷은 금발이며, 각 모발 사이에는 형언할 수 없는 색조의 차이가 있다. 그녀의 눈은 푸르다! 오직 푸른 눈만이 나의 영혼을 빼앗아간다. 내 가슴 속 깊숙한 곳에 있는 여인, 그 여인의 전부가, 눈 속에, 오직 눈 속에만 나타난다.

　오! 신비여! 무슨 신비냐고? 눈이냐고…? 온 우주가 눈 속에 있다. 눈이 우주를 보고 또 그것을 반사하기 때문이다. 눈이 우주를, 사물들과 존재들을, 숲들과 바다를, 인간들과 짐승 들을, 석양을, 별들을, 온갖 예술을, 모든 것을 간직한다. 눈이 모든 것을 보고, 거두고, 가져가버린다. 그것들 이외에도 눈 속에는 다른 것들이 더 있다. 그 속에 영혼이 있고, 생각하는 사람, 사랑하는 사람, 웃는 사람, 괴로워하는 사람이 있다! 오! 여인들의 푸른 눈을 보라! 바다처럼 깊고 하늘처럼 변화무쌍한 눈을! 그토록 부드러운, 미풍처럼, 음악처럼, 입맞춤처럼 부드러운 눈! 그리고 그 투명한 눈을! 어찌나 맑은지 그 뒤에 있는 영혼이 보이는데, 그 푸른 영혼이 눈을 푸르게 물들이고, 눈에 활기를 주며, 눈을 신성하게 해준다.

그렇다. 영혼은 시선의 색깔을 가지고 있다. 오직 푸른 영혼만이 꿈을 간직하고 있으며, 그 영혼은 자기의 하늘빛을 파도와 창공에서 취하였다.

눈! 눈에 대해 생각해보라! 눈! 눈은 외면적인 삶을 마시고, 그것으로 사유의 자양을 삼는다. 눈은 세상과 색깔, 움직임, 책들, 그림들, 모든 아름다운 것과 모든 추한 것을 마시며, 그것들로 사상을 만들어낸다. 그리고 그 눈이 우리를 바라보면, 우리는 이 지상의 것 같지 않은 행복감을 느낀다. 눈은 우리가 영영 모르고 지나칠 것을 예감토록 해준다. 또한 우리 꿈들의 실체가 경멸스러운 쓰레기임을 깨닫도록 해준다….

*

나는 또한 그녀의 걸음걸이 때문에 그녀를 좋아한다.

"새가 걸어다닐 때에도, 새에게 날개가 있음을 느낀다." 어느 시인의 말이다.

그녀가 곁을 지나가면, 보통 여인들과는 다른 종족, 더욱 가볍고 더욱 신성한 종족에 속한 여자라는 느낌을 받는다….

내일 그녀를 아내로 맞는다… 두렵다… 많은 것들이 두렵다….

*

두 짐승, 가령 개 두 마리, 늑대 두 마리, 여우 두 마리가 각자 숲속에서 쏘다니다가 마주친다. 하나는 수컷이고 하나는 암컷이다. 그들은 짝짓기를 한다. 짐승적 본능에 이끌려 짝짓기를 한다. 그리고 그 본능의 강압에 못 이겨, 고유의 형태와 털, 체구, 동작, 습성 등을 가진 종족의 존속에 헌신한다.

모든 짐승들이 그렇게 한다. 그 이유도 모르면서! 우리들 역시…. 내가 그녀를 아내로 맞으면서 그 짓을 한 것이다. 우리를 암컷에게 처박는 그 멍청한 열광에 내가 순종한 것이다. 이제 그녀는 나의 여인이다. 내가 그녀를 이상적인 대상으로 갈망하던 동안에는, 그녀가 나에게는 실현될 수 없는 그러나 거의 실현에 가까워진 꿈이었다. 하지만 그녀를 내 품에 안는 순간부터는, 자연이 나의 꿈을 속이기 위하여 동원한 존재에 불과해졌다.

그녀가 나의 꿈을 속였는가?—아니다. 하지만 그녀가 지긋 지긋하다. 형언할 수 없는 메스꺼움이, 손이나 입술로 그녀를 건드릴 때마다, 나의 속을 뒤집어 놓을 만큼 지긋지긋하다. 아마 그녀에 대한 메스꺼움은 아닐지도 모른다. 더 높고, 더 크고, 더 경멸스러운 메스꺼움, 연정에 들뜬 포옹에 대한 메스꺼움이다. 그 포옹은 하도 추하여, 모든 섬세한 사람들에 게는 그것이 수치스러운 행동, 얼굴을 붉히며 음성을 낮춰 이야기하고 또 감춰야 할 것이 되어버렸다…

*

나는 나의 여자가, 미소와 시선과 팔짓으로 나를 부르며, 나에게로 다가오는 것을 차마 눈 뜨고 볼 수 없다. 더 이상은 불가능하다. 지난 날에는 그녀의 입맞춤이 나를 하늘로 실어갈 것으로 믿었다. 어느 날 그녀가 잠정적인 열 때문에 자리에 누웠다. 나는 그녀의 숨결에서 부패한 시신으로부터 발산되는 약하고 기묘하며 거의 포착할 수 없는 기운을 느꼈다. 나는 커다란 혼란에 휩싸였다!

*

 오! 그 살, 고혹적이고 살아 있는 퇴비 덩어리! 걸어다니고, 생각하고, 말하고, 바라보고, 미소 짓고, 그 속에서 음식물이 발효하고, 발그레하고, 귀엽고, 유혹하고, 유령처럼 속이는, 썩고 있는 덩어리⋯.

*

 어찌하여 오직 꽃들만이, 그 색이 화려하기도 하고 창백하기도 한 커다란 꽃들, 그 색조와 색깔이 나의 가슴을 전율케 하고 나의 눈을 어지럽히는 꽃들만이, 그토록 좋은 향기를 발산할까? 꽃들은 그 구조가 섬세하고, 다양하고, 육감적이고, 생식기처럼 살짝 열려 있고, 입보다 더 고혹적이며 아름답다. 그리고, 둥글게 말리고, 레이스로 장식하였으며, 살이 실하고, 생명의 씨앗을 뿌려놓은 입술에 대비되어, 더욱 깊숙해 보인다. 또한 그 각 생명의 씨앗 속에서는 서로 다른 향기가 잉태된다.

 오직 꽃들만이, 이 세상에서 오직 그것들만이, 자기들의 범접할 수 없는 종족의 보존을 위해, 어떤 더러움도 용납하지 않고 번식한다. 그러면서, 자기들 간의 사랑에 사용되는 신성한 향료, 즉 애무하는 동안 흐르는 향기로운 땀을, 사방으로 발산한다. 또한 그 땀은, 비할 데 없이 아름다운 그들의 몸뚱이, 온갖 우아함과 온갖 멋, 온갖 형태로 치장하고, 온갖 색깔의 교태와 온갖 향기의 어지러운 마력을 구비하고 있는, 그 몸뚱이의 정수이다⋯.

다음은 6개월 후의 일기에서 발췌한 것입니다.

*

나는 꽃들을 좋아한다. 물론 단순한 꽃으로서가 아니라, 매혹적인 물질적 존재로서 좋아한다. 나는, 하렘의 여인들 감추듯 꽃들을 감추어둔 온상 속에서 밤낮을 보낸다.

나 이외에 또 누가 있어, 그 애정의 달콤함과, 광증과, 육감적이고 이상적이며 초인적인, 그 전율하는 희열을 알겠는가? 또한 그 찬탄할 만한 꽃들의 발그레하고, 붉고, 하얀 살, 기적적으로 서로 다르고, 예민하고, 귀하고, 섬세하며 기름진 살과의 입맞춤을 알겠는가?

나는 온상을 가지고 있는데, 나와 관리인 이외에는 아무도 그 속에 들어갈 수 없다.

나는 은밀한 쾌락의 장소에 잠입하듯 그곳에 들어간다. 높다란 유리 회랑 안으로 들어서면, 나는 먼저 두 무리의 꽃부리들 사이를 지나는데, 한 무리는 아직 닫혀 있고, 바닥에서 지붕 쪽으로 경사를 이룬 곳에는 반쯤 열렸거나 활짝 핀 무리가 도열해 있다. 그 꽃들이 나에게 첫 키스를 보낸다.

내 신비한 열정의 혈관을 장식하고 있는 그것들, 그 꽃들은 나의 하녀들일 뿐, 나의 총희들은 아니다.

내가 지나가는 동안, 그것들은 자기들의 화려함과 싱싱한 발 산물로 나에게 인사를 올린다. 모두들 귀엽고 교태 넘치며, 왼쪽과 오른쪽 모두 여덟 층으로 놓여 있는데, 어찌나 촘촘히 놓여 있는지, 내 발밑까지 펼쳐진 정원 같다.

그것들은 보기만 해도 가슴이 두근거리고 눈에 불이 붙는다. 나의 혈관 속에서는 피가 요동질을 하고, 내 영혼이 열광하며, 나의 두 손은 그것들을 만지고 싶은 욕망에 벌써부터 파르르 떤다.

나는 그것들 앞을 지난다. 높다란 회랑 안쪽 끝에는 닫혀 있는 문 셋이 있다. 내 뜻대로 고를 수 있다. 나에게는 하렘 셋이 있다.

하지만 난초 하렘으로 가장 자주 들어간다. 나를 잠들게 해주는 것들 중, 내가 특히 총애하는 것들이다. 그것들의 침실은 나지막하고, 그 속에 들어가면 숨이 막힐 지경이다. 눅눅하고 뜨거운 공기 때문에 피부가 축축해지고, 목구멍이 헐떡거리며, 손가락들이 부들부들 떤다. 그 기이한 처녀들은, 무겁고 불결한 늪들로 뒤덮인 나라에서 왔다. 그녀들은 쎄이렌들처럼 고혹적이고, 독약처럼 치명적일 뿐만 아니라, 경탄할 만큼 기이하고, 자극적이며, 무시무시하다. 그녀들 중에는 커다란 날개와 가느다란 다리, 그리고 눈을 가진 나비처럼 생긴 것들도 있다! 그것들은 정말 눈을 가지고 있다! 경이롭고 현실로 믿어지지 않는 존재들, 요정들, 신성한 대지와 촉지할 수 없는 공기, 그리고 뜨거운 빛, 즉 이 세계의 진정한 어머니로부터 태어난 딸들, 그녀들이 나에게 시선을 보내고, 나를 발견한다. 그렇다. 그녀들에게는 날개와 눈이 있다. 그리고 어느 화가도 흉내 낼 수 없는 미묘한 색조와 모든 매력, 우아함, 상상할 수 있는 모든 형태가 있다. 그녀들의 허리는 스스로 잘록해지며, 향기 넘치고, 투명하고, 사랑을 위해 활짝 열려, 여인들의 어떤 살보다도 매혹적이다. 그녀들의 작은 몸뚱이들이 그리는, 상상조차 할 수 없는 윤곽은, 나의 도취한 영혼을, 이상과 이상적인 관능의 낙원으로 던져 넣는다. 그녀들은 자기들의 줄기 위에서, 금방이라도 날아오를 듯 파르르 떤다. 날아올라 나에게로 올까? 아니다. 나의 가슴이, 사랑에 고통 받는 신비한 수컷처럼, 그녀들 위로 날아다닐 것이다.

    어느 짐승의 날개도 그녀들을 스칠 수 없다. 내가 그녀들을 위해 지은 밝은 감옥 속에는, 그녀들과 나, 오직 우리들뿐이다. 나는 그녀들을 바라보고 응시하며, 그녀들 하나하나를 차례대로 찬미하고 사랑한다.

    그녀들은 어찌도 그리 포동포동하고 깊숙하고 발그레한지! 욕망으로 인해 입술이 젖을 만큼 발그레하다! 내가 그것들을 얼마나 사랑하는지! 그것들의 꽃받침 가장자리는 곱슬거리며, 목 부위보다 더 창백한데, 꽃부리가 그 속에 자신을 감춘다. 꽃부리는, 신비하고 고혹적이며, 그 혀 밑이 달콤한데, 냄새 좋고 말 없는 그 신비한 것들의, 예민하고 아름다 우며 성스러운 생식기를 보여주다가는 다시 감춘다.

나는 가끔 그것들 중 하나에게 정염을 품는데, 그 정염은 그것이 존속하는 한, 즉 며칠 밤낮 동안 지속된다. 그것들 중 하나를 사랑하게 되면, 나는 그것을 공동의 거처로부터 들어내어, 예쁜 유리함 속에 가둔다. 유리함 속에는, 태평양의 섬에서 가져온 열대 잔디를 심었고, 한 줄기 물이 그 작은 잔디밭을 헤작이며 감돈다. 그러면 나는, 그것이 곧 죽을 것이라는 사실을 아는지라, 더욱 뜨거워지고, 열에 들뜨고, 더욱 괴로워하며 그 곁에 머문다. 그리고는 그것을 소유하고, 호흡하고, 마시고, 형언할 수 없는 애무로 그것의 짧은 생을 거두며, 그것이 시드는 것을 바라본다…

일기를 낭독한 다음 변호사가 진술을 계속하였다.
"재판관 여러분, 존중해야 할 예절과 품위가 있는지라, 수치스러운 이상주의자인 광인의 기이한 고백을, 더 이상은 여러분께 읽어드릴 수 없습니다. 제가 생각하기에는, 이러한 정신병의 증상을 판단하는 데 있어, 읽어드린 몇 구절이면 족하다고 여겨집니다. 더구나, 히스테리성 광증과 부패한 타락이 만연된 우리 시대에는, 이러한 정신병이 의외로 혼합니다.

따라서, 부군의 기이한 인식적 혼란이 초래한 특이한 상황을 고려할 때, 저의 의뢰인은, 다른 어느 여인보다, 이혼을 요구할 권리가 있다고 사료됩니다."

현명한 남자

블레로는 나의 어릴 적 친구이며, 가장 친한 동무였다. 우리 둘 사이에는 비밀이란 것이 없었다. 우리들은 심정과 영혼의 깊은 친밀감으로 묶여 있었다. 형제간의 친밀감이었고, 서로에 대한 완벽한 신뢰였다. 그가 나에게는 자기의 가장 미묘하고 어려운 생각까지, 심지어 자신에게마저 고백하기 어려운 양심 상의 수치감까지, 모두 털어놓곤 하였다. 나 또한 그에게는 그렇게 하였다.

그는 자기의 모든 사랑을 나에게 고백하였고, 나 또한 내가 겪는 사랑은 빠뜨리지 않고 모두 그에게 고백하였다.

그가 결혼을 하겠다고 나에게 알렸을 때, 나는 배신을 당한 듯 상처를 받았다. 우리 두 사람을 결합시켜주던, 우애 깊고 완벽했던 정이 끝났다고 여겨졌기 때문이다. 그의 부인이 우리 두 사람 사이에 끼어들었던 것이다. 잠자리의 친밀함이란, 심지어 부부간의 사랑이 식었을 때라도, 일종의 공모 혹은 신비한 동맹관계를 두 사람 사이에 맺어주는 법이다. 남자와 여자는 그 친밀함으로 인해, 여타 모든 사람을 의심하는 조심스러운 공모자로 변한다. 그러나 내외간의 입맞춤이 그토록 단단하게 조여준 인연의 끈도, 여자가 다른 연인을 두는 순간 문득 풀려버리고 만다.

나는 블레로의 결혼식을 어제의 일처럼 기억하고 있다. 나는 그의 결혼 약정식에는 참석하지 않았다. 그 번거로운 행사들이 나의 취향에 맞지 않았기 때문이다. 그리하여 시청과 교회에서 거행된 혼례식에만 참석하였다.

그의 아내는 내가 모르던 여자였다. 키가 크고 금발에 조금 마른 편이며 귀엽게 생겼는데, 모발과 안색과 눈동자와 손의 색깔이 모두 창백했다. 걸을 때에는 몸이 가벼운 물결처럼 일렁거려, 마치 조각배에 실려가는 듯하였다. 앞으로 나아가며 길고 우아한 절을 연속적으로 하는 것 같았다.

블레로는 그 여인에게 푹 빠져 있는 것 같았다. 혼례식 도중에도 그녀에게서 눈을 떼지 못하였다. 그녀에 대한 무절제한 욕망이 그의 내면에서 파르르 떨리고 있음을 느낄 수 있었다.

며칠 후 그를 보러 갔다. 그가 나에게 말하였다.

"내가 얼마나 행복한지, 자네는 상상도 못할 걸세. 나는 그녀를 미친 듯이 좋아한다네. 그뿐만 아니라 그녀는… 그녀는…."

그는 미처 말을 끝맺지도 못하고, 손가락 둘을 자기의 입술에 가져다대며 어떤 시늉을 하였다. 신비롭고 매혹적이며 완벽할 뿐만 아니라, 다른 많은 것이 있다는 뜻이었다.

내가 웃으며 물었다.

"그토록이나?"

그가 대답하였다.

"자네가 상상할 수 있는 것은 모두!"

그가 나를 자기의 처에게 소개하였다. 그녀는 나를 정감 있고 친숙하게 대했으며, 자기의 집을 내 집처럼 여기라 하였다. 하지만 나는, 블레로가 더 이상 나의 것이 아님을 느꼈다. 우리의 친밀함에 선명한 틈이 생겼다. 화제를 찾는 것조차 어려워졌다.

나는 그의 곁을 떠났다. 그리고 동방 여행길에 올랐다. 돌아오는 길에 러시아, 도이칠란트, 스웨덴, 홀랜드를 경유하였다.

18개월이 지나서야 빠리로 돌아왔다.

도착한 다음날, 빠리의 공기를 다시 쐬고 싶어 어느 거리를 어슬렁거리는데, 창백하고 수척한 남자 하나가 반대편에서 오고 있었다. 블레로를 닮은 남자였다. 나는 놀라고 불안한 마음으로 그를 바라보며 생각하였다.

'녀석일까?'

그가 나를 보더니 외마디 소리를 지르며 두 팔을 벌렸다. 나도 팔을 벌렸다. 그리고 대로상에서 우리는 열렬히 포옹하였다.

드루오 로에서 보드빌까지 몇 번 오갔는데, 그는 벌써 기진한 것 같았다. 헤어질 때 내가 그에게 물었다.

"자네 건강이 좋지 않은 것 같네. 어디 불편한 데라도 있는가?"

그가 대답하였다.

"그렇다네, 조금 불편해."

외양만 보아서는 곧 죽을 사람 같았다. 그 순간, 그토록 귀하고 오래 사귄 유일한 친구로 향하여, 나의 가슴 속에서는 애틋한 정이 파도처럼 치솟았다. 내가 그의 손을 잡으며 다시 물었다.

"도대체 무슨 일이야? 고통이 심한가?"

"아니야, 조금 피곤할 뿐이야. 아무것도 아니라네."

"의사는 뭐라고 하던가?"

"빈혈이라고 하면서, 철분과 붉은 고기를 섭취하라더군."

그 순간 의혹이 나의 뇌리를 스쳤다. 내가 다시 물었다.

"자네 행복한가?"

"그럼, 아주 행복하다네."

"부족함 없이?"

"완벽하다네."

"자네 부인은 어떤가?"

"매혹적이지. 그녀를 과거 어느 시절보다도 더 사랑한다네."

하지만 그 순간 그가 얼굴을 붉혔다. 그는 내가 다른 질문을 더 하지 않을까 염려되어, 무척 당황하는 기색이었다. 나는 그의 팔을 움켜잡고, 그 시각 손님이 뜸한 어느 까페로 들어갔다. 그를 억지로 자리에 앉힌 다음, 그의 눈을 뚫어지게 바라보며 물었다.

"이보게, 르네, 나에게 진실을 말해주게."

그가 우물거리며 대답하였다.

"자네에게 더 할 말이 없다네."

내가 단호한 어조로 다그쳤다.

"자네의 말은 사실이 아니야. 자네는 앓고 있어. 마음의 병이야, 틀림없이, 그렇건만 아무에게도 비밀을 차마 털어놓지 못하고 있어. 어떤 고민이 자네의 육신을 갉아먹고 있어. 제발 그 고민을 내게 털어놓게. 어서! 기다리겠네."

그가 다시 얼굴을 붉히더니, 외면하면서 몇 마디 우물거렸다.

"얼빠진 소리지…! 하지만 나는…. 나는 끝장났다네!"

그리고 다시 입을 다물길래, 내가 재촉하였다.

"가관이군, 이보게, 어서 말을 해 봐."

그러자 그가 퉁명스럽게 내뱉었다. 괴롭지만 단 한 번도 드러내지 않던 생각을 급히 토해내는 것 같았다.

"젠장, 얘기하겠네! 나는 나를 죽이는 여자를 아내로 맞아들였네… 바로 그거야."

나는 그것이 무슨 뜻인지 알아들을 수가 없었다. 그리하여 다시 물었다.

"그녀의 소행으로 인해 불행한가? 그녀가 밤낮없이 자네를 괴롭히는가? 도대체 어떻게? 무슨 일을 가지고?"

그가 힘없는 음성으로 우물거렸다. 마치 엄청난 죄를 고백하는 것 같았다.

"그런 것이 아니라… 내가 그녀를 너무 바친다네."

그 뜻밖의 고백에 나는 정신이 얼떨떨해졌다. 그 다음 순간, 터져 나오는 웃음을 억제하기가 고통스러웠다. 웃음을 참으며 겨우 한 마디 하였다.

"하지만, 내 생각에는… 자네가 애써… 그녀를 덜 바치면 되겠네그려."

그의 얼굴이 다시 창백해졌다. 그러더니, 전처럼 가슴을 열고 모든 것을 털어놓겠다고 하였다.

"아니야. 내 능력 밖의 일일세. 그래서 나는 죽네. 내가 그것을 잘 알아. 나는 죽어가고 있어. 내가 나 자신을 죽이고 있는 거야. 또한 두렵다네. 어떤 날은, 오늘처럼, 그녀 곁을 떠나고 싶네. 살기 위하여, 조금 더 오래 살기 위하여, 그녀 곁을 영영 떠나 이 세상 끝까지라도 가고 싶네. 그렇건만 저녁때가 되면, 내 의지와는 상관없이, 괴로운 마음으로, 주춤주춤 집으로 돌아간다네. 층계를 천천히 올라가 초인종을 누른다네. 그녀가 소파에 앉아 있다가 나를 반긴다네. '늦으셨군요!' 그녀가 반기며 하는 말이지. 내가 그녀를 포옹한 다음, 함께 식탁 앞에 앉지. 식사를 하면서도 시종 한 가지 생각만 한다네. '식사를 마치고 나가서, 행선지가 어디건 기차를 타야지.' 그러나 식사를 마치고 거실로 돌아오면, 피곤이 나를 어찌나 심하게 짓누르는지, 다시 일어설 용기마저 생기지 않는다네. 결국 주저앉고, 그 다음에는… 항상 욕망에 굴

현명한 남자 205

복한다네….”

나는 웃음을 참을 수가 없었다. 그러자 그가 이야기를 계속하였다.

"자네는 웃지만, 정말이지 끔찍하다네."

"왜 자네 부인에게 그 사실을 이야기하지 않는가? 괴물이 아닐진대, 그녀도 이해할 걸세."

내가 그렇게 조언하자, 그가 어이없다는 듯 어깨를 으쓱하며 반박하였다.

"오! 자네는 아주 쉽게 말하는군. 그녀에게 말하지 않는 이유는, 내가 그녀의 특이한 체질을 잘 알기 때문이야. 특수한 여인들을 두고 사람들이 하는 말을 혹시 들어보았나? '이제 세 번째 남편이야!' 그래, 그렇지 않나? 그래서 조금 전에 자네도 웃었지. 그런데 그러한 이야기가 사실이라네. 무슨 수가 있겠나? 그것은 그녀의 잘못도 내 잘못도 아니라네. 자연이 그렇게 만들어 놓았기 때문에 그녀가 그러한 걸세. 여보게, 그녀는 메쌀리나의 기질을 가지고 태어났네. 그 사실을 그녀 자신은 모르는데 나는 알고 있다네. 내가 불운한 걸세. 게다가 그녀는 매력적이고 온순하며 다정할 뿐만 아니라, 나를 소진시키는 그 광란적인 애무를 자연스럽게 절제된 애무라고 생각한다네. 그녀는 언제나 철부지 기숙생 같다네. 아니, 실제로 아무것도 모른다네. 아! 가엾은 것! 오! 날마다 굳게 결심한다네. 하지만 그녀의 시선 한 번이면 그만이라네. 그 시선에서 입술의 뜨거운 욕망을 읽는 순간, 나는 즉시 휩쓸려든다네. 그러면서도 나 자신에게 다짐한다네. '이번이 마지막이야. 이 죽음의 키쓰를 더 이상 용납할 수 없어.' 그리고 나서도 또 다시 휩쓸려들면, 오늘처럼 밖으로 나와, 죽음을 생각하며 무작정 걷는다네. 또한 나는 이제 영 가망이 없으며, 끝장난

놈이라고 믿기도 한다네. 어제는 마음이 하도 괴로워, 뻬르-라쉐즈 묘지를 찾아가 잠시 거닐었네. 도미노처럼 줄지어 서있는 무덤들을 바라보며 생각하였네. '나도 머지않아 저 사이에 끼겠군.' 나는 아프다고 하며 그녀로부터 도망칠 결심을 하고 집으로 돌아왔네. 그러나 실행에 옮기지 못하였네. 오! 자네는 모를 거야. 니코틴에 중독성이 있다 해서, 그 기분 좋고 치명적인 습관을 버릴 수 있는지, 흡연자들에게 물어보게. 누구든, 일백 번이나 시도했으나 성공하지 못하였다고 할 걸세. 그리고 한 마디 더 할 걸세. '할 수 없지. 차라리 흡연으로 인해 죽는 편을 택하겠어.' 내가 바로 그 꼴이라네. 그러한 정염이나 습관에 한번 걸려들면, 몸뚱이를 송두리째 바쳐야 하네."

그가 일어서며 나에게 악수를 청하였다. 격렬한 노여움이 나를 엄습하였다. 그 여인에 대한, 모든 여인에 대한, 무심하고 남자를 호리며 무시무시한 그 존재에 대한, 증오 서린 노여움이었다. 그가 떠나려고 외투 단추를 채우고 있었다. 내가 노골적으로 한 마디를 그의 면전에서 쏟아냈다.

"제기랄, 자네가 그렇게 죽어가느니, 차라리 그녀에게 정부들을 구해 주게나."

그는 이번에도 어이없다는 듯, 어깨를 한번 으쓱해 보이고는, 아무 대답 없이 돌아갔다.

그 후 6개월 동안 그를 만나지 못하였다. 그리고 아침마다, 혹시 부고가 날아들지 않을까 하는 생각으로, 마음의 준비를 하곤 하였다. 하지만 그의 집으로는 발길을 돌리지 않았다. 그 여인과 그에 대한 경멸감과 노여움, 짜증 등, 복잡한 심정 때문이었다.

어느 화창한 봄날, 샹젤리제로 산책을 나갔다. 우리의 내면에서 은밀한 희열이 꿈틀거리게 하고, 우리의 눈에 불꽃이 일게 하며, 우리에게 생명의 힘찬 행복을 쏟아부어주는, 따스한 오후였다. 누군가가 내 어깨를 툭 쳤다. 돌아서서 보니 그였다. 분명 그였는데, 불그레한 얼굴에 살집이 좋고, 아주 건강해 보일 뿐만 아니라 배도 불룩했다.

그가 기쁨에 겨워 두 손을 내밀며 소리쳤다.

"드디어 만났군, 배신자!"

나는 너무나 놀라서 넋을 잃고 그를 바라보았다.

"하지만… 그래. 젠장, 축하하네. 6개월 전보다는 많이 변했네그려."

그의 얼굴이 별안간 빨개졌다. 그러더니 억지로 웃으며 말하였다.

"할 수 있는 짓이라면 해보는 것 아니겠는가!"

내가 그를 유심히 바라보자, 몹시 거북한 것 같았다.

"그래…. 이제 치유되었나?"

내가 물었다.

그가 얼른 우물거리며 대답하였다.

"그래, 완전히 치유되었어. 고맙네."

그러더니 문득 어조를 바꾸었다.

"자네를 다시 만나다니, 행운이야. 그렇지? 이제 자주 만나세."

하지만 나는, 나를 사로잡고 있던 생각을 떨쳐버릴 수가 없었다. 꼭 알고 싶었다. 그리하여 다시 물었다.

"여보게, 6개월 전에 내게 털어놓은 이야기 잊지 않았겠지… 그런데… 그런데 이제는 견딜 만한가?"

그러자, 알아듣기 어려울 만큼 빠르게, 그가 대꾸하였다.

"내가 자네에게 아무 말도 하지 않은 것으로 여기고, 이제 나를 내버려두게. 하지만, 이제 자네를 다시 만났으니, 놓아주고 싶지 않네. 우리 집에 가서 저녁식사나 같이 하지."

그의 가정생활을 직접 보고, 사정을 파악하고픈 충동이 나를 사로잡았다. 그리하여 초대에 응하였다.

두 시간 후, 그가 나를 자기의 집 안으로 데리고 들어갔다.

그의 부인이 나를 친절하게 맞았다. 그녀의 기색은 순박하고, 찬탄을 자아낼 만큼 천진스러우며 우아하여, 보는 이의 눈을 매혹하였다. 갸름한 손과, 두 볼, 목 등은 희고 섬세했다. 진정 곱고 고아한, 좋은 혈통을 받은 피부였다. 그리고 여전히, 발을 옮길 때마다 각 다리가 약간 굽어져, 보트처럼 천천히 일렁이며 걸었다.

르네가 그녀의 이마에 우애 있게 입을 맞추며 물었다.

"뤼씨앵은 아직 도착하지 않았어요?"

그녀가 맑고 경쾌한 음성으로 대답하였다.

"아뇨, 아직. 그가 항상 늦는 것은 당신도 아시잖아요."

초인종이 울렸다. 키가 훌쩍 큰 남자 하나가 나타났다. 짙은 갈색 머리에, 뺨은 털투성이인데, 사교계를 드나드는 헤라클레스라고 할 만했다. 나는 그와 인사를 나누었다. 그의 이름은 뤼씨앵 들라바르…[1]라고 하였다.

르네와 그는 힘찬 악수를 나누었다. 그런 다음 식탁에 둘러앉았다.

식사는 즐겁고 명랑함이 넘쳤다. 르네는 쉬지 않고 나에게 말을 하였다. 지난 날처럼, 친근하고 우애 깊으며 솔직했다. "여보게, 자네 아나?" "여보게, 말해봐." "여보게, 내 말 좀 들어봐." 그런 표현들이 수없이 터져 나왔다. 그러다간 큰소리로 외치기도 하였다.

"자네를 다시 만나게 되어 내가 얼마나 기쁜지, 자네는 아마 상상도 못할 거야. 내가 부활한 기분이야."

나는 그의 부인과 다른 남자를 유심히 살폈다. 그들은 흠잡을 데 없이 정중했다. 하지만, 은밀하고 신속하게 눈길을 주고받는 것이 한두 번 내 눈에 포착되었다.

식사가 끝나자마자 르네가 자기의 아내를 바라보며 말하였다.

"나의 다정하신 벗님, 오늘 드디어 삐에르를 다시 찾았으니, 내가 그를 납치해야겠소. 옛날처럼 거리를 함께 걸으며 수다를 떨고 싶소. 우리 두 사내 녀석의 무례를 용서하시오…. 하지만 들라바르 씨는 당신 곁에 남겨두겠소."

젊은 여인이 미소를 지으며 나에게 악수를 청하였다.

"저 양반을 너무 오랫동안 데리고 계시지는 마세요."

우리 두 사람은 팔짱을 끼고 다시 거리로 나섰다. 나는 어떠한 대가를 치르더라도 곡절을 알고 싶었다.

"도대체 무슨 일이 있었던 거야? 어서 얘기 좀 해봐…."

그가 별안간 나의 말을 끊었다. 그러더니 성가시게 굴지 말라는 듯, 퉁명스럽게 대답하였다.

"아! 또 그 이야기야! 이제 그만 그 질문들 집어치우고, 날 편안히 내버려두게!"

그러더니, 현명한 결단을 내린 사람들의 확신에 찬 기색으로, 자신에게 말하듯, 나지막한 음성으로 덧붙였다.

"자신을 그렇게 돼지도록 내버려두는 것은 정말 얼간이 짓이야."

나는 더 이상 묻지 않았다. 우리의 발걸음이 빨라졌다. 다시 잡담을 하기 시작하였다. 그런데, 어느 순간 그가 내 귀에다 속삭였다.

"아가씨들을 보러 갈까, 어때?"

나는 툭 터놓고 웃기 시작하였다.
"자네 좋을 대로! 어서 가세!"

고백

 마르그리뜨 드 떼렐이 임종을 맞고 있었다. 나이 겨우 쉰여섯에 불과했건만, 적어도 일흔다섯은 되어 보였다. 침대 시트보다 더 창백한 안색에, 무시무시한 경련 때문에 온몸이 요동치고, 얼굴이 온통 일그러졌으며, 어떤 끔찍한 것이 앞에 나타나기라도 한 듯, 공포감에 넋을 잃은 듯한 눈으로 숨을 헐떡이고 있었다.
 그녀보다 여섯 살 위인 그녀의 언니 쉬잔느는 침대 곁에 무릎을 꿇고 앉아 흐느끼고 있었다. 죽어가는 여인의 침상 가까이에 있는 작은 탁자 위에는, 접시로 받쳐 놓은 양초 두 가락이 타고 있었다. 종부성사와 마지막 영성체를 거행하게 되어 있는 사제를 기다리고 있었기 때문이다.
 거처에는 죽어가는 이들의 방에서 흔히 발견되는 특유의 음산한 광경과 절망적인 이별의 기색이 감돌고 있었다. 작은 약병들이 가구들 위에 굴러다녔고, 발끝이나 빗자루로 밀어 놓은 듯한 천조각들이 구석들을 메우고 있었다. 무질서하게 놓인 의자들 또한, 마치 사방으로 한바탕 달음박질을 친 듯, 얼이 빠진 것 같았다. 무시무시한 죽음이 그곳에 숨어서 기다리고 있었다.

두 자매의 이야기는 몹시 애처로웠다. 그 이야기가 멀리까지 퍼져나갔고, 그것이 많은 이들의 눈물을 자아내었다.

언니인 쉬잔느는 옛날 어느 젊은이의 열렬한 사랑을 받았고, 그녀 역시 그 젊은이를 사랑하였다. 두 사람은 약혼을 하였고, 모두들 정해진 결혼식 날만 기다리고 있었는데, 약혼자 앙리 쌍뻬에르가 별안간 죽었다.

젊은 아가씨의 절망은 끔찍했고, 그녀는 영영 결혼하지 않겠노라 맹세하였다. 그녀는 그 맹세를 지켰다. 미망인의 옷을 입은 다음 그것을 더 이상 벗지 않았다.

그러자, 당시 나이 겨우 열두 살이었던 그녀의 동생이, 어느 날 아침 와락 언니의 품에 안기면서 이렇게 말하였다. "언니, 나는 언니가 불행하게 사는 것을 원하지 않아. 언니가 평생을 눈물 속에서 보내는 것을 원하지 않아. 나는 결코 언니 곁을 떠나지 않을 거야! 나 역시 결혼하지 않을 거야. 언니 곁에 영원히 머물 거야."

아이의 그러한 헌신적인 애정에 감동한 쉬잔느가 그녀를 포옹하였고, 그러면서도 그 말을 믿지는 않았다.

그러나 그 어린 것이 약속을 지켰고, 부모님의 간청과 언니의 간곡한 권유에도 불구하고 끝내 결혼을 하지 않았다. 그녀의 용모 매우 아름다웠고, 그녀를 사랑하는 것 같던 많은 젊은이들의 청혼을 거절하였으며, 언니 곁을 떠나지 않았다.

두 자매는 단 한 차례도 서로 떨어지지 않고 항상 함께 살았다. 결코 헤어질 수 없을 만큼 굳게 결합되어 매사를 함께 하였다. 하지만 마르그리뜨는, 자기의 그 숭고한 희생에 짓눌리기라도 한 듯, 항상 구슬프고 처연해 보였으며, 언니보다도 더 침울했다. 그녀는 더 빨리 늙었고, 나이 서른 살 때부터 벌써 머리가 희어졌으며, 그녀를 좀먹는 어떤 미지의 질환에 걸린 듯 자주 병상에 눕곤 하였다.

이제 그녀가 먼저 세상을 하직할 참이었다.

그녀는 스물네 시간 전부터 아무 말도 하지 않았다. 그리고 동이 트기 무섭게 이 말 한 마디만 하였다.

"어서 주임사제님을 모셔 오세요, 때가 되었어요."

그리고 반듯하게 누워 있었는데, 몸이 가끔 경련으로 요동하였고, 무시무시한 말이 심장으로부터 올라와 차마 입 밖으로는 나오지 못하는 듯 입술이 심하게 떨렸으며, 시선은 보기에 두려울 만큼 공포감에 질려있었다.

슬픔에 가슴이 찢어질 듯 괴로워하던 그녀의 언니는, 침대 모서리에 이마를 얹은 채 미친 듯이 울면서 절규하였다.

"마르고,[1] 나의 가엾은 마르고, 나의 어린 것!"

그녀는 항상 동생을 '나의 어린 것'이라 불렀고, 동생은 그녀를 항상 '언니'라고 불렀다.

층계에서 발자국 소리가 들렸다. 출입문이 열렸다. 성가대 아이 하나가 나타났고, 하얀 모시 겉옷을 걸친 늙은 사제가 그 뒤를 따라 들어섰다. 사제를 보자, 죽어가던 여인이 순식간에 일어나 앉더니, 입술을 열어 두세 마디를 웅얼거린 다음, 손톱으로 침대 시트를 긁기 시작하는데, 마치 그것에 구멍을 내려고 하는 것 같았다.

씨몽 사제가 그녀에게로 다가가서 그녀의 손을 잡은 다음 이마에 입을 맞추고 나서 부드러운 음성으로 말하였다.

"신께서 그대를 용서할 것이오, 나의 아이여. 용기를 가지시오, 이제 때가 이르렀으니 말씀하시오."

그러자 마르그리뜨가, 머리끝부터 발끝까지 오들오들 떨면서, 또 전율하는 그 동작으로 침상 전체에 동요를 일으키면서 떠듬떠듬 말하였다.

"언니, 일어나 앉아서 내 말 들어요."

여전히 침대 발치에 무너지듯 쓰러져 있던 쉬잔느 쪽으로 상체를 굽혀 그녀를 다시 일으켜 안락의자에 앉힌 다음, 자기의 두 손으로 두 자매의 손 하나씩을 잡으면서, 사제가 엄숙하게 말하였다.

"주님, 나의 신이시여! 이 두 여인들에게 힘을 주시고, 그녀들에게 자비를 베푸소서!"

그러자 마르그리뜨가 말을 하기 시작하였다. 쉰 음성에 또박또박 끊긴 그녀의 말이, 마치 기진맥진한 듯 목구멍으로부터 한 마디씩 나왔다.

"용서해 줘요 언니, 나를 용서해 줘요! 오! 내가 평생 동안 이 순간을 얼마나 두려워하였는지 언니가 안다면…!"

쉬잔느가 눈물을 흘리면서 그 말에 겨우 대꾸하였다.

"무엇을 용서하란 말이냐, 나의 어린 것? 너는 나를 위하여 모든 것을 희생하였어, 너는 천사야…."

하지만 마르그리뜨가 그녀의 말을 중단시켰다.

"아무 말 하지 말아요! 내가 말을 계속하도록 내버려둬요…. 내 말을 중단시키지 말아요…. 끔찍한 이야기예요…. 내가 모든 것을 털어놓도록 내버려둬요…. 끝까지, 꼼짝하지 말고… . 잘 들어요…. 기억하지…. 앙리를 기억하지…."

쉬잔느가 소스라치듯 전율하면서 동생을 바라보았다. 동생이 말을 계속하였다.

"언니가 이해하기 위해서는 이야기를 끝까지 들어야 해요. 내 나이 열두 살이었어요, 겨우 열두 살, 언니도 기억하지요? 그런데 내가 응석받이여서 원하는 것은 무슨 짓이든 하였지요…! 모두들 나를 지나치게 귀여워하던 것 언니도 기억하지요…? 잘 들어요…. 그가 처음 왔을 때 그는 칠피로 지은 장화를 신었고, 저택 입구의 낮은 층계 앞에 이르러 말에서 내렸으며, 자신의 옷차림이 소홀했다고 사과하였으나, 아빠에게 어떤 소식을 전하러 왔노라 하였어요. 그 일 기억하지요…? 아무 말 하지 말고 듣기만 해요. 그를 보는 순간 어찌나 놀랐던지 나는 넋을 잃을 지경이었어요. 그가 하도 잘생겼기 때문이었어요. 그래서 그가 이야기하는 동안 내내 나는 응접실 한 구석에 서있었어요. 아이들이란 기이해요…. 그리고 무시무시해요…. 오! 그래요…. 내가 그에 대한 몽상에 잠기곤 하였어요!

그가 다시 왔어요…. 여러 차례… 그럴 때마다 오직 그만을, 나의 영혼을 몽땅 기울여, 바라보곤 하였어요…. 내가 나이에 비해 조숙했고…. 사람들이 생각하던 것보다 훨씬 더 교활했어요. 그가 자주 왔어요…. 나는 오직 그만을 생각하였어요. 그리하여 조용히 이렇게 중얼거리곤 하였어요. '앙리… 앙리 드 쌩삐에르!'

그런데 얼마 후 사람들이 말하기를 그가 언니와 결혼할 거라고 하였어요. 그것이 나에게는 하나의 고통이었어요… 오! 언니… 하나의 고통… 하나의 슬픔이었어요! 나는 사흘 밤을 눈물로 지새웠어요. 그는 매일 오후, 점심식사를 마친 다음 오곤 하였어요…. 언니도 기억하지요, 그렇지 않아요! 아무 말 하지 말아요…. 내 말 잘 들어요. 언니가 그에게 그가 무척 좋아하던 과자를 만들어 주곤 하였지요…. 밀가루와 버터와 우유를 가지고… 오! 어떻게 만들었는지 잘 알아요…. 필요하다면 지금도 그것을 만들 수 있을 거예요. 그는 그것들을 순식간에 삼킨 다음 포도주 한 잔을 마시곤 하였어요… 그리고 이렇게 말하곤 하였어요. '감미로워요.' 그의 어조가 어떠했는지 기억하지요?

나는 그럴 때마다 질투심에 사로잡혔어요…! 언니가 결혼할 순간이 다가오고 있었어요. 드디어 보름밖에 남지 않았어요. 나는 미치광이가 되어가고 있었어요. 그리고 이렇게 생각하였어요. '그는 쉬잔느와 결코 결혼하지 못할 거야, 결코, 내가 원하지 않으니까…! 그가 아내로 맞아들일 사람은 나야, 내가 자란 다음에. 내가 그처럼 좋아할 남자는 영영 다시 만날 수 없을 거야.' 그런데 어느 날 저녁, 언니의 결혼식 열흘 전, 언니가 그와 함께 저택 앞 정원에서 달빛을 받으며 산책을 하였고… 멀리서 보자니… 전나무 밑에서, 그 커다란 전나무 밑에서… 그가 언니를 포옹하였어요…. 두 팔로 그토록 오랫동안… 기억할 거예요, 그렇지! 아마 처음이었을 거예요…. 그래 처음이었을 거예요…. 응접실로 다시 돌아올 때 언니가 그토록 창백했으니 말이에요!

내가 덤불숲 속에 있었기 때문에 두 사람을 보았어요. 그 순간 나는 광기에 사로잡혔어요! 그럴 수 있었다면 내가 두 사람을 모두 죽였을 거예요!

그 순간 이렇게 생각하였어요. '그는 쉬잔느와 결코 결혼할 수 없어! 다른 어느 여자와도 결혼할 수 없어. 그러면 내가 너무 불행할 것이니까…' 그리고 문득 그를 극도로 증오하기 시작하였어요.

그리하여 내가 무슨 짓을 저질렀는지 알아요?… 잘 들어요. 일찍이 나는 우리의 정원사가 떠돌이 개들을 죽이기 위하여 작은 고기만두 빚는 것을 본 적이 있어요. 그는 유리병을 돌로 빻아 그 가루를 고기만두 속에 넣곤 하였어요.

나는 엄마의 방에서 작은 약병 하나를 꺼내다가 망치로 빻은 다음, 그 유리가루를 호주머니에 간직하였어요. 반짝이는 가루였어요…. 다음 날, 언니가 작은 과자들을 만들었을 때, 나는 칼로 과자들을 가르고 그 틈으로 유리가루를 부어 넣었어요…. 그가 과자 셋을 먹었고… 나도 하나를 먹었어요…. 나머지 여섯 개는 정원 연못에 던져 버렸어요…. 백조 두 마리가 사흘 뒤에 죽었어요… 언니도 그일 기억하지요…? 오! 아무 말 하지 말아요… 그저 듣기만 해요…. 나만 죽지 않았어요…. 하지만 항상 몸이 아팠어요…. 잘 들어요… 그는 죽었고… 언니도 아는 일이에요…. 하지만 그것은 아무것도 아니에요…. 더욱 끔찍했던 것은 그 이후였어요…. 그리고 항상… 잘 들어요….

나의 삶, 나의 평생…얼마나 혹독한 고문이었던가! 나 자신에게 다짐하였어요. '결코 언니 곁을 떠나지 않으리라. 그리고 죽는 순간에 언니에게 모든 사실을 털어놓아야지….' 그렇게 되었던 거에요. 그리고 그 이후, 이 순간만을, 언니에게 모든 것을 이야기할 수 있을 이 순간만을 생각하였어요…. 그 순간이 닥쳤어요…. 무서워요…. 오!…언니!

나는 항상, 아침이나 저녁이나, 낮이나 밤이나, 이렇게 생각하였어요. '그 이야기를 언젠가는 언니에게 해야지….' 그리고 기다렸어요…. 그 괴로움이란…! 그것이 이루어졌어요…. 아무 말 하지 말아요…. 이제, 두려워요…. 무서워요…. 오! 무서워요! 잠시 후 내가 죽어 그를 다시 본다면…. 그를 다시 보면… 상상할 수 있어요…? 내가 먼저… 차마 그러지 못하겠어요…. 하지만 그럴 수밖에… 내가 곧 죽어야 하니까…. 언니가 나를 용서해 주었으면 좋겠어요…. 그것을 원해요…. 언니의 용서 없이는 떠날 수 없어요. 오! 사제님, 언니에게 저를 용서하라고 말씀하세요…. 제발. 그 용서 없이는 죽을 수 없어요…"

그녀가 말을 멈추었다. 그리고 경련하는 손톱으로 여전히 침대 시트를 긁으면서 숨을 헐떡거렸다….

쉬잔느는 두 손으로 자신의 얼굴을 감싼 채 더 이상 꼼짝도 하지 않았다. 그녀는 자신이 그토록 오랫동안 사랑할 수 있었을 그를 생각하고 있었다! 두 사람이 얼마나 행복한 삶을 영위할 수 있었겠는가! 사라져 버린 옛 시절 속에서, 영영 사그러진 먼 옛날 속에서, 그가 다시 그녀 앞에 아른거렸다. 이미 죽은 사랑하는 이들! 그들이 얼마나 우리의 가슴을 찢는가! 오! 그 입맞춤, 그의 유일한 입맞춤! 그녀는 일찍이 그것을 자기의 영혼 속에 고이 간직하였다. 그리고 더 이상 아무것도, 그녀의 생애에 더 이상 아무것도 없었다…!

사제가 문득 일어서더니 힘차고 떨리는 음성으로 소리치듯 말하였다.

"쉬잔느 아가씨, 동생께서 숨을 거두시려 합니다!"

그러자 쉬잔느가 눈물에 젖은 얼굴을 드러내더니, 동생에게로 와락 달려들어 그녀를 힘껏 포옹하면서 더듬거렸다.

"너를 용서해, 너를 용서해, 나의 어린 것…."

어떤 아들

봄의 신이 뭇 생명을 온통 들쑤셔놓아, 꽃들이 한껏 피어난 공원에서, 나이 지긋한 노인 둘이 산책을 하고 있었다. 두 노인은 오랜 친구였다.

한 사람은 상원의원이었고, 다른 한 사람은 한림원 회원이었다. 두 사람 모두 지극히 논리적인 사고로 무장된 근엄한 성품이었고, 풍모 또한 장중하여, 누가보아도 명망 높은 사람들임을 즉시 알아챌 수 있었다.

산보를 시작하면서 두 사람은 정치에 대해 몇 마디 잡담을 나누었다. 정치적 이념이 아니라 정치인들에 대한 자신들의 생각을 주고받았다. 정치에 있어서는 이념보다 정치인들의 성품이 더 중요하기 때문이었다. 그리고 몇몇 추억을 떠올렸다. 그런 다음, 따뜻한 대기에 심신이 나른해졌음인지, 나란히 걸으면서 아무 말도 하지 않았다.

꽃무우를 심은 커다란 원형 화단은 달콤하고 섬세한 숨결을 뿜어내고 있었다. 각양각색의 무수한 꽃들이, 미풍 속에 제각각

향기를 다투어 쏟아놓고 있는데, 노란 꽃송이들로 뒤덮인 금작화는, 고운 꽃가루를 바람에 마구 흩뿌리고 있었다. 꿀냄새 풍기는 그 황금빛 먼지는, 향수 제조공들의 몸에서 날리는 먼지처럼, 꽃의 향기로운 종자들을 사방으로 실어가고 있었다.

상원의원은 문득 걸음을 멈추고, 무수한 꽃들을 수태시키기 위해 둥둥 떠다니는 그 황금빛 안개자락의 냄새를 맡으려는 듯 코를 쿵쿵거렸다. 그러다가는, 연정에 들떠 더욱 눈부셔지고, 종자들을 마구 분출하고 있는, 그 자그마한 나무들을 다정한 눈으로 들여다보았다. 그러더니 혼잣말처럼 중얼거렸다.

"이 보이지도 않는 향기로운 원자들이, 이곳으로부터 수백 리으[1] 떨어진 곳에 가서 새로운 생명을 만들어 내다니! 그 먼 곳에 있는 암컷 식물의 육질과 수액이 파르르 떨게 하다니! 그리고 우리들처럼, 하나의 종자에서 뿌리 달린 생명체가 태어나도록 하다니! 그 생명체들 역시 우리들처럼 언젠가는 죽을 것이고, 같은 본질을 가지고 태어난 다른 생명체가 그 뒤를 잇겠지!"

그리고, 미풍이 일 때마다 강렬한 향기를 마구 내뿜는, 눈부신 금작화 앞에 말뚝처럼 우뚝 서서, 한 마디 덧붙였다.

"아! 행실 나쁜 호탕한 녀석! 네가 네 자식들의 수를 헤아려야 하는 일이 생기면 무척이나 난감하겠구나! 서슴지 않고 자식들을 만든 다음, 아무 가책감 없이 내버려두고, 근심조차 하지 않는 자가 바로 너로구나!"

그러자 한림원 회원이 한 마디 하였다.

"여보게, 우리들도 못지않게 많이 만든다네."

상원의원이 친구의 말을 받았다.

"그래, 그 사실을 부인하지는 않겠네. 또한 어떤 때는 자식들을 내버려두기도 하지. 그러나 적어도 우리들은, 그 사실만이라도 알고 있지. 우리 인간이 우월하다는 것은 그 점 때문이야."
 그러나 한림원 회원은 고개를 가로저었다.
 "아니야, 내가 하고자 하는 말은 그런 뜻이 아닐세. 자네도 잘 알다시피, 이 꽃나무처럼, 거의 무의식 중에 자식을 만든 사람들, 그리하여 아버지가 영영 밝혀지지 않은 자식들을 두게 된 사람들이, 우리들 중 한둘이 아닐세. 우리들이 상관한 여인들을 일일이 헤아려 그 목록을 만들려 한다면, 저 꽃나무가 후손의 수를 헤아리는 것만큼이나 난감할 걸세. 우리의 나이 18세부터 마흔 살에 이르는 세월 동안, 우리들을 스쳐 지나간 여인들을 한 줄로 세워 보면, 그녀들 중 우리와 육체적 관계를 맺은 여인들의 수가 이삼백은 족히 될 걸세. 그러니, 이보게, 그 숱한 여인들 중 자네가 수태시킨 여인이 하나도 없을 것이라 확신할 수 있겠는가? 또한, 우리들처럼 소위 정직하다고 하는 사람들을 상대로 강도질을 하며, 거리를 배회하거나 도형수(徒刑囚)가 된 녀석들 중에, 우리의 아들이 없다고 확신할 수 있겠는가? 혹은 매춘굴에 몸을 내던진 딸이나, 어미에게 버림받아 어떤 집의 하녀가 된 딸이 없다고 확신할 수 있겠는가? 그뿐만 아니라, 사람들이 흔히 창녀라고 부르는 여인들의 대부분이 아이를 한둘쯤은 데리고 있는데, 그 아비가 누구인지 모르는 아이들이라네. 10프랑이나 20프랑을 벌기 위해 남자를 포옹하다가, 전염병 얻듯 우연히 얻은 자식들이라네. 모든 직업 활동에는 이윤과 손실이 따르기 마련인데, 그 아이들이 매춘업에서는 손실에 해당하지. 아이들을 태어나게 하는 자들이 도대체 누구냐고? 자네, 그리고 나, 우리들과 같은 사람들, 흔히 점잖다고 하는 사람들이지! 친구들끼리 모여서 나누는 즐거운 식사, 흔쾌히 즐기는 저녁 파티, 충족된 육체의 충동에 이끌려 아무 생각 없이 감행한 짝짓기 등의 산물, 그것이 그러한 아이들이지.

결국, 도둑들이나 떠돌이들, 기타 모든 불쌍한 아이들이 실은 우리의 자식들이라네…. 내 이야기 좀 들어보게. 내 가슴을 짓누르고 있는 야비한 일이 있는데, 이제 자네에게 털어놓고 싶네. 그것이 나에게는 지울 수 없는 회한, 아니 그보다 더한 지속적인 의구심이라네. 가끔 나를 혹독하게 괴롭히되, 영영 해소할 수 없는 일종의 의혹이라네."

*

내 나이 스물다섯 되던 해에, 지금 참사원 의원이 된 그 친구와 함께, 나는 브르따뉴 지방으로 도보여행을 떠났다네.

15일 내지 20일 동안을 쉬지 않고 걸어서, 꼬뜨-뒤-노르 지방과 휘니스떼르의 일부 지역을 구경한 후, 우리들은 두아른네에 도착하였지. 그곳으로부터 꼬박 하루를 걸은 끝에, 사자(死者)들의 만(灣)을 거쳐 라 곳에 이르러 그 이름이 '오프'로 끝나는 어느 마을에서 숙박하였다네.[2] 그러나 다음날 아침, 동행한 친구가 괴이한 피로감에 사로잡혀, 침대에서 일어나지 못하는 거야. 내가 침대라고 한 것은 단지 언어습성에 이끌린 것뿐이고, 침대라고 해 보았자, 실은 밀집 두어 단에 불과한 것이었네.

그러한 곳에서 앓아눕는다는 것이 말이나 되겠는가! 나는 그를 강제로 일으켜 세워 길을 떠났고, 오후 너댓 시경에 오디에른느에 도착하였지.

다음 날 아침, 그의 병세가 조금 차도가 있는 것 같아 우리는 다시 길을 떠났네. 그러나 도중에 그가 견딜 수 없을 만큼 괴로워하여, 천신만고 끝에 겨우 뽕-라베에서 여장을 풀 수 있게 되었다네.

그곳에는 허름하나마 여인숙이 있었다네. 친구는 아예 자리보전하고 누워버렸지. 깽빼르에서 모셔 온 의사는, 열이 심하다고 할 뿐, 그 원인이 무엇인지 모르겠다고 하였네.

뽕-라베에 대해 잘 아시는가? 아마 모르실 거야. 브르따뉴의 대서양 연안 지역에서도 가장 브르따뉴적인 도시일세. 즉, 브르따뉴적인 기질과 전설과 풍습의 정수를 간직하고 있는 지역, 다시 말해 라 곳으로부터 모르비앙 만에 이르는 해안 지역에서도, 가장 브르따뉴적인 도시지. 오늘날에도 그 구석은 전혀 변화하지 않았다네. 내가 '오늘날에도'라고 말한 이유를 아시겠는가? 나는 아직도 매년 그곳에 한 번씩 다녀온다네. 아! 애석한 일이야!

그곳에 가면, 야생 조류들만이 태평스럽게 몰려드는 황량하고 구슬픈 늪이 있고, 그 늪가에 퇴락한 성 하나가 서 있다네. 그 늪에서 시작되는 강이 있는데, 연안 항행선 선원들이 그 강을 따라 시가지까지 올라갈 수 있다네.[3] 태곳적 집들이 아직도 즐비한 좁은 골목에는, 차양 넓은 모자를 쓰고, 수놓은 조끼와 상의 넷을 포개 입은 남자들이 오가고 있지. 그들이 맨 밑에 입는 상의는 크기가 겨우 손바닥만 하여, 기껏 견갑골을 가릴 정도이고, 맨 위에 입는 것도 엉덩이 위에서 멈추는 짧은 옷이라네.

키가 늘씬하고 아름다우며 싱싱한 여인들의 젖가슴은, 흉갑 모양의 조끼에 짓눌려 있어, 그 힘찬 젖가슴들이 순교자처럼 수난을 당하고 있음을 짐작조차 하기 어렵다네. 여인들의 머리장식은 더욱 기이하다네. 화려한 색실로 수를 놓은 천 두 조각이, 양쪽 관자놀이로부터 늘어뜨려서 얼굴을 감싸고, 동시에 머리 뒤로 늘어진 머리채를 조여 준 다음, 다시 정수리로 접어 올려져, 기이한 모자 밑에서 합쳐지는데, 그 천은 대개 황금색이나 은색이라네.

　우리가 여장을 푼 여인숙에서 일하던 하녀는, 나이 열여덟을 채 넘기지 않은 아가씨였네. 그녀의 눈은 쪽빛이었는데, 약간 창백한 그 쪽빛 한가운데에, 까만 눈동자가 선명했지. 그녀가 웃을 때마다 드러나는 짧고 촘촘한 치아는 화강암이라도 씹어 부술만 하였네.

　그 지역 사람들이 다 그렇듯, 그녀가 사용하던 말은 브르따뉴어였고, 프랑스어는 단 한 마디도 할 줄 몰랐다네.

　한편, 친구의 병세는 조금도 호전되지 않았지. 무슨 병인지 정확한 진단을 내릴 수 없었던 의사는, 길 떠나는 것이 무리라고 하며, 충분한 휴식을 취하라고 권하였네. 그리하여 나는 대부분의 시간을 환자 곁에서 보냈고, 여인숙 아가씨는 환자의 탕약이나 우리의 식사거리를 가져다주느라고, 환자의 방을 자주 드나들었네.

　나는 가끔 그녀를 가볍게 희롱하였고, 그녀도 그것이 재미있었던 것 같았네. 그러나 물론 오순도순 이야기를 나눌 수는 없었네. 서로 말이 통하지 않았기 때문이지.

　그런데 어느 날 밤, 환자의 방에 늦게까지 머물다가 나의 방으로 돌아가던 중, 나는 자기의 방으로 돌아가던 아가씨와 마주쳤네. 나의 방 앞이었고, 방문은 이미 열려 있었지. 나는 별안간, 별 생각 없이, 다른 뜻이 있어서가 아니라 가벼운 장난으로, 그녀의 허리를 덥석 끌어안았네. 그리고, 놀란 그녀가 정신을 추스르기도 전에, 그녀를 내 방으로 밀어 넣고 방문을 닫았지. 그녀는 질겁하여 두려움에 사로잡힌 듯, 나를 말없이 바라보기만 하였네. 감히 비명조차 지르지 못하였네. 소란을 피웠다가, 혹시 추문이라도 퍼지면, 우선 여인숙에서 해고될 것이고, 또 자기의 아버지가 집에서 쫓아낼까 두렵기도 했을 걸세.

처음에는 웃으며 장난으로 시작한 짓이지만, 방 안으로 들어가는 순간, 그녀의 몸을 수중에 넣고 싶은 욕망이 나를 엄습하였네. 길고 소리 없는 싸움이 시작되었지. 레슬링 경기를 하는 운동 선수들처럼, 팔들이 뻣뻣하게 긴장하여 경련을 일으키다가는 꼬이고, 숨이 막혀 헐떡거리며, 피부가 땀에 흥건히 젖은 채, 두 몸뚱이가 치열한 육박전을 벌였네. 오! 그녀의 힘찬 몸부림! 가끔 우리들의 몸뚱이가 옷장이나 벽, 의자에 가서 부딪치기도 하였지. 그러다가는, 두 몸뚱이가 뒤얽힌 채, 마치 약속이라도 한 듯, 우리 두 사람은 잠시 동안 꼼짝도 하지 않고 숨을 죽여 귀를 기울이곤 하였네. 두 몸뚱이의 각축으로 야기된 소음에, 누가 잠에서 깨어나지 않았을까 두려웠기 때문일세. 그러다가 치열한 싸움을 다시 시작하였지. 물론 여전히 나는 공격자였고, 그녀는 방어자의 처지였어.

드디어 기운이 소진된 듯, 그녀가 함락되었네. 나는 포악스럽게, 마루를 깐 바닥에서, 그녀의 몸뚱이를 수중에 넣었다네.

그녀는 다시 몸을 일으키자마자 문 쪽으로 달려가더니, 도망치듯 사라졌네.

다음 날부터는 그녀를 거의 만날 수 없었네. 그녀가 나의 접근을 허락하지 않았기 때문이지. 어느덧 친구의 병세가 호전되어, 우리들은 다시 여행길에 오를 준비를 하였네. 떠나기 전날 밤, 자정에, 그녀가 내의 차림에 맨발로 나의 침실로 들어섰네.

그녀는 나의 품으로 뛰어들더니 나를 열렬히 껴안았네. 나를 포옹하다가는 다정히 쓰다듬고, 눈물을 흘리다가는 흐느끼고, 그렇게 하기를 먼동이 틀 때까지 계속하였네. 비록 말은 통하지 않았지만, 나는 그녀의 깊은 애정과 절망을 확인할 수 있었다네.

겨우 한 주일이 채 지나지 않아, 나는 그 일을 까마득히 잊었네. 여인숙에서 일하는 여인들이란, 일반적으로 투숙객들의 무료함을 달래주는 역할을 맡은지라, 여행 중에는 그러한 일을 흔히 조우하게 된다네.

그 일이 뇌리에서 사라졌고, 또 뽕-라베에 다시 갈 일도 없었는데, 어느덧 삼십 년이 그렇게 흘러갔다네.

그런데 1876년, 내가 우연히 그곳에 다시 들르게 되었다네. 책을 한 권 쓰는 데 필요한 자료를 수집하기 위하여, 그리고 브르따뉴를 더 상세히 알고 싶어 떠났던 여행 도중이었네.

다시 그곳에 이르니 아무것도 변하지 않은 것 같았네. 도시 입구에는 여전히, 고성이 그 회색빛 성벽을 늪가에 드리우고 있었네. 여인숙 역시, 비록 수리를 하여 조금 현대적인 모습을 띠기는 했어도, 전과 다름이 없었네. 여인숙에 들어서자, 18세쯤 되어 보이는, 싱싱하고 친절한 브르따뉴 처녀 둘이 나를 맞았네. 그녀들 역시, 몸에 꼭 끼는 조끼를 흉갑처럼 상체에 둘렀고, 커다란 은색 천조각을 양쪽 관자놀이에 늘어뜨리고 있었네.

저녁 여섯 시쯤 되어서였네. 내가 식사를 하기 위해 식탁 앞에 앉자, 여인숙 주인이 손수 시중을 들기 위해 바삐 움직이기 시작하였네. 그 순간, 내가 주인에게 숙명적인 질문을 던지고 말았지. "이 댁의 옛 주인들을 혹시 아십니까? 30년 전에, 제가 이 댁에서 10여 일 동안을 쉬어간 적이 있습니다. 주인장께는 너무 오래된 이야기겠습니다만."

"저의 부모님 시절 이야기입니다, 선생님."

여인숙 주인의 대답이었네.

그리하여 나는, 처음 그 여인숙에 투숙하게 되었던 경위와, 친구가 병석에 누워, 그곳에 머물 수밖에 없었던 이야기를 하기 시작하였네. 그러나 여인숙 주인은, 내가 이야기를 마칠 때까지 기다리지도 않았네.

"오! 저는 지금도 생생히 기억합니다. 그 당시 제 나이가 열다섯인가 열여섯이었으니까요. 선생님께서는 복도 끝에 있는 구석방을 쓰셨고, 친구분께서는 지금 제가 쓰고 있는, 길 쪽으로 창문이 난 방에 묵으셨습니다."

그의 이야기를 듣는 순간, 모처럼 문득, 어린 하녀의 추억이 강렬하게 되살아났다네. 내가 여인숙 주인에게 물었지.

"선친께서 고용하신 그 착하던 아가씨를 혹시 기억하시나요? 제가 기억하기로는, 쪽빛 눈이 귀여웠고, 치아가 성성했던 것 같아요."

"예, 선생님, 하지만 그녀는 얼마 후 아기를 낳다가 목숨을 잃었습니다."

그렇게 대답하며 그가 손으로 마당 쪽을 가리켰네. 마당에서는, 몹시 여윈 절름발이 남자 하나가 퇴비를 뒤적이고 있었네. 여인숙 주인이 그러면서 이렇게 덧붙였다.

"저 사람이 그녀의 아들입니다."

내가 웃으며 그 말에 대꾸하였네.

"저 사람은 잘생기지도 않았고, 또 자기 어머니를 조금도 닮지 않은 것 같습니다. 아마 아버지를 닮은 모양이군요."

그러자 여인숙 주인이 내 말을 받아 이야기를 계속하였네.

"그럴 수도 있겠습니다. 하지만 저 사람의 아버지가 누구인지는 아무도 모릅니다. 그녀가 그것을 밝히지 않고 세상을 떠났으며, 또 이 고장에서 그녀 뒤를 쫓아다니던 남자도 없었기 때문입니다. 그녀가 아이를 가졌다는 소문이 퍼지자 사람들은 몹시 놀랐습니다. 그 소문을 아예 믿으려 하지도 않았지요."

일종의 불쾌한 전율이 나의 온몸을 휩쓸고 지나갔다네. 무거운 근심이 다가올 때처럼, 나의 가슴을 괴롭게 스치고 지나갔다네. 그리하여 나는 마당에 있는 남자를 다시 쳐다보았네. 말들에게 먹일 물을 길어 통 두 개에 담아, 그것들을 말들에게 가져가는 중이었네. 절름거리며 걷는데, 양 다리 중 짧은 다리가 몹시 힘들어 보였네. 몸에는 누더기를 걸쳤고, 소름이 끼치도록 불결한데, 긴 머리카락들은 진득거리며 뒤엉켜, 양쪽 뺨 위로 밧줄처럼 늘어져 있었네.

여인숙 주인이 한 마디 덧붙였네.

"별로 쓸모없는 사람이지만, 가엾어서 저희들이 거두어 함께 지냅니다. 다른 아이들처럼 제대로 키웠다면 아마 더 나은 사람이 되었을 것입니다. 하지만 선생님, 어찌 하겠습니까? 아비도, 어미도, 돈도 없으니! 저의 부모님께서 어린 것을 불쌍히 여기셨지만, 선생님, 그 아이가 그분들의 자식은 아니었으니까요."

나는 아무 말도 하지 않았네.

그리고 그날 밤, 옛날에 내가 묵었던 방에 다시 누웠다네. 그러나 밤이 새도록, 그 끔찍하게 생긴 외양간 머슴을 뇌리에 떠올리며, 끊임없이 나 자신에게 물었네.

"하지만 저 머슴이 나의 아들이라면? 내가 그 아가씨를 죽였단 말인가? 그리고 저 사람이 태어나게 하였단 말인가?"

결국, 그럴 수 있다는 결론에 도달하였네!

나는 그 사람과 직접 이야기를 나누어 보기로 작정하였지. 정확한 출생 일자를 알아내기 위함이었네. 두어 달만 차이가 발견되어도 의구심에서 해방될 수 있다고 생각하였네.

다음 날 그를 불러오게 하였네. 하지만 그 역시 프랑스어를 전혀 알아듣지 못했어. 여인숙에서 일하는 처녀 하나가 나를 대신해서 나이를 물었지만, 그는 자기의 나이를 모를 뿐만 아니라, 질문 자체를 이해하지 못하는 표정이었네. 그는 천치 같은 기색으로 내 앞에 서서, 짐승의 발처럼 불결하고, 굵은 마디 투성이인 손으로, 모자를 만지작거리며 헤식은 웃음을 흘리고 있었네. 그의 웃음 속에는, 나이 든 여인의 입술 구석이나 눈꼬리에 어리는 옛날의 미소, 즉 겸연쩍음 같은 것이 있었네.

마침 그 자리에 나타난 여인숙 주인이 그 가엾은 사람의 출생증명서를 찾아 왔네. 그가 세상에 태어난 것은, 내가 뽕-라베를 떠난 지 8개월 26일 후였네. 다음 여행지였던 로리앙에 우리가 도착한 날짜가, 8월 15일이었음을 지금도 분명히 기억한다네. 출생증명서에는 '생부 불명'으로 기록되어 있더군. 생모의 이름은 쟌느 케라덱이었네.

나의 심장이 걷잡을 수 없이 마구 뛰기 시작하였네. 나는 숨이 막힐 듯하여 더 이상 아무 말도 못하였네. 오직 그 짐승 같은 사람을 하염없이 바라볼 뿐이었지. 그의 노란 더벅머리는 가축 외양간에서 나온 퇴비보다도 더 불결했어. 거지와 다름없는 그 불결한 남자가, 나의 시선 때문에 어색해졌는지, 헤식은 웃음을 멈추고 고개를 돌리더니, 자리를 뜨려고 애를 쓰더군.

나는 괴로운 상념에 잠겨 온종일 강변을 배회하였네. 그러나 아무리 생각을 거듭한들 무슨 소용이 있겠는가? 나에게 확신을 주는 것은 아무것도 없었네. 그가 나의 혈육일까 아닐까, 모든 가능성을 하나하나 저울질하며 여러 시간을 보냈네. 도무지 풀 길 없는 추측에 봉착하면 역정이 나기도 했네. 하지만 언제나, 그 끔찍한 의구심 다음에는, 그보다 더 끔찍한 확신, 즉 그가 내 아들이라는 확신으로 귀착하곤 하였네.

나는 저녁식사도 거른 채 잠자리에 들었네. 오랫동안 잠을 이룰 수가 없었네. 그러다가 잠이 들었지만, 감당할 수 없는 광경들이 나를 괴롭혔네. 그 불결한 녀석이, 버릇없이 얼굴을 내 코 밑으로 들이대고 웃으며, 나를 '아빠'라고 부르더군. 그러더니 이내 개로 변하여 나의 종아리를 물어뜯더군. 아무리 도망쳐도 소용없었네. 끈질기게 나를 따라다니며, 짖는 대신 인간의 말을 하는데, 나에게 욕설을 퍼부어대더군. 그러더니 어느 순간 그가 한림원에 나타났어. 내가 그의 생부인지 아닌지를 심의하기 위하여 모인, 나의 동료 회원들 앞에 출두하였다는 거야. 한림원 회원 하나가 큰 소리로 외쳤네.

"의심할 여지가 없습니다! 자세히들 보십시오. 두 사람이 같은 판에 찍어낸 듯 닮았습니다."

그리하여 다시 보니, 그 괴물이 정말 나를 닮았더군. 내가 잠에서 깨어났을 때에는, 그 생각이 나의 뇌리에 이미 깊숙이 각인되어 있었다네. 또한 그 남자를 다시 보고 싶은 걷잡을 수 없는 욕망이 나를 사로잡았네. 우리 두 사람 사이에 용모상의 공통점이 있는지 없는지, 한시 바삐 확인해보고 싶었던 거야.

그가 미사에 참석하러 가는 길에 나도 동행하였네(그날이 일요일이었네). 그에게 100쑤를 주며, 나는 그의 얼굴을 불안한 마음으로 뜯어보았네. 그는 비천한 웃음을 흘리며 돈을 받아들더니, 이번에도 역시 내 눈빛이 거북한 듯, 알아들을 수 없는 말 한마디를 남기고 도망치듯 사라졌네. 의심할 나위 없이 '감사하다'는 말이었겠지.

그날 역시 나에게는, 전날과 다름없이 괴로운 하루였네. 저녁나절, 나는 여인숙 주인을 조용히 불렀지. 신중함과 능란함과 섬세함을 다하여 그에게 말하기를, 모든 사람들로부터 버림받고 아무것도 가진 것 없는, 그 가엾은 남자에게 관심이 있다고 하였지.

그를 위해 무엇이든 해주고 싶다고 하였네.

그러나 여인숙 주인은 즉시 이의를 표하였네.

"오! 그런 생각 마십시오, 선생님. 그럴 가치가 없는 사람입니다. 공연히 불쾌한 일만 당하실 겁니다. 제가 그를 외양간 치우는 일에 고용하고 있습니다만, 그 사람이 할 수 있는 일이란 고작 그것뿐입니다. 그 대가로 제가 그에게 먹을 것을 줍니다. 잠은 말들과 함께 잡니다. 그에게는 더 이상 필요한 것이 없습니다. 혹시 헌 바지를 가지고 계시면, 그것이나 한 벌 주시지요. 하지만 그것도, 한 주일이 아니 되어 넝마조각으로 변할 것입니다."

나는 더 이상 내 생각을 드러내지 않았네.

그날 밤, 거지 녀석은 몹시 취해 돌아와, 집에 불을 놓으려 했고, 곡괭이로 말 한 마리를 때려 눕혔으며, 그렇게 소동을 피운 다음, 진흙탕 속에 처박혀 비를 맞으며 잤다네. 그 모든 일이, 내가 그에게 베푼 인심 때문이었다네.

다음 날, 사람들이 나에게 간곡히 부탁하기를, 차후로는 그에게 절대 돈을 주지 말라고 하더군. 그가 독한 술만 마시면 성질이 난폭해지는데, 돈이 2쑤만 생겨도 즉시 독주를 마신다는 거야. 여인숙 주인이 한 마디 더 하더군.

"그에게 돈을 준다는 것은, 그의 죽음을 원한다는 뜻입니다."

그 사람이 돈을 번 적은 단 한 번도 없다더군. 여행자들이 몇 쌍띔씩 던져주는 것이 고작이었는데, 그 푼돈이 결국 가는 곳은 언제나 선술집이었다네.

나는 방 속에 틀어박혀, 몇 시간이고 책을 펼쳐놓은 채, 단 한 줄도 읽지 못하고 우두커니 앉아 있곤 하였네. 오직 그 짐승 같은 사람을, 아니 내 아들을! 그 아들을! 바라보며, 그에게서 나와 닮은 구석을 찾아내려 애를 썼네. 그렇게 찾다 보니, 그의 이마와

코 언저리 윤곽이 나를 닮은 것 같았네. 그러다가 이내 유사성에 대한 확신을 갖게 되었고, 다만 그 유사성이 의복과 긴 머리채에 의해 가리워져 있을 뿐이라고 생각하게 되었네.

그러나 여인숙에 더 오래 머물렀다가는 의심을 받을 것 같아, 그곳을 떠날 수밖에 없었네. 나의 가슴이 찢어지는 듯했지만, 그 머슴을 잘 돌보아달라고 부탁하며, 주인에게 약간의 금전을 맡긴 것이 고작 내가 취할 수 있는 조치였네.

그리하여 벌써 육 년 전부터, 나는 그 생각과, 끔찍한 불안, 지긋지긋한 의혹에 사로잡혀 지낸다네. 그리고 매년, 항거할 수 없는 어떤 힘에 이끌려, 뽕-라베로 달려간다네. 또한 해마다, 퇴비 속에서 뒹구는 그 짐승 같은 남자를 바라보며, 그가 나를 닮았다고 상상하면서, 그에게 어떤 도움을 주려 부질없이 애를 쓰는, 그 끔찍한 고역을 되풀이해야 한다네. 그리고 매년, 더욱 당혹스럽고, 더욱 괴로워하며 이곳으로 돌아온다네.

그에게 무엇을 가르쳐보려 애를 쓰기도 하였네. 하지만 그는 어쩔 수 없는 백치일세.

그의 생활을 좀 더 편안하게 해주려고도 해 보았네. 하지만 그는 치유할 수 없는 술꾼인지라, 돈을 주면 몽땅 술을 마셔 탕진하고, 새 옷을 사주면, 그것을 팔아 독한 술을 산다네.

나는 여인숙 주인에게 상당한 돈을 내놓으며, 그의 마음을 움직여 보려고도 하였네. 그가 머슴을 좀 더 부드럽게 다루기를 기대하였던 거야. 그러자 여인숙 주인이 어이없다는 표정을 지으며, 나에게 현명한 조언을 해주더군.

"선생님, 저 녀석을 위해 무슨 일을 해주셔도, 그것이 오히려 저 녀석의 파멸을 앞당길 뿐입니다. 저 녀석은 죄수처럼 다루어야 합니다. 한가한 시간이 나거나, 조금 편안해지면, 즉시 못된

놈으로 변합니다. 내버려진 아이들은 얼마든지 있으니, 선생님께서 자선을 베푸시려거든, 그 노고에 보응할 수 있는 아이들을 고르십시오."

그 말에 내가 무슨 대꾸를 할 수 있겠는가?

게다가, 그 천치가 만약 나를 괴롭히고 있는 의구심을 눈치라도 채는 날이면, 녀석은 즉시 영악스러워져, 나를 이용하려 할 것이며, 꿈 속에서처럼 나를 따라다니며 '아빠'라고 불러, 나의 명예를 실추시키고, 나아가 나를 파멸로 몰아넣을 걸세.

그리하여 나는, 나 자신에게 결론적으로 말하기를, 내가 어미를 죽였고, 퇴비 속에서 부화하여 자란 외양간의 구더기, 즉 다른 아이들처럼 양육하였더라면 다른 사람과 다름 없을지도 모를 그 천치를, 영영 잃었다고 하였네.

또한 그것이 나에게서 나왔고, 아들과 아버지를 이어주는 그 친밀한 인연으로 그것과 내가 묶여 있을 뿐만 아니라, 거역할 수 없는 유전법칙 덕분에, 피와 살 등 수천 가지 요소에 있어 그가 곧 나이며, 심지어 같은 질병 요인과 정염의 씨앗이 그에게도 있을 것이라 생각하며, 그를 바라볼 때마다, 내가 느끼는 그 괴이하고 모호하며 견딜 수 없는 감정을, 자네는 상상하기 어려울 걸세.

그렇건만, 그를 보고 싶은 끊임없는 욕구에 시달린다네. 도저히 가라앉힐 수 없는, 괴로운 욕구라네. 하지만 그의 모습을 보면, 다시 혹독한 괴로움에 휩싸인다네. 그러나 여하튼, 그곳에 가서 창가에 앉아, 그가 짐승들의 배설물을 뒤적이고 손수레로 운반하는 모습을, 몇 시간 동안이라도 한없이 바라보노라면, 나 자신도 모르게 중얼거리게 된다네.

"나의 아들이야!"

그리고 가끔 그를 포옹하고 싶은, 도저히 견딜 수 없는 욕구를 느낀다네. 하지만 아직 그의 불결한 손조차 잡아주지 못하였네.

*

한림원 회원이 이야기를 멈추었다. 그러자 친구인 정치인이 중얼거렸다.
"그래, 맞아, 아버지 없는 아이들에게 우리가 좀 더 많은 관심을 쏟아야 해."
그 순간, 한 가닥 미풍이 금작화 나무를 스치며 꽃타래들을 흔들었고, 그 바람에 향기롭고 고운 꽃가루가 두 노인을 뒤덮었으며, 두 노인은 그 꽃가루 안개를 향해 코를 쳐들며 깊은 숨을 들이켰다.
그러고 나서 상원의원이 한 마디 덧붙였다.
"나이가 스물다섯이란 것은 정말 좋은 거야. 비록 그러한 아이들을 만든다 하더라도."

옮긴이의 말

유구한 전통

모빠상이 남긴 300여 편의 단편소설들을 일별하는 순간, 우리는 그의 작품들이 프랑스의 가장 유구한 문예적 전통을 생생하게 되살리고 있음을 직감할 수 있다. 호메로스나 베르길리우스의 영웅전들(『오뒷세이아』, 『일리아스』, 『아이네이스』 등)로부터 그 전형을 빌려온 듯한 장편 운문 소설들이 프랑스에 처음 나타나기 시작한 시절에도 (12~13세기, 『롤랑전』, 『르노 드 몽또방』, 『알비 성전』, 『뻬르스발』, 『랑슬로』 등 무훈전이나 기사도 소설), 프랑스 사회의 광범위한 계층에 의해 친숙하게 받아들여졌던 문예 형태는 '짧은 이야기들'이었던 것 같다. 그리고 그러한 이야기들이, 라블레(1494?~1553?)의 작품들(『가르강뛰아』, 『빵따그뤼엘』 등)이 출현하기까지 약 4세기 동안(12세기 후반부터 16세기 전반까지) 프랑스의 지배적인 문예 조류를 형성한 듯하다. 물론 라블레 및 샤를르 쏘렐(17세기), 르 싸주, 몽떼스끼유, 볼떼르 등의 중·장편 소설들 속에서도 그 중 세 문예 형태의 잔영을 발견하기는 어렵지 않으나, 그 현상에 관한 상세한 언급은 다른 기회로

미루어 두자.

　중세라는 그 어둡고 기괴한 시절에 태동한 '짧은 이야기들' 중 오늘날까지 전하는 것들이, '마리아의 기적' 등과 같은 종교적 기담들을 제외하더라도 수백 편에 이르지만, 그것들을 내용별로 분류하면 크게 두 부류로 나뉘어진다. 그 하나는, 프랑스 최초의 여류 문인으로 알려진 마리 드 프랑스(12세기 후반)의 「라우스틱」,「랑발」,「기쥬메르」 등을 비롯하여 기타 이름 모를 이들이 남긴 「갱가모르」(12세기 후반), 「데지레」(12~13세기), 「모시 망토」(13세기 초), 「이뇨레」(13세기 초), 「베르지 성주 부인」(13세기 후반) 등, 남녀 간의 '기이한' 사랑을 노래한 운문 단편소설들(lais)이다. 그러한 작품들의 특징은, 일체의 세속적 제약이나 금기로부터 해방된 사랑, 더 나아가, 트리스탄과 이즈 혹은 아벨라르와 엘로이즈 간의 사랑처럼 '죽음보다 강한 사랑' 내지 삶의 유일한 동기로 여겨지는 사랑 등에 대한 찬미와 그리움을 담고 있다는 점이다. 따라서 그것들 속에는 한결같이 우수와 구슬픔과 그리움이 감돌고 있으며, 어조는 다정한 비가(悲歌)를 연상시킨다. 따라서 언사 또한 매우 정제되어 있으며, 흔히 알려진 프랑스인들 특유의 해학이나 풍자 또한 발견되지 않는다. 또한 어떠한 연유 때문인지, 그 고아한 연가들이 14세기 이후에는 거의 자취를 감추었다.

　반면 그러한 연가들과는 달리, 같은 시기에, 대개의 경우 떠돌이 이야기꾼들(jongleurs)에 의해 만들어졌거나 유포되었던, 다른 부류의 작품들은 전혀 상반된 특징을 드러내는 바, 쟝 보델(1165?~1210)이나 뤼뜨뵈프(13세기 초)를 비롯하여 가랭(?)이나 뒤랑(?), 꼬르뜨 바르브(?) 등 그 이름만 겨우 알려진 혹은 이름조차 전하지 않는 무수한 이들이 남긴 우스갯 이야기들 즉 우화들

(fabliaux)은, 대개의 경우 '사나운' 풍자로 점철되어 있다. (아이소포스나 라 퐁뗀느 등의 우화들과는 본질적으로 다른, 진정 '무람없는' '갈리아적인' 풍자들이다). 따라서 그들의 작품에는, 모든 계층의 인물들이, 심지어 신이나 (「매춘부와 떠돌이 이야기꾼」, 작자 미상) 예수의 모친조차도 (「떼오필의 기적」, 뤼뜨뵈프), 일종의 조롱 대상으로 등장한다. 그리고 작품의 소재나 언사 또한 고대 그리스의 몇몇 냉소적인 현인들(디오게네스, 크라테스, 아리스티포스 등)에게서 발견되는 것 못지않은 노골성을 띠고 있다. 주지하는 바와 같이, 중세 프랑스인들을 짓누르고 있던 온갖 고초를 웃음으로 초극하려는 의지에서 태동하였을 법한 그 우화들이, 짧은 이야기(compte, conte, devis) 혹은 새로운 이야기(nouvelle) 등으로 개칭되어 면면히 이어져 왔고, 16세기에는 그것들이 집대성되어 『새로운 이야기 일백편』(지배계층에 속하는 이들이 서로 주고받은 이야기들 같다), 『헵타메론』(마르그리뜨 드 나바르), 『새로운 여흥과 유쾌한 한담』(본아방뛰르 데 뻬리에) 등과 같은 작품집 형태로 나타나기도 하였으며(실은 12~13세기에 출현한 『여우 이야기』 역시 약 20여 사람이 대략 70여년에 걸쳐 쓴 작품이다), 그러한 전통이 볼떼르, 싸드, 노디에, 발쟉, 메리메, 알퐁스 도데 모빠상) 등의 단편들 속에서 프랑스 풍자문학의 유구한 전통을 형성하고 있다.

소재의 다양성

하지만, 쟝 보델이나 뤼뜨뵈프 등의 중세 우화 혹은 『여우 이야기』 및 『장미 이야기』 등에서 비롯되었을 풍자문학의 조류에

속하면서도, 모빠상의 작품들은 여타 다른 이들의 것들과 확연히 다른 특색을 드러내는데, 그 특색이란, 연가들을 짓던 마리 드 프랑스 등과 같은 이들의 애절함 내지 곡진함과 쟝 보델이나 뤼뜨뵈프 같은 이들의 가혹한 풍자가 그의 작품들 속에 혼재한다는 사실이다(「의자 수선하는 여인」이 그 전형적인 예일 것이다). 그러한 양상은 특히 다양한 소재들을 통해서 더욱 선명히 드러난다. 「비계 덩어리」,「사나운 어머니」,「쌩-앙뚜완느」,「29번 침대」,「라레 중위의 결혼」,「밀롱 영감」 등, 1870년 전쟁 시절 풍정을 그린 작품들이 있는가 하면, 「훈장」,「어떤 꾸데따」,「친구 빠씨앙스」 등 우스꽝스러운 정치적 현상을 풍자한 작품들, 그리고 종교적 현상이나 (「밤샘」,「노엘 이야기」,「무와롱」,「떼오딜 싸보의 고백」 등), 이악스럽고 잔혹한 기층민들이나 촌사람들을 그린 작품들 (「맹인」,「마귀」,「나의 숙부 쥘르」,「삐에로」,「꼬꼬」,「우산」 등), 기막힌 운명의 작희에 휩쓸려든 가엾은 사람들 이야기 (「귀향」,「친부 살해범」,「죠까스뜨 씨」 등), 그리고 중세 우화들을 방불케 하는 어조로 묘사된 사건과 인물들도(「앙드레의 질환」,「경솔함」,「징후」,「피정」,「르 오를라」,「어떤 복수」,「에르메 부인」,「사형수」 등) 다수 발견된다. 하지만 그토록 다양한 소재들 속에서도 지배적인 위치를 점하고 있는 것은 정염(情炎)이라는 주제이다.

일종의 편집증?

어떤 유형의 인물이나 사건에 관한 이야기라 할지라도, 모빠상의 대다수 단편들은 정염(혹은 사랑)이라는 주제와 다양한 형태로 연관되어 있다. 물론 정염이라는 것이 인류뿐만 아니라 뭇 생물체의 존속을 담보하는 근간이긴 하지만, 따라서 그러한 현상이 지극히 자연스러울 수 있겠으나, 교조적 관습이나 윤리적 타성에 길들여졌던 사람들의 눈에는 상당히 이례적인 편집중으로 보였을지 모르겠다. 또한 그리하여, 『사랑의 죄악』이라는 단편집을 펴낸 싸드가 방탕과 악덕을 고취하였다고 단죄되었듯이, 위선이 극도로 만연된 비겁하고 부정직한 사회에서는 작품의 그러한 특징이 일종의 병리현상으로 간주될 위험도 있다. 그러나 싸드의 작품들이 그랬듯이, 모빠상의 많은 사랑 이야기 속에서는, 정직성과 다정함과 의연함을 상실한 세기의 영혼들에게 보내는 따스한 위로와 애틋한 탄원이 느껴진다. 여기에 소개하는 몇몇 사랑이야기에 서려 있는, 중세의 이야기꾼들이나 볼떼르, 싸드, 메리메 등의 그 다정하되 굳건하고 호활한 숨결의 여운이 조금이나마 전달되기를 기대한다.

이형식

옮긴이 주

옛 시절
1) 로꼬꼬(rococo) 스타일로 장식된 동굴을 가리킨다. 루이 15세 시절에 유행하였던 스타일이다.
2) '부류' 내지 '계층'을 가리킬 듯하다.
3) '쟝-쟈끄'는 '쟝-쟈끄 루쏘'를 가리킨다. 한편, 볼떼르의 소설들이나 『철학 사전』에 감도는 '빈정거림'은 누구든 즉각 감지할 수 있겠으나, '쟝-쟈끄'의 불길 같은 철학'은 선뜻 포착되지 않는다.
4) 실절하지 않으려 하는 여인을 가리킨다.

달빛
1) Calvados. 노르망디 남부 지역이며, 사과 증류주로 유명하다.
2) Lucerne. 스위스 중부에 있는 휴양도시이다. 도이칠란트어로는 루쩨른(Luzern)이라 한다.
3) Fluelen. 뤼쎄른느 근처에 있는 작은 읍이다.

행복
1) 지중해 연안 도시 니쓰로부터 코르시카까지 직선거리는 170킬로미터이다.

초상화
1) Don Juan. 『쎄비야의 연대기』에 이야기된 전설적인 난봉꾼. 많은 예술가들에게 영감을 준 인물이며, 특히 몰리에르와 모짜르트의 『돈 후안』 등이 유명하다.
2) 빠리 리볼리 로에 있던 최초의 백화점이다.
3) 『악의 꽃』, 제98장 〈환상에 대한 사랑〉, 2연, 4절. 매력적이지만 '소중한 비밀'이라곤 전혀 내포하고 있지 않은 눈, '보석 없는 보석상자'나 '텅 빈 하늘' 같은 눈을 (5연) 응시하며 표출하는 감회이다.

머리채

1) 원전의 느낌표(!)를 역자가 의문부호로 바꾼다.

2) 비뗄리(Vitelli)라는 이름을 가진 17세기의 이딸리아 예술가들이 여럿 있으나, 그들 중 고급 목제 가구 세공인은 없다고 한다.

3) Flora. 고대 로마의 전설적인 화류계 여인이었다고 한다. 생전에 모은 전 재산을 남기면서, 매년 자기를 기념하는 축제를 열라고 하였다 한다. 후대 사람들이 꽃을 주관하는 여신으로 숭배하였다고 한다.

4) Archipiada. 고대 그리스의 어떤 화류계 여인을 가리킬 듯한데, 중세까지 서유럽에 여인으로 알려졌던 알키비아데스(B.C 450?~404)를 잘못 표기한 것이라는 견해가 많다. 알키비아데스의 용모 수려하여, 소년 시절에는 아테네의 뭇 남편들로 하여금 아내에게 등을 돌리게 하였고, 청년 시절에는 뭇 여인들로 하여금 남편에게 등을 돌리게 하였다는 전설을 참작하건대, 프랑수와 비용이 그의 이름을 어느 화류계 여인의 이름으로 착각하였을 개연성도 있다.

5) Thaïs. 아나똘 프랑스의 소설(『타이스』)과 마쓰네의 오페라(1894년 초연)를 통해 널리 알려진 알렉산드리아의 화류계 여인(A.D 4세기)과, 아테네의 유명한 화류계 여인으로 알렉산드로스 대왕의 총희가 되어 그와 함께 전쟁터로 떠났다는(B.C 4세기) 여인 모두를 상기시키는 이름이다. 그러나 아르쉬삐아다(그리스식으로 표기하면 '아르키피아다'이다)의 '사촌 자매'라는 언급을 보건대, 아테네의 여인을 가리킬 듯하다.

6) 목동들의 신 판(Pan)의 구애를 거부하다 목동들에 의해 갈갈이 찢겨 죽었다는 넘파를 가리킨다.

7) 'Berthe au grand pied' 황제 샤를르마뉴의 모친 베르트라드 드 랑(Bertrade de Laon, 720?~783)을 가리킨다고 한다. 하얀 피부와 아름다운 음성이 중세의 여성미를 상징하였다고 한다.

8) 단떼가 사랑하였다는 베아뜨리체를 가리킬 듯하다.

9) Alix. 어떤 여인을 가리키는지 모르겠다.

10) Arembourg. 멘느 백작 부인(?~1126)을 가리킨다고 한다.

11) 쟌느 다르끄(1412?~1431)를 가리킨다.

12) 프랑수와 비용(1431?~1463)의 대표작 『유언』(총 186장) 중 제41장에 덧붙인 발라드(발라다, 짧은 노래)의 일부이다.

13) lyra. 노래를 부르면서 연주하던 고대 그리스 악기이다(뤼라). 공명통의 곡선

이 여인의 둔부 곡선을 연상시킨다.
14) 프랑수와 베르트랑이라는 군인(특무상사)은 편집증 환자였고, 시간 행위로 인해 1848~1849년 무렵에 화젯거리가 되었으며, 그 시절 문인들의 상상력에 영향을 끼쳤다고 한다.

어린 병사

1) 꾸르브부와(Courbevoie)나 브종(Bezons) 모두, 빠리 서쪽(낭떼르 지역) 및 북서쪽(아르쟝뙤이유 지역)에 있던 읍이었다. 지금은 빠리 시와 잇닿은 도시지역들이다.
2) 브르따뉴의 토양이 척박하여, 20세기 초까지도 그 지방 농민들의 생활이 몹시 빈궁했던 모양이다. 한편 브르따뉴 지방이나 그곳 사람들에 관한 모빠상의 이야기들 속에서는 일종의 연민이 감지된다.
3) Champioux. 아르쟝뙤이유와 싸르트루빌 사이에 있는 작은 마을이라고 한다.
4) Colombes. 빠리 서쪽 교외 낭떼르 지역의 읍이다.
5) Chatou. 쌩-제르맹-앙-레 지역 쎈느 강 연안에 있는 읍이다.
6) 반느(Vannes)는 모르비앙(Morbihan) 지역(도)의 도청 소재지이며 항구 도시이다. 숱한 고대 유물들이 산재해 있는 유서 깊은 도시이다.
7) sou. 프랑스의 옛 화폐 단위이며, 1/20 프랑(리브르)에 해당하였다.
8) Kermarivan. 프랑스 지명 사전에도 보이지 않는 명칭이다. 케르(Ker)는 '마을'이나 '거처'를 뜻하는 브르따뉴어이며, 브르따뉴의 모르비앙, 휘니스떼르, 북쪽 해안 지역에 그 단어로 시작되는 지명들이 많다. 다음에 보이는 플루니본(Plounivon)이나 록크뇌벤(Locneuven)처럼 브르따뉴의 북서부 연안 지역을 상징할 수 있는 지명이지만, 모두 모빠상이 고안해낸 것들일 듯하다. 한편, 플루(plou)나 록크(loc)는 '초가'나 '오두막'을 뜻하는 브르따뉴어이다.
9) 휘니스떼르 및 모르비앙 지역에서 자주 발견되는 화강석 십자가들이 그곳의 황량함과 태고의 정취를 더욱 부각시킨다.
10) 모르비앙 지역(도)의 까르낙 읍에는 높이 12미터에 길이 125미터에 이르는 석제 봉분이 있으며, 기원전 삼천 년 경에 조성된 것으로 추정되는 선돌들의 긴 열(列)이 있다. 지금도 까르낙 및 인근 지역 숲에 산재한 석조 유물들 앞에 서면 태고의 신비가 느껴진다. 한편 록크뇌벤(Locneuven) 역시 작가가 브르따뉴식으로 만든 허구적 지명일 듯하다.

11) 옛날, 숨겨진 샘이나 지하 수맥을 찾던 사람들이 추(진자)와 함께 가느다란 개암나무 가지를 사용하였다고 한다.
12) ajonc. 우리나라 사전들이 '서양 골담초'로 옮기는 콩과 관목이다. 봄부터 겨울까지 대서양 연안 및 지중해 연안에서 짙은 노랑색 꽃을 피우며 향기가 강하다. 특히 브르따뉴 지방에서는 그 식물을 태워 비료를 사용하였으며, 그것이 브르따뉴 지방의 상징이기도 하다. 중국인들은 '형두(荊豆)' 즉 '가시콩'이라 옮긴다.
13) 개양귀비꽃들이 대개 진홍색이다.
14) 종달새들이 고공에 멈춰 날갯짓하며 노래하는 모습을 가리킬 듯하다.
15) 명시적으로 이야기된 것(아가씨와 뤽 간의 사랑) 이외의 사실을 암시하는데, 독자로 하여금 다른 이야기를 상상하도록 유도하려는 작가의 의도가 엿보인다.

회한

1) Mantes. 빠리 서쪽 쎈느 강 연안의 이블린(Yvelines) 지역에 있는, 오늘날의 망뜨-라-졸리(Mantes-La-Jolie) 읍을 가리킬 듯하다.

소작인

1) Alvimare. 빠리와 아브르를 잇는 노선에 있는 후까르-알비마르 역을 가리키며, 이브또와 브레오떼 사이에 있다.
2) Moutard. 나이 어린 남자아이를 가리키는 속어이며 특히 '개구쟁이(gamin)'를 가리킨다.
3) 즉 바이킹의 후예라는 뜻이다.
4) Caudebec-en-Caux. 루앙 근처 쎈느 강 연안에 있는 읍이다.

미쓰 해리엇

1) 땅까르빌(Tancarville)은 노르망디의 쎈느 강 하구에 있는 마을이며, 에트르따(Etretat)로부터 약 40킬로미터 되는 곳이다. 잉글랜드를 정복한 노르망디 공작 기욤 1세(1027?~1087)의 사부가 살던 11세기의 성이 아직도 남아있다고 한다.
2) '리슐리으 공작'은 추기경 리슐리으(1585~1642)의 종손 루이-프랑수와를 가리키며, 프랑스의 대원수였던 그는 젊은 시절부터 숱한 염문에 휩싸였고, 그로 인해 바스띠유에 투옥되기도 하였다고 한다.
3) 베누빌(Bénouville)은 에트르따로부터 4킬로미터 거리에 있는 해안 절벽 위의

작은 마을이라고 한다. 그 마을로부터 바다에 이르는 좁은 계곡이 있다고 한다.
4) 중세 유럽에서는 두꺼비가 지옥에서 온 흉물로 여겨졌고, 특히 무녀(마녀)들이 그것을 극진히 모신다는 생각이 민간에 퍼져 있었다고 한다.
5) '싸뻬르'는 공병대원들 중 참호 파는 일을 전담하는 병사를 가리키던 보통명사이다.
6) '고참(ancienne)'은 '퇴물', '폐품', '반납품' 쯤의 뜻으로 사용된 듯하다.
7) '쁘띠-발'은 '작은 골짜기'라는 의미를 가진 고유명사이며, 에트르따 근처에 있는 계곡이다. 근처에 '큰 골짜기'를 뜻하는 '그랑-발'이 있다.
8) 등피(verre de lampe)라고 부르던 것은 머리통을 가리킨다. 등피란, 램프의 불꽃을 바람으로부터 보호하고 광도를 높이기 위하여 사용하는 유리 대롱인데, 상단과 하단은 좁고 가운데 부분이 불룩하여, 그녀의 머리통 모양을 그것에 비유한 것 같다. 격의 없는 사이가 아니면 사용할 수 없을 듯한 비유이다.

의자 수선하는 여인

1) 중세(12~13세기)에 마리 드 프랑스를 비롯한 많은 문인들이 노래한 트리스탄과 이즈의 '죽음보다 강한 사랑'이나, 12세기에 프랑스 사회를 떠들썩하게 하였던 아벨라르(1079~1142)와 엘로이즈(1101~1164)의 전설같은 사랑, 혹은 그러한 이야기들에서 영감을 얻어 태동하였으리라 짐작되는 괴테의 소설 『젊은 베르테르의 슬픔』 등을 염두에 둔 언급일 듯하다.
2) liard. 프랑스의 옛 동전이며, 그 가치는 3드니에(denier) 혹은 1/4쑤(sou)에 해당하였다. 한편 1프랑은 20쑤에 해당하였다.
3) 1882년에 처음 발표된 이 작품은 여러 측면에서 플로베르의 『보바리 부인』을 연상시킨다.

미망인

1) Banneville. 깡(Caen)에서 멀지않은 깔바도스 지역에 있는 마을이라고 한다.
2) 보카치오의 『데카메론』, 쵸서의 『켄터베리 이기』, 마르그리뜨 드 나바르의 『헵타메론』 등이 대표적인 예들이다.
3) 『천일야화』의 여주인공이다. 그녀는 매일 밤 새로운 이야기를 지어내어 자신의 처형을 1천 1일 동안이나 지연시킨다.
4) Trappiste. 씨또파의 개혁적인 지파로, 1140년에 설립되어 1147년에 씨또파에

종속되었으며, 기도와 노동과 고행 그리고 침묵을 일상생활의 근간으로 삼았다고 한다.

사랑

1) 샤또브리앙의 『순교자들』에 이야기된 일화라고 한다(제 24권).
2) '갈리아'는 오늘날의 프랑스 및 그 인근 지역을 가리키던 라틴어이며, '갈리아적 기지'는 이미 고대 로마시대에도 정평이 나 있었고, 따라서 노예로 끌려간 갈리아 사람들 중 지배계층 자제들의 수사학(웅변술) 선생으로 발탁된 이들이 많았다고 한다.
3) 몸집이 암컷보다 삼분의일 쯤 작은 맹금류의 수컷을 가리키는 'tiercelet'(원의는 '삼분의일'이다)를 편의상 '난추니'로 옮긴다. 한편 '난추니'는 새매의 수컷을 가리키는 몽골어 '나친'에서 온 말이라고 한다.
4) 야생 오리의 일종으로, 다른 야생 오리들보다 몸집이 조금 작으며, 암컷의 배 부분은 흰색이라고 한다(sarcelle).

무덤

1) Béziers. 프랑스 서남부 랑그도끄 지방에 있는 도시이다.
2) '본네 장군 통로'는, 묘역에 조성한 통로들 중, 본네 장군의 이름을 딴 통로를 가리킨다. 프랑스의 공동묘지에는, 그 규모가 클 경우, 대도시에서처럼 각 통로에 고유명칭이 부여된다. 한편, '본네 장군'은 실존하였던 인물이라고 한다.
3) 향료로 사용되는 붓꽃의 품종이 있는 모양이며, 그 향기가 관능을 자극하는 것처럼 이야기하는 이도 있다(마르셀 프루스트, 『잃어버린 시절을 찾아서』).

베르뜨

1) 오베르뉴(Auvergne)는 프랑스 중남부 산악지역이다.
2) 어떤 사실을 염두에 둔 언급인지 확인하지 못하였다.
3) 'mori'는 라틴어로 '죽는다'는 뜻이다. 리용(Riom)이라는 지명의 철자 순서를 바꾸면 그 단어를 얻는다는 말이다.
4) '식육업자들이 수호신으로 받드는 성모상'이라니, 매우 기이한 말이다.
5) 니엔떼(niènte)는 '무의미한 것', '하찮은 것', '허무' 등을 뜻하는 이딸리아어인데, 13세기에 프랑스 일부 작품에서 'niènte' 혹은 'nient' 형태로 사용되었다고 한다.

그 말이 노르망디 방언으로 토착화되었다는 뜻이다.

밀회

1) 빠리 제 9구에 있는 쌩뜨-트리니떼(Sainte-Trinité) 교회당을 가리키며, 쇼쎄-당 땡 로 역시 그것이 있는 에띠엔느-도르브 광장을 지난다. 그 교회당의 종탑 높이가 65미터에 달한다고 한다.
2) 조금 모호한 문장이지만 그대로 옮긴다. 밀회의 맹목적인 습관성을 부연하는 말일 듯하다.
3) 옛 쌩-쟈끄-들-라-부슈리 교회당 부속 종탑이다. 교회당 및 종탑이 세워진 것은 16세기 초이며, 현재는 종탑만 남아 있다(샤뜰레 광장 근처). 높이 54미터에 이르며, 빠스깔이 그 탑에서 중력 실험을 한 것으로 유명하다.
4) Delaunay(1826~1903). 미남 주역 배우로, 꼬메디-프랑쎄즈에서 명성을 떨쳤다고 한다.

어떤 이혼

1) 바이예른 왕국의 루드비히 2세(1845~1886)를 가리킬 듯하다.

현명한 남자

1) Delabarre. 'la barre'는 '길고 단단한 막대'를 뜻한다. 야한 농담조의 성씨이다.

고백

1) Margot. '마르그리뜨'의 애칭이다.

어떤 아들

1) lieue. 1리으는 대략 4킬로미터에 해당한다.
2) 두아른네(Douarnenez)로부터 사자들의 만(Baie des Trépassés)까지의 직선거리는 약 20킬로미터쯤 된다. 옛날부터 라 곶(Pointe du Raz) 앞의 험한 바다에서 선박 사고가 잦았던지라, 그 곁에 있는 작은 만이 '죽은 이들의 만'이라는 명칭을 얻게 되었다고 한다. 한편 '그 명칭이 오프(off)로 끝나는 마을'은, 라 곶으로부터 동남쪽으로 약 3킬로미터 지점에 있는 플로고프(Plogoff)일 듯하다. 또한 그 마을로부터 동남쪽으로 10여 킬로미터쯤 가면, 어촌인 오디에른느(Au-

dieme)가 있고, 그곳으로부터 직선거리로 약 20킬로미터 동남쪽 해안에 뽕-라베(Pont-Labbé)가 있으며, 그곳으로부터 오데(Odet) 강을 약 10킬로미터 쯤 북쪽으로 거슬러 올라가면, 휘니스떼르의 수도이며 켈트 전설들이 살아 숨쉬는 고도 깽뻬르(Quimper)에 이른다.

3) 이 이야기에서 '늪'이라 지칭하고 있는 것은, 내륙 깊숙한 곳까지 연장된 협만(포구)을 가리킬 듯하다. 실제로 뽕-라베는 깽뻬르를 지나 대서양에 이르는 오데 강 하구 근처에 있다.